それから三度、互いの剣閃が交錯。
だが一回剣を交わす度に、彼我の実力差が露わになる。
“魔女の末裔”
アストランティア
JN039592

「だ、だからっ、今日のデート
すごく楽しかったけど……それだけじゃなくて」

骨骸の剣聖が死を遂げる

呪われ聖者の学院無双

2

御鷹穂積

イラスト fame

序章◆もう一人の……

三百年前、一人の魔法使いが呪いを振り撒《ま》いた。

死した者が立ち上がり、今を生きる者に噛《か》み付き、被害者を同類に変えてしまう呪い。

単なる『動く死者』と違うのは、被害者たちに意識が残ること。

そして、転化を『永遠の命の獲得』と捉え、それが幸福であるという考えを植え付けること。

これによって、死者たちは生者たちを祝福すべく、積極的に襲った。世界中が死者で満ちてもおかしくはなかったが、人類は特殊な結界術で、被害地域十二箇所を封鎖することに成功。

死者の封じ込められた領域は、封印都市と呼ばれるようになった。

俺、アルは、封印都市に閉じ込められた死者の一人。

都市に残る全ての死者を殺し、一人都市で死に損なっていると、結界の向こうから少女が現れた。

外では三百年が経っており、今は戦闘員の聖騎士と、それをサポートする聖女のタッグで死者たちを天に還しているのだという。

彼女は、全ての元凶である魔女の子孫。

そんな彼女の聖騎士になる者はいなかった――俺以外は。俺は元凶の魔女を殺すべく、少女アストランティアの手をとり、三百年ぶりに肉の鎧《よろい》を取り戻すことを選んだのだった。

◇

「疾《シ》ッ……！」

宙を舞う羽虫さえも貫き殺せるであろう精度と速さを備えた、見事な刺突だ。俺の眼球目掛けて点で迫るそれは、遣い手の技量もあって回避困難。ただし、狙う相手が俺でなければの話である。

俺は首を傾けることで必殺の一撃から逃れると同時、相手の首に刃を添える。

相手が敵で、これが殺し合いならば、寸止めせず首を刎《は》ねて終わりだ。

「……参りました」

俺も相手も、使用していたのは木刀。それも当然、これは模擬戦なのだから額から汗を垂らしながら、金髪碧眼《へきがん》前髪斜めの美女マイラが、悔しげに言う。

「おう、おつかれ」

「……やはり、凄まじい強さです」

互いに木刀を引き、模擬戦は終了。マイラは俺を尊敬の眼差しで見ている。

「いや、マイラもすごいよ。俺が勝ってるのは、三百年分の修行があるからだ。生前の俺とだったら、かなりいい勝負だ」

「……本当ですか？　初代様の手記によると、アルベール殿は十二騎士候補だったとありますが」

初代様というのは、マイラの先祖ロベールのこと。そしてロベールは俺の義弟なのだ。

「そんな話もあったなぁ。マイラも、三百年前にいたら間違いなく選ばれただろうよ」

「きょ、恐縮です」

ここは死者――形骸種《キュリオン》を殺す聖者を育成する学院の敷地内にある屋外訓練場。

教官の許可をとって、放課後に利用しているのだ。

少し離れたところでは、白銀髪蒼眼《そうがん》の美人姉妹が、聖女の魔法の訓練をしている。

「聖女の加護を纏《まと》っての戦いも、修行しないとなぁ」

お姫さんたちの方を見ながら俺が呟《つぶや》くと、マイラが真剣な表情になる。

「三百年積み上げた武に慢心せず、新時代の戦法を積極的に取り入れる柔軟さ、ご立派です！」

「いや、遅すぎるくらいだよ。もっと早く、お姫さんを頼ればよかった」

俺たちは先日、各封印都市に一体存在する特別な形骸種《キュリオン》十二形骸の一角、『毒炎《どくえん》の守護竜《しゅごりゅう》』を討伐した。

それまでは聖女の魔法による加護を不要だと思っていた俺だが、相棒であるアストランティアの気高さと力を知り、考えを改めたのだ。

「しかし、アルベール殿が加護抜きで戦っていたからこそ、アストランティア様は魔石に魔力を溜《た》めることが出来たと伺いました。そして、その溜めた魔力によって、暴走した竜の骨格を鎮めることが叶《かな》ったのだとか」

聖女は癒やしの魔法や死者の魂を解放する魔法の他、『身体防護』と『身体強化』も可能。学院に入って以降、他の聖女が実技などで聖騎士に加護を纏わせる中、俺は加護抜きで戦っていた。

浮いた魔力をお姫さんは魔石に溜めており、その魔石があの戦いで大いに役立ったのは確かだ。

「まぁ、悪いことばかりじゃなかったのは、そうかもしれんが。ただ、毎回骨に戻るのもなぁ」

お姫さんの実家に伝わる秘術で肉の鎧を取り戻した俺は、それでも死者のまま。

首を飛ばされない限り、再び骨の身になっても戦える。

ただし、そこからまた肉の鎧を取り戻すには、膨大な魔力が必要なのだという。

「そう、ですね。スケルトン状態で戦闘可能であるというのはアルベール殿の明確な強みですが、加護の恩恵も素晴らしいものですから」

「だから、次は加護ありで訓練しよう。その時は、そっちが先輩ってことで、色々と教えてくれ」

俺の頼みに、マイラが姿勢を正す。

「はい！　全身全霊を掛けて、お相手務めさせていただきます！」

「ありがとな」

マイラの頭を撫《な》でる。彼女はもう十九だというので嫌がるかなとも思ったのだが、そのような素振りはない。というか、くすぐったそうに笑っているようにさえ見える。

——ロベールも、優しくしてやれとか言ってたしな。

先日、義弟が夢に出てきてそう言ったのだ。

「あ、あの、アルベール殿！　もう一本お願いしてもよろしいでしょうか！」

「おう」

強い奴と戦うのは、よい訓練になる。それからもう何本か稽古をつけていたのだが……。

「アルベール！」

怒鳴り声がしたので視線を向けると、赤髪ポニテのツンデレ巨乳娘クフェアちゃんが、腰に両手を当てて立っていた。声の通り、顔にも怒りが浮かんでいる。

気づけば空が茜色《あかねいろ》になっていた。かなりの時間が経過していたらしい。

彼女の顔を見て、俺は「あ」と声が出た。約束があったことを思い出したのだ。

「あ、じゃないわよ！　今日は孤児院《うち》で食事するって約束だったでしょ！」

「いや、悪い悪い。つい熱中しちゃってな」

俺とお姫さんは、夕食にお呼ばれしていたのだった。

聖者は、形骸種《キュリオン》を討伐するごとに報酬が得られる。

この報酬は、封印都市の解放を望むあらゆる人々からの寄付で賄われているらしい。

先祖や縁者の魂を解放してほしい、先祖の故郷を取り戻したい、あるいは単に死者を悼む心から、多くの者が寄付をしてくれているのだとか。あと、寄付者には貴族も多い。

ともかくそんなわけで、俺たちは先日の実地訓練によって報酬を得た。

学生であろうと聖者は聖者。報酬は支払われる。孤児院暮らしのクフェアちゃんは、事件後のバタバタがようやく落ち着いたこともあり、改めて俺たちを食事に招いてくれた。

クフェア・リナムちゃんペアに報酬が入ったので、そのお祝いとのことだ。

「ご、ごめんなさいクフェアさん！　わたしも、お姉さまとの鍛錬に夢中になってしまい……！」

お姫さんが駆け寄ってきて、クフェアちゃんに謝罪する。オルレアちゃんもゆっくりとこちらに近づいてくるが『お姉さまとの鍛錬に夢中』のあたりで一瞬立ち止まった。

嬉《うれ》しくなってしまったのだろうか。

シスコンと判明してから、彼女の些細《ささい》な変化が可愛くてならない。

「自分で決めた予定くらい、守れるようになりなさい」

なんてセリフも、照れ隠しにしか聞こえなかった。

「マイラに激甘なアルベールならまだしも、アストランティアまで……」

クフェアちゃんが拗《す》ねたように唇を尖《とが》らせる。

「本当に悪かったよ。すぐに行こう。──マイラ、そういうわけで今日はここまでにしよう」

「はい。本日もご指導ありがとうございました」

マイラがきっちりと一礼する。俺が「またやろうな」と言うと即座に「是非！」と返ってきた。

お姫さんもオルレアちゃんとの別れはすんだようで、俺たちはクフェアちゃんの許《もと》へ向かう。

「あら、もういいの？」

クフェアちゃんはまだ拗ねていた。

悪いのは俺たちなので仕方ない。ふんっとそっぽを向いた時に、彼女のポニーテールが揺れる。

「お、髪紐使ってくれてるんだな」

ポニテが揺れた拍子に、銀の飾りが見えた。それは、以前彼女に贈ったもの。

「……はっ、話を逸《そ》らそうとしても無駄だから」

「使ってくれて嬉しいよ。似合ってる」

「………そ、そう」

クフェアちゃんの頬が赤いが、夕日の所為だけではないだろう。

「こ、こほんっ。とにかく、二人共、うちに来るのが嫌だったわけじゃないのね？　迷惑だったら、その……無理にとは言わないし」

言葉の後半が萎《しぼ》んでいく。

「そのようなことは決してありません！　わたし、魔女の血縁ということで友人もいなかったものですから、夕食会にお誘いいただけるなんて夢のようなのです！」

三百年前の悲劇の元凶は、『とこしえの魔女』と呼ばれる魔法使いだった。

その女は貴族で、お姫さんはそいつと同じ一族なのだ。

それが原因で恐れられ、友達のいない幼少期を過ごしたのだという。

「クフェアちゃんのいるところに行くのが、嫌なわけないだろ。ガキ共には興味ないが、リナムちゃんやエーデルサンもいるし」

リナムちゃんは青髪ボブの聖女で、クフェアちゃんの相棒。エーデルというのは孤児院を運営する金髪の美女で、彼女も聖女らしいのだが、今は活動していないようだ。

「そ、そう。ならいいけど」

どうやら俺たちが遅れたことで、不安にさせてしまったらしい。

「本当にごめんな。この詫《わ》びは、いつか必ず」

少女とはいえ、親しい女性を不安にさせるなど男失格。俺は真剣に謝罪する。

「い、いいわよ別に。聖者なんだから、強くなるのは大事だし」

「いいや、それじゃあ俺の気が収まらないんだ」

「……じゃ、じゃあ、楽しみにしておく」

「おう」

「わ、わたしも何か、考えておきますっ！」

「もうっ、分かったわよ。許す、許すから二人とも、そんな申し訳無さそうにしないで」

拗ねるのが馬鹿らしくなったとばかりに、クフェアちゃんが笑う。なんとか機嫌の直ったクフェアちゃんと共に、孤児院に向かうことに。途中、手土産を買うのも忘れない。

「あー、アルくんきた！」

敷地内に入った途端、俺の足に紫髪ツインテールの幼女が抱きついてきた。

「おう、待たせたな」

「おそいよー」

「悪かった。お詫びに甘いもん買ってきたぞ」

「あまいものー！」

幼女――リナリアが飛び跳ねて喜ぶ。

「お菓子は、ご飯のあとだからね」

クフェアちゃんが言うが、リナリアは聞こえているのかいないのか。

くたびれた雰囲気の建物に入り、食堂へ向かうと子供たちが待っていた。

ちょうど、配膳が終わる頃だったようだ。滑り込みで間に合った、という感じだろうか。

「おー、にいちゃんきたな！」「せいじょさまー」『ティアちゃん、となりすわろー」

最近、お姫さんがガキ共からの人気を集めている。

まぁ、綺麗《きれい》で可愛くて優しくおしとやかで魔法の才能があるとなれば、頷《うなず》ける話だが。

しかし幼女はいいが、クソガキ共が無礼を働いたらお仕置きをせねばなるまい。

「ようこそ、お越しくださいました」

ガキ共のお母さん役を務める立派な女性、大人の色香漂う金髪美女エーデルが、柔和な笑みを湛《たた》えて迎えてくれる。

「あぁ、エーデルサン、今日もとても美しい。貴女に花を贈りたかったのですが、そんなものを買うくらいならば子供たちの口に入るものが喜ばれるかと思い、甘味を用意しました。受け取って頂けますか？」

エーデルは「まぁ」と僅《わず》かに目を開き、ゆったりとした動作で俺の捧《ささ》げた包みを受けとる。

「ありがとうございます、アルベール様。あとで子供たちと頂きますね」

「その言葉だけで報われる思いです。もしよろしければ今日は貴女の隣で食事する栄誉を――」

「アルベール？　あんたはあたしの隣よ。まさか、嫌とは言わないわよね？」

クフェアちゃんがニッコリ笑っている。

この顔をする時、彼女は楽しいわけではないと、俺は経験で知っていた。

「もちろん大歓迎だとも、クフェアちゃん。じゃあ君が左でエーデルサンが右に……」

「右はリナリアよ」

「やったー！　アルくんのとなり～」

見た目からは想像も出来ない腕力で、クフェアちゃんが俺を席まで引きずっていく。

お姫さんはリナムちゃんに呼ばれ、彼女の隣に座るようだ。

そんな俺たちの様子を、エーデルは優しい笑顔で眺めていた。

エーデルは、この街で非常に貴重な大人の女性の知人なので、出来れば親しくなりたい。マイラは姪《めい》のようなものだし、彼女以外だと関係性が薄いか、でもなければ年齢的に対象外なのだ。

全員が食卓についたことで、食事への感謝の祈りを捧げてから、飯を食い始める。

子供だらけの空間だけあって、非常に騒がしい。

普段より飯が豪華というのもあるだろう。具材が沢山入ったシチューに、鳥の丸焼きもある。パンも、普段食卓に並ぶものよりも高い品のようで、柔らかい。

「うっうっ……男の幸せは、沢山の女性と親しくなることだというのに」

嘆きながら食事をする俺。

「幸せは人それぞれだから否定はしないけど、他の幸せもいっぱいあると思うわよ」

クフェアちゃんは苦い顔をしながらも、棘《とげ》のない口調で言う。

「そういうもんかね。じゃあ、たとえばどんなのがあるんだ？」

「うぅん……家族の笑顔、とか？」

言ってから恥ずかしくなったのか、クフェアちゃんが赤面する。

「クフェアちゃんは良い子だなぁ」

幸せと聞いて最初にそれが出てくるあたり、さすがだ。

「リナはねー、ご飯食べてるとしあわせになるよー。お腹減るのは、かなしいからねー」

話を聞いていたのか、リナリアがそんなことを言う。

「あぁ、それは分かるぜ。身体は動かねぇわ思考は暗くなるわで、空腹ってのは最悪だよな」

義父のダンに引き取られてからは無縁のものとなったが、俺はかつて貧民窟で暮らしていたのだ。

三百年以上も前のことなのに、路地裏で空腹を耐えていた時の虚《むな》しさや、寒空の下で震えていた時の惨めさだけは、鮮明に思い出せる。それだけ強烈な記憶、ということだろうか。

確かに、そういったマイナスを埋めることを、幸福と呼ぶ者もいるのだろう。

その時、リナリアのスプーンが止まった。

「アルくん、あーん」

彼女はシチューを掬《すく》って、俺に差し出す。

「……まぁ、いいけどよ」

彼女の思惑は読めたが、食ってやる。案の定、口に入ってきたのは野菜だった。苦手なのだろう。

「おいし?」

「お前ね、食えるもんはありがたく食っとけよ」

「だって、にがいし……」

「はぁ……ほら、お返しだ」

俺は自分のシチューから肉を掬って、リナリアの口に突っ込むと、「ん～～」と震える。

彼女の顔は幸せそうにとろけていた。幼女でも、苦い顔より笑っている顔の方がよいものだ。

「全部じゃなくていいから、苦手なもんも食えよ」

「はーい」

リナリアは素直なのでまだ楽だ。他のテーブルでは具の量に差があるとかで喧嘩《けんか》している者、肉の奪い合いをしている者もいる。それらを、エーデルや彼女の母であるばあさんなどが窘《たしな》めていた。

「……………ね、ねぇ、アルベール？」

クフェアちゃんに呼ばれたのでそちらを向くと、彼女が切り分けた鶏肉をフォークで刺し、それを俺の方へ差し出しているところだった。その顔は真っ赤で、唇はふにふにと不安げに揺れ動き、手は震えていた。どうやら、リナリアがやっていたのを見て、自分もやりたくなったらしい。

だがギリギリになって羞恥心に勝てないようだ。

俺は「ん」と自分の方から、肉を迎えるべく頭を動かす。彼女は「っ」と震えた。

「うまいよ」

「そ、そそそ、そうっ、よかったわね！」

もはや、彼女は顔から火が噴けそうなほどに赤い。

「じゃあ、次は俺から」

「い、いいいっ、いいからっ、もう限界だからっ」

「ほら、クフェアちゃん、あーん」

「うぅっ……あ、あーん」

同じように鶏肉を切り分けたものを彼女の口に運ぶ。

「どうだ？」と尋ねると「あじ、わかんない……」と上擦《うわず》った答えが返ってくる。

「あはは」

エーデルの隣に座れなかったのは残念だが、こういうのも悪くはないかもしれない。

食後、寮の門限もあるので俺たちは帰ることに。

「賑《にぎ》やかで、素敵な夕食会でしたね」

帰り道、隣を歩くお姫さんがしみじみと言う。

「騒がしいの間違いだろ」

「ふふ。それと……アルベールも、随分とお楽しみだったようで」

じろりとした目で、彼女が俺を見上げている。

「お姫さんもやりたかったのか？」

「……その問いへの回答は控えさせていただきます」

そんな、中身がないような、それでいてなんだか心地のよい会話をしながら学院の前まで到着。

「ん？」

正門前に、馬車が停まっている。それはまぁいいのだが、知り合いの顔があった。

「パルちゃん？」

学院トップ十二組『色彩』の内、討伐数第八位『金色《こんじき》』を冠するペアの、聖女だ。

「……あぁ、アルベール」

彼女は、誰かの見送りにでも来ているようだ。

従者らしき者たちが、大きな馬車に荷物を運び込んでいる。

そして、その荷物の持ち主らしき少女が、パルちゃんと話をしていた。

「――アルベール、と言いましたか。では、お隣にいるのがアストランティア様ですね」

少女は空色を帯びた、白い髪をしていた。波打つ長髪に、レースのあしらわれたヘアバンドが印象的。薄幸そうな雰囲気を纏っているように思えるのは、抑揚の乏しい声や人形のような表情、街灯に照らされる白い肌の所為だろうか。

「私はネモフィラと申します。お二人の――前任の『雪白《せっぱく》』です」

先日、俺たちは学院トップの十二組に選ばれた。

だがそれは、直前に先代『雪白』の聖騎士が戦死したことによる、穴埋めの意味合いもあった。

では彼女が、生き残りの聖女か。荷物を運び出しているということは、退校するのだろうか。

しかし、微妙な違和感。

「……アルベール、彼女の制服の紋章を見てください」

お姫さんの言葉で、俺は違和感の正体に気づく。

訓練生と、正規の聖者の違いを表すのに使われるのは、制服に刻まれる紋章だ。

右上から左下に向かって流れる三本線、これは学生の制服にも使用される、女神の紋章。

学院を卒業すると、そこに二本の剣が交差する意匠の紋章が追加される。

位置はそれぞれ、聖女がスカートの裾、女神の紋章の反対側。聖騎士は右肩となる。

彼女は学生だった筈《はず》だが……紋章が刻まれていた。それも、普通の紋章ではない。

「学院を卒業した時点で、聖者は新たな紋章を与えられます。ですが――十二聖者に選ばれた者は、通常とは異なる特別な紋章が与えられるのです」

お姫さんの補足を聞き、俺は首を傾《かし》げる。

「その子の紋章は、通常とは違うように見えるな」

彼女のスカートに刻まれているのは、幾つもの氷の華を描いた紋章。

「新たな聖騎士を見つけたのですよ。それが、優秀だったのです。貴方たちに後れを取る形にはなりましたが――こちらも十二形骸を討伐いたしました」

うっすらと、まったく感情の乗っていない微笑みを浮かべる少女。彼女はパルちゃんを見る。

「見送りありがとうございます。パルストリス。またどこかの戦場で逢《あ》いましょう」

「……貴女、本当に大丈夫？」

「身体は健康そのものですので、ご心配なく」

妙な雰囲気な女の子だが、それよりも――十二形骸を倒した、だと？

しかも、最近見つけた聖騎士と？

俺が言うのもなんだが、そうポンポン倒せるようなら、三百年も人類は停滞していない筈だ。

俺は彼女に再び声を掛けようとして――剣を抜き放つ。

直後、闇から突如として現れたかのように、何者かが俺に斬《き》り掛かっていた。

俺はそれを受け止め、互いの刃が火花を散らす。交わす刃越しに、視線が交差した。

「……一応訊《き》いてやるよ。喧嘩を売ってるんだよな？」

深い青色の髪をした、聖騎士の長髪男だ。やけに美形なのも、男のポニテも腹が立つ。

「黙れ、何故——貴様のような者がここにいる」

男の声には、憎悪のようなものが滲《にじ》んでいた。

「それは、こっちのセリフだ」

まったく、人生予想外のことばかりだ。

ゾンビになって三百年生きるだけでも意味不明なのに、十代の少女に拾われて学院に通うことになり、初めての実地訓練で十二形骸と戦ったりもした。その上、今度はこれか。

形骸種《キュリオン》は、形骸種《キュリオン》を見分けることが出来る。

だから、俺とこいつは、相手を視界に捉えた瞬間、互いに理解していた。

——こいつは形骸種《キュリオン》だ。

十二形骸を殺したという情報が真実なら、おそらく——こいつ自身もそうなのだろう。

思わずお姫さんの方を向きたくなるが、今は戦闘中。しかし、後で絶対に話を聞かねば。

いや、ここはネモフィラに尋ねるべきだろうか。

——なんで俺以外の十二形骸が肉の鎧を取り戻して、外を歩いていやがるんだと。

第一章◆吹雪の聖女

折角、いい気分だったってのに台無しだ。

「アルベール⁉」

お姫さんが驚きの声を上げる。

「ネモフィラ⁉　早く止めなさい！」

聖騎士の監督は聖女の務め。

パルちゃんは青髪野郎の暴走を止めるよう、ネモフィラに言っているのだ。

ネモフィラはそれに、素直に従った。

「やめなさい」と、そう口にした。

ただし、パルちゃんの言葉から、数秒後に、だ。

その間、俺たちも呑気《のんき》に鍔迫《つばぜ》り合いを続けていたわけではない。

俺はまず、刃越しに敵を押した。

巨漢に突き飛ばされるような威力に耐えかねて、相手の剣と身体が僅《わず》かに浮く。

ガラ空きの腹に前蹴りを叩《たた》きこもうとするが、相手は空中で半身になってそれを躱《かわ》す。

それどころか反撃とばかりに、一瞬前に浮いた己の刃を振り下ろした。

俺は前蹴りに使った右足を引き戻しつつ柄《つか》を空へ向け、剣を斜めに構える。

衝撃を逃しつつ敵の振り下ろしを逸《そ》らすことに成功。

それから三度、互いの剣閃が交錯。だが一回剣を交わす度に、彼我《ひが》の実力差が露《あら》わになる。

最初こそ攻防が成立していたが、急速に片側の有利へと戦いが傾いていく。無論、勝利に近づいているのは俺だ。四度目、ついに青髪騎士は不利を悟り、攻撃を中止して大きく飛び退《しさ》った。

直前に奴の首があった空間を、右手のみで振るった鎌のような一閃《いっせん》が通り過ぎる。

相手がもう少し鈍ければ、今ので決着はついただろう。

「目はいいみたいだな」

こいつは雑魚《ざこ》ではないし、剣士としては一流に違いないが、最強には程遠い。

剣の腕だけでいえば、今は亡き義父のダンや、マイラの方が上の筈《はず》だ。

――どうにも、おかしいな。

「……ゴロツキの喧嘩《けんか》術と、聖騎士の剣術を混ぜたような戦い方をする」

瞳に殺意を宿らせたまま、青髪騎士が抜かす。

「お前のそれは、対人剣術だな。元々は聖騎士じゃなかったんだろ」

かつての聖騎士は様々な脅威にあたる職業だったので、対人戦闘は想定される可能性の一つに過ぎなかった。しかしこいつの戦い方は、あくまで人特化。つまり、元聖騎士ではない。

別に、聖騎士だけが特別な形骸種《キュリオン》になるわけではないが。

――と、そこでタイミングを見計らっていたかのように、ネモフィラの制止が入ったのだ。

「やめなさい」

「……姫。しかし――」

「その御方は、同胞ですよ」

「どう、ほう……？」

「これ以上、貴方程度の為に、私に言葉を重ねさせるつもりですか？」

ネモフィラは笑っている。うっすら笑っている。

まるで、寒空の路地裏に吹き抜ける凍てつく風のような、空虚な笑みだ。

「申し訳ございません」

青髪野郎はすぐさま剣を鞘《さや》に収め、ネモフィラの前に駆け寄って膝をつく。

彼女は、そんな自分の聖騎士を無視して、俺を見る。

「これが随分と失礼をいたしました。お二人共、どうかお許しを」

詫《わ》びるように、ネモフィラが頭を下げる。その声にも、感情は乗っていない。

――この子、俺の力量を試そうとしたな？

「……何故《なにゆえ》、このような狼藉《ろうぜき》を」

お姫さんは、青髪騎士の正体に気づいていない。

そりゃそうだ。形骸種《キュリオン》でもなければ、肉の鎧《よろい》を纏《まと》った俺たちみたいな存在を一目で死人と見抜くことは出来まい。

「よく言って聞かせますので、どうかご容赦頂けませんか？」

「説明になっていません！」

お姫さんは本気で怒っている。そういえば、前にマイラが俺の頬を斬った時にも憤っていたので、俺は結構大事に思われているのかもしれない。中々に嬉《うれ》しいじゃないか。

「ネモフィラ様に、伺いたいことがあるのですが」

喜びは一旦横に置き、ネモフィラに声を掛ける。

彼女は一瞬パルちゃんに視線を向け、それから再び俺を見た。

「では、後日席を設けましょう」

彼女は理解している。自分の聖騎士が死者であることを。

そして、自分の聖騎士が突如襲撃したことなどから、俺もまた死者であることを。

また、それを無関係なパルちゃんの前で話すわけにはいかないことまで。

「お誘い頂けるのを、心待ちにしております」

「私もです。貴方には、とても興味がありますから」

ネモフィラに臣下の礼をとったままの青髪騎士が、俺を睨《にら》みつけていた。

主《あるじ》への忠誠心……執着心は、本物のようだ。

「今日のところは、これで失礼しますね。改めて、『雪白』の件、おめでとうございます。共に戦える日が来ることを、祈っていますよ」

彼女はそう言って、荷物運搬用とは別に用意された箱馬車へ向かう。

青髪騎士はすぐさま立ち上がり、彼女の為に馬車の扉を開いた。

彼女が乗るのを待ってから、扉を閉める。同乗は許されていないようだ。

「……貴様は何故、此処《ここ》にいる」

「お前の知ったことかよ」

「姫に危害を加えようものなら——」

「お前さ、縫い針と糸は持ってるか？」

「……なに？」

「自分の御主人様にバレないように、こっそり縫い合わせとけよ？」

ぷつり、と。奴の右肩に刻まれていた紋章が、裂ける。俺が先程、斬っておいたのだ。

「——」

完全に切断するのでなく、僅かに繋《つな》がっている箇所を残しておいた。

少し動けば完全に切れて、十二聖者の証である紋章が、ぱっくり割れるように。

「……何故、姫様の前でやらなかった」

「自分の聖騎士が雑魚だって気づいたら、ネモフィラが傷つくかもしれないだろ。傷つくのは男だけで充分だ」

青髪野郎は歯嚙《はが》みしつつも反論はせず、紋章を一度撫《な》でた。

そして何も言い返すことなく、荷物を乗せた幌馬車《ほろばしゃ》の方へ乗り込み、馬車はそのまま去っていく。

「聖騎士アルベール」

パルちゃんが近づいてきた。

「アルくんでいいぞ、パルちゃん」

「わたくしの友人がごめんなさい。……前は、あんな子ではなかったのだけど」

「君が謝ることじゃないさ」

「それに、あの聖騎士。いきなり貴方に斬りかかるなんて、どうかしているわ」

「どこにでも馬鹿はいるからなぁ」

十二形骸を見て殺そうとしたのなら、聖騎士としてはむしろ正しいと言えるかもしれない。

いや、街中であることを考えると、考えなしには違いないか。

「ちなみにパルちゃん、あの聖騎士のことで、何か知ってることはあるかい？」

彼女が首を横に振る。それに伴い、少女の金髪がさらりと揺れた。

「いいえ。わたくしは、いまだに信じられないのよ。あの子が、二人目の聖騎士を選ぶだなんて」

どうやら、一人目の聖騎士との絆《きずな》は非常に固かったようで、喪失の悲しみに浸る間もなく二人目を選定するなど想像も出来なかったそうだ。

「しかも、十二形骸を殺したらしいもんなぁ」

「アルベール……貴方から見て、あの聖騎士にそれだけの技量はある？」

「……どうだかな」

聖騎士としての技量は、正直なところ『上の中』程度に思えた。ただ、俺たちは死者だ。

俺に『骨剣錬成《こっけんれんせい》』と『毒炎《どくえん》』があるように。奴にも、最低二つの特殊能力がある筈。

というか、いつの間にか十二形骸が十形骸になってしまったではないか。

「それより、もう帰ろう。部屋の前まで送るよ」

パルちゃんも何かしらの違和感は抱いているだろうが、追及はしてこなかった。

「……そうね」

そのまま三人で寮の前まで行き、パルちゃんと別れる。

そして俺たちは、自分たちの部屋へと戻ってきた。

「お姫さん、どうしたんだ？　さっきから随分と静かだな」

ちなみに、居間は夜でもほの明るい。

拳大くらいの魔石が天井から吊《つ》り下がっており、それが淡い光を発しているのだ。

さすがに貴重な品なので、寮の一室ごとに一つしか設置されていないのだが。

「……アルベール」

「ん？」

「……ネモフィラ様の聖騎士は——十二形骸なのですね？」

なるほど、それを考えていたのか。

聖騎士を失った聖女。謎の新たなる聖騎士。そんなペアによる、十二形骸討伐という突然の戦果。

青髪聖騎士の俺に対する態度や、ネモフィラの俺に対する関心。

お姫さんの立場からなら、それらの情報から推測することは確かに可能かもしれない。

「さすが我が主《あるじ》、聡明《そうめい》でいらっしゃる」

お姫さんはソファーまでてくてくと歩いていくと、そのまま腰掛けて思案顔になった。

俺はテーブルを挟んだ向かいのソファーに腰掛ける。

「お姫さんとネモフィラって、親戚だったりする？」

それならば、俺の身体を再生した魔法も伝わっているかもしれない、と思ったのだが。

「いいえ。彼女の生家と当家に繋がりはありません。無論、血を遡《さかのぼ》ればどこかで交わっている可能性はありますが……」

少なくとも、彼女が知る限りは関係ないそうだ。

「じゃあさ、お姫さんの家で、例の魔法について知っているのは？」

「歴代の当主と、わたしと、お姉さままでです。そして、我々が情報を漏らすことはありません」

「となると、歴代当主の誰かが、情報を漏らしたのか？　もしくは……」

「もしくは？」

「ネモフィラの実家は、魔女の関係者だったのかもな」

お姫さんは信じられないのか、呆然《ぼうぜん》とした顔で「かん、けいしゃ」と呟《つぶや》く。

「いや、分からないけどな。『とこしえの魔女』だって元は人間だろ？　研究仲間とか友達とか出資者とか、色々いたっておかしくはないだろ」

「それは、言われてみれば確かに、その通り、ですね……」

「まぁ、そのあたりは今度逢《あ》った時に訊《き》けばいいさ」

わざわざ逢う約束をしたのだ。向こうからまた接触があるだろう。

お姫さんが頷《うなず》き、顔を上げる。そして俺を見つめた。

「アルベールは、あの二人をどう思われますか？」

「ネモフィラは可愛いけど、何か病んでる感じがするよな。いやまぁ、そういうのがダメってわけじゃないぜ？　とはいえ、心も健康であるに越したことは――」

「誰が貴方の好みを聞きましたか。呪いますよ？」

「もう呪われてるよ」と、お決まりのやりとりをしてから、俺は続ける。

「まぁ、色々訊きたいことがあるから、逢うのは賛成だ。だが、一緒に戦うのは反対だね」

「理由をお聞きしても？」

「どっちも、まともじゃない」

「……パルストリス様の話によると、ネモフィラ様は性格が変わられたようだとか」

「あれはどう考えても、最初の聖騎士の死から立ち直れてないだろ」

「貴方に斬り掛かった件こそ許し難《がた》いですが、二人目の聖騎士はネモフィラ様に従順に見えました。彼女も我々に同胞という言葉を使っていましたし……その」

お姫さんが何を考えているかは分かる。

「俺たちみたいに、一生一緒にいる約束をした熱い主従の可能性もあるって？」

俺がわざとらしく言うと、お姫さんの顔が赤くなる。

彼女は拗《す》ねたように俺を睨みながら、やけくそのように首肯した。

「そうですっ！」

本日も俺の主《あるじ》が可愛い。

「あの二人の間に、信頼関係があるように見えたか？」

「……それは」

ネモフィラはどう考えても、あいつを駒以上には見ていない。

それを知った上で、青髪野郎は盲目的な忠誠心を向けていた。あまりに、いびつな主従だ。

「そもそも、あいつと俺を同じにするのはやめてほしいね」

「貴方の方が、剣士として優れているからですか？」

「いやいや、それはまぁその通りだしもっと褒めてくれてもいいんだが、そういうことじゃないのさ。お姫さん、前に俺に言ったことを忘れたのかい？」

「……というと」

「封印都市内の形骸種《キュリオン》を皆殺しにしたのは、十二形骸の中で唯一俺だけなんじゃないのか？」

「――――」

出逢《であ》った日に、言っていたではないか。

――『はい。さすがに死者を殲滅《せんめつ》する死者というのは、貴方以外に聞いたことがありませんが……』

と。

「あいつがなんでネモフィラに従ってるかは分からないが、少なくとも根っからの聖騎士じゃないのは確かだ」

王国直轄の三都市以外であっても、完全に聖者を遮断できるわけではない。

『骨骸《こつがい》の剣聖《けんせい》』が自分以外の死者を全滅させた異端であることも、世の中には知られていたのだ。

それぞれに管理を任された貴族のいる九都市に関しても、最低限の情報は共有されている。

俺のいた街以外に、形骸種《キュリオン》の全滅している都市はない。

三百年もあったのに、あの青髪野郎は、形骸種《キュリオン》退治をしていなかったのだ。

もちろん『毒炎《どくえん》の守護竜《しゅごりゅう》』エクトルのように、何か理由はあったのかもしれないが。

「……確かに、貴方と同じではありませんね」

「あぁ。それで、お姫さん。ネモフィラの実家は、封印都市の管理を任されている貴族ってことでいいのか？」

「……はい。彼女の生家が管理しているのは――『黄金郷《おうごんきょう》の墓守《はかもり》』が棲《す》まう都市です」

『黄金郷の墓守』が棲むのは実際に黄金で出来た都市なのではなく、黄金に例えられる美しい花が咲くことで有名な都市だったのだという。

街が死人で満ちてからどれだけ経っても、その花畑が枯れることはなく。

それどころか、街を満たすように狂い咲くようになったのだとか。

そいつは、自分で作ったと思しき不出来な墓の手入れと、黄金の花にしか興味を示さないらしく。

『毒炎の守護竜』と並んで危険度が低い形骸種《キュリオン》とされていた。

こちらから手出ししなければ、襲いかかってこないタイプだったわけだ。

――道理で、剣の腕が『上の中』で止まっているわけだ。

墓守業以外に興味がなかった為に、剣の腕を磨くことをしなかったのだろう。

それが今や、外に出て他の形骸種《キュリオン》を狩っているとは、妙な話だ。

「にしても、職務放棄とは、不良墓守だな」

◇

ここ最近、学院内は『毒炎の守護竜』討伐の話題で持ち切りだったのだが。

数日前から、そこにネモフィラの話題も加わることとなった。

聖騎士を失った聖女が新たなパートナーと共に再起し、十二形骸の一角を打ち崩す。

物語として、出来すぎているのは確かだ。

討伐が確認されたのは、『天庭《てんてい》の祈禱師《きとうし》』。

こいつがいたのはかつての鉱山都市なのだが、そこは元々とある部族の暮らす地域だった。

そして、山はその部族にとって尊いものだったという。

高い山はそれだけ空に近く、天の庭に続くもので、畏れ敬うべきなのだとか。

この場合の天は、俺たちの言う神様とはやや異なるようなのだが、そのあたりは今は置いておく。

やがて鉱山を欲した時の領主と、自然への敬いを忘れた強欲な裏切り者との間で交渉がなされ、採掘が決定。

一族はせめて山の怒りを買わぬようにと、祈禱師に毎日のように祈りを捧《ささ》げさせたのだとか。

といった話が、今に伝わっている。

だが実際のところ、当時の祈禱師が『天庭の祈禱師』本人なのかは不明だ。

確かなのは、誰かが鉱山内に足を踏み入れると必ず地震が起き、生き埋めになってしまうこと。

あまりに狙いすましたような頻度から、そのような特殊能力を持つ形骸種《キュリオン》がいる、というのはほぼ確定。その現象を山の怒りに例え、そいつの異名を祈禱師としたのだろう。

『無声《むせい》の人魚姫《にんぎょひめ》』と並び、目撃例の極端に少ない、あるいは全くない十二形骸だ。いや、だった。

つまりあの青髪聖騎士は、その能力を手に入れた可能性が高い。

「『毒炎の守護竜』を還送された『深黒《しんこく》』ペア、『天庭の祈禱師』を還送された『吹雪』ペア。わたしたちって、とんでもない時代に生まれたのね」

「三百年間動かなかった時計の針が、この時代に進むことになるなんて……」

学院の食堂で、女生徒たちが盛り上がっている。主に、二年生や三年生の聖女ちゃんたちだ。

一方で、一年生には暗い顔をしている者たちも少なくない。

『毒炎の守護竜』の件で、同級生の戦死を経験している者たちだ。あの件では最終的に、聖者一組、生徒からは十六組の戦死者を出してしまったのだから、当然とも言える。

ショックから立ち直れず、学院を去った聖女や聖騎士もいるようだ。

「……」

今日は俺とお姫さんだけでなく、クフェアちゃんとリナムちゃんも一緒に席を囲んでいる。

お姫さんはここ数日、ネモフィラの件で色々と悩んでいるらしい。姉のオルレアちゃんに相談したり、実家のお祖母様とやらに手紙を出したりと、彼女なりに情報収集に努めている。

「短期間で二体の十二形骸が還送されるなんて……そんなこと、あるのね」

赤髪ポニテのクフェアちゃんが、パンを千切りながら言う。一口大に千切られたパンは、ひょいっと彼女の口の中に放り込まれる。

「十二形骸が消えたからといって、すぐに都市が解放されるわけではないですけれど……でも、よいこと、ですよね」

青髪ボブのリナムちゃんは、トレーに載ったオムライスとサラダを前に、祈りのポーズをとる。その際、彼女は懐から取り出したペンダントをきゅっと握った。

「お、使ってくれてるんだな、リナムちゃん」

「あっ、はい。以前使っていたのはエーデル母さんのものだったので……。改めて、ありがとうございます」

ペンダントトップはコインで、そこには右上から左下に向かって伸びる、三本の斜線が描かれている。降り注ぐ光を表したもので、聖女に魔法を授けてくれる女神様を象徴する紋章だ。

聖女の他、女神様を信仰する者が所持し、普段から身につけ、祈りの際に使用する。

当然、お姫さんも持っているものだ。

あとは、聖者たちの制服にも紋章や飾りとしてあしらわれている。

リナムちゃんとクフェアちゃんは孤児院育ち。ペンダントにお金を掛けるくらいならば子供たちの食事代に使うような子たちなので、入学当初はペンダントも養母エーデルのお古を使っていた。

先日、お姫さんに髪飾り、クフェアちゃんに髪紐《ひも》を贈った俺だが、リナムちゃんだけ仲間外れはよくないだろうと考え、このペンダントを贈ったのだ。

「どういたしまして」

「こ、こほんっ。んーっ」

わざとらしい声を上げながら、クフェアちゃんがポニテをいじる。

『自分も使ってますけど？』という無言のアピール……のつもりだろう。

「クフェアちゃんも、普段使いしてくれて嬉しいよ」

前にも言った気がするが、構うまい。

「そ、そう。まぁ、その、あたしも気に入ってるし」

「ふふふ、寝る前にじーっと眺めていたりするくらいだもんね」

「ちょっ、リナムっ⁉」

同室で寝泊まりしているらしい幼馴染《おさななじみ》からの暴露を受け、クフェアちゃんが赤面する。

俺は可愛い情報が聞けて満足である。

「ふふ、ごめんね。あ、でも、子供たちが羨ましがるから、そこは少し困っちゃう時があるね」

「うっ。そ、そうよね。リナリアに『いいなぁ』とか言われると、胸が痛くなったりね」

「任務のお金もまだ残っているし、たまには食べ物以外に使ってもいいかも？」

「そうねぇ。リボン、髪飾り……お人形とか？」

リナムちゃんの提案から、幼馴染同士の会話が広がっていく。

「お人形を女の子全員分買うのは難しい、かな。材料だけ買って、手作りするならなんとか……エーデル母さんと、おばあちゃんにも手伝ってもらって」

「そうねぇ。一人ずつが難しそうなら、みんなにってことで絵本を買うとか？」

「本を買うのは素敵だね」

なんて良い子たちだろうと感動している俺の横で、お姫さんはまだまだ悩み顔。

俺は彼女の頬をつついた。ふわりと指が沈み込む柔らかさと、ぽよんと跳ね返す弾力。

「……なんですか、アルベール」

お姫さんは俺の指が頬に触れている状態で、抗議の視線を送ってきた。

「食事が冷めるぞ」

「そう、ですね……」

そう言って食事に手をつけるお姫さんだったが、やはり集中出来ていない。

ネモフィラと青髪聖騎士――『黄金郷の墓守』の件だろう。

時系列で言うと、まずネモフィラと彼女の初代聖騎士は、自分たちの家が管理する黄金郷へと足を踏み入れた。

そこで初代聖騎士は戦死したが、ネモフィラだけが無事に帰ってきた。

そして後日、彼女は『黄金郷の墓守』を二代目聖騎士に迎え、『天庭の祈禱師』を討伐。

十二聖者は天候に関わる異名を与えられるらしく、彼女たちには『吹雪』の称号が与えられた。

こうして並べてみると、初代聖騎士の死から、墓守を二代目に任命するくだりに、空白が残る。

どのようにして、聖騎士を失った聖女と十二形骸が契約するに至ったのか、が抜けているのだ。

現状俺たちが集められた情報では、これが限界。

他にも、形骸種《キュリオン》に肉の鎧を取り戻す術式をどこから入手したのかといった謎もある。お姫さん的には実家の秘術なので、そこも大いに引っかかっていることだろう。

予想を幾つ立てても、所詮は予想でしかない。確定した情報が欲しい筈だ。

「なぁ、お姫さん」

「……なんでしょう?」

「そんなに悩んでたって、何か好転するわけじゃないだろう。なにより、主《あるじ》が暗い顔をしていると、俺も楽しくない」

俺の言葉に、彼女は何かを思い出すような顔をする。

「『何の得もないのに気分だけ暗くしておく理由』はない、ですか」

「ん? あぁ、前にそんなことも言ったか」

まだお姫さんの実家でお世話になっている頃に、そんな話をした覚えがある。

「確かに、貴方は一貫して明るいですね」

お姫さんの不安も、推察は出来る。

十二形骸を外に出すというのは、とても大きな決断だ。

いくら実家の秘術で感染能力を封じられると言っても、恐ろしかっただろう。

形骸種《キュリオン》を自らの判断で結界の外に出すなんて。

だが彼女は決断した。

そこに、同じ決断をした二人目の聖女が現れたのだ。

しかし、その聖女の秘術が自分の家に伝わるものとまったく同じなのか、確証は摑《つか》めない。

それに、その聖女も聖騎士も、どこか妖しい雰囲気を漂わせている。

一歩間違えれば、三百年前の災厄の再来となりかねない。

魔女の血脈としての責任感を持つお姫さんにとって、墓守野郎は到底放置出来ない問題なのだ。

「考えるなとは言わんよ。だが、悩みすぎてうじうじするのもよくないと思うんだ。だから、こう考えたらどうだ？　何があっても俺が――」

なんとかする、と言おうとしたのだが、寸前でやめる。

そうだ。俺はもう、彼女をパートナーと認めたではないか。

「アルベール？」

「何があっても、俺たちでなんとかすればいいじゃないか」

彼女は目を見開き、それからふっと綻ぶように笑う。

「……そうですね。どのような問題にぶつかろうとも、共に解決して参りましょう。我が騎士アルベール」

「もちろんですとも、我が主《あるじ》アストランティア様」

俺たちは互いに顔を見合わせて、ふっと微笑む。

「……よく分からないけど、その時はあたしたちも手伝うわよ」

見れば、クフェアちゃんがこちらにジト目を向けていた。

「ふふふ、アストランティア様がお元気になったようで、嬉しいです。ここ何日かは、暗い顔をされていたので」

リナムちゃんは柔らかい笑みを湛《たた》えている。

「お二人とも、ご心配おかけしました。何かあった際には、是非頼らせてください」

「ええ、任せなさい」

「今後は学生を投入しての救済活動も活発になるそうですから、一緒に頑張りましょうね」

『毒炎の守護竜』と『天庭の祈禱師』が討伐されたことによって、二つの封印都市から十二形骸という最大の脅威が消えた。

あとは、通常の形骸種《キュリオン》――といっても強さに個体差はあるが――を全て片付ければ、都市を解放出来る。

そこで、学生を投入してでも形骸種《キュリオン》救済を推し進めよう、ということになったようだ。

――特に鉱山都市の方は、三百年越しに採掘を再開出来るかもしれないので、気合いも入るというものだろう。

もちろん、学生は結界との境界付近に配置され、すぐに退避出来るよう配慮がされるようだが。

ちなみに、『骨骸の剣聖』である俺や、『黄金郷の墓守』である青髪野郎の件に関しては伏せられているので、聖者の組織が都市解放に動くことはない。

俺の方なんかは、既に街に形骸種《キュリオン》は一体もいないので、今すぐ復興に移れるといえばそうなのだが……それをするには俺の件を説明しなくてはならないので、お姫さんの実家が情報の秘匿を選んだようだ。

「本格的に、班の結成に移らねばなりませんね」

都市内での活動が増えてくるとなると、共に戦う仲間も重要になってくる。

「そうだなぁ。三組くらいあれば、班の体裁は整うと思うが」

三組もいれば人数で六人にもなるので、小規模な部隊として充分機能するだろう。

パッと浮かぶのはオルレアちゃんとマイラペアやパルちゃんとオージアスペアなのだが、この二組は先輩だし、当然のように彼女たちの班が既にある。

「あたしたち、実はかなり色んな子に誘われてるのよね。まぁ、あんたたちと組むってことで断ったんだけど」

クフェアちゃんが困り顔で言う。

「あぁ、二人は一般受験組に大人気だもんな」

いじめっ子撃退の件で、一躍人気者になったのだ。

この学院は貴族と庶民で派閥のようなものが出来ており、特に貴族は庶民を見下す傾向にある。

みんながみんなそうではないのが救いだが、差別意識というのはそう簡単にはなくならない。

「それもあるけど。最近は、あたしたちを通して、二人とお近づきになりたいって子もいるのよ」

表立っての非難はないが、お姫さんはやはり魔女の血縁ということで、それなりに距離を置かれている感がある。クフェアちゃんやリナムちゃんのように、裏表なく接してくれる者は希少だ。

そんな中、俺たちに興味を持っている者たちと言うと……。

「『雪白』になったからか？」

「そう、だと思います……」

リナムちゃんが気まずそうに頷く。

魔女の血縁と恐れたかと思えば、実力者だと分かったらすり寄ってきたりと、忙しい奴らだ。

「お姫さんはどう思う？」

「強き者と組みたいと考えるのは、自然なことかと。ですが信頼というものは一日で築けるものではありません。そのかたたちと顔を合わせるにしろ、見極める時間は必要になりましょう」

むかつくから却下とならないあたり、お姫さんは人間が出来ている。

主《あるじ》がそう言うのなら、俺も文句は言うまい。

「そうだな。じゃあひとまず、希望者を募って面接でもするか。聖女ちゃんの方は、お姫さんが対応してあげてくれ」

途端、お姫さんとクフェアちゃんの視線が湿気を帯びる。

「んで、女性聖騎士の方は俺が担当するよ。それで問題ないよな」

リナムちゃんまで苦笑し始めた。

「アルベール？　男性聖騎士の方はどうされるのですか？」

お姫さんが問う。

「男と話すことなんかないから、面談はなしでいいだろ」

「アルベール？　その女性聖騎士が、貴方の対象内だったら、どうするわけ？」

クフェアちゃんが問う。

「そりゃあ、お近づきになるべく努力しないとな」

「そうですか」「そうなんだ」

二人はにっこりと、目を細めて笑っている。

なんだか日々、この二人から放たれる圧力が強くなっているような……。

「とまぁ、冗談はおいといて。俺たち四人で、面接をするのはありだと思うぜ」

『本当に冗談だったのか？』という二人からの疑惑の視線をその身に受けながら、俺は鋼の精神で話を進める。

「そう、ですね。互いを支え合える仲間は、必要だと思います」

リナムちゃんが話に乗ってくれたおかげで、二人も渋々ながら疑惑の視線を解《と》き、面談に関しての話が進む。最終的に、希望者との面談を行うことが俺たちの中で決まった。

◇

そこから更に数日後。

瞬く間に十二聖者きっての有名人となった『吹雪』の聖女ネモフィラ。

彼女はなんと、次なる獲物を十二形骸『片腕《かたうで》の巨人兵《きょじんへい》』に定めたと発表。

討伐隊への希望者を募集するという。

そして、俺の許《もと》へ一通の手紙が届いた。

それは先日約束した、話を聞く場を設ける件についてのもの。

俺はお姫さんと共に、ネモフィラと逢うことにした……のはいいのだが。

「オルレアちゃんとマイラもついて来るんだな」

「当然です。『吹雪』には、私も尋ねたいことがありますので」

白銀の長髪に氷の蒼眼《そうがん》、そして抜群のプロポーションを誇る美少女オルレアちゃん。

「……お邪魔、でしょうか」

そして、金髪碧眼《へきがん》前髪ぱっつん真面目美少女聖騎士、マイラ。

「いやいや、そんなことはないさ」

そんな申し訳無さそうな視線を向けないでくれ。

無性に甘やかしたくなってしまう。

まぁマイラはともかく、オルレアちゃんにしてみたら、実家の秘術が他家にも使えるというのは家系そのものの問題と言えるので、気にかけるのは当然か。

ネモフィラは元々この街に予定があったようなので、逢うのも街の中だ。

「じゃあ、話を聞きに行こうか」

◇

みんなで一台の箱馬車に乗って、目的地についた俺たちだったが……。

「でけー屋敷。ネモフィラちゃんの家の持ち物か？」

馬車から降りた俺たちを迎えたのは、背の高い門扉と門番。

俺たちが約束の相手だと確認がとれると、門が音を立てて開かれる。

広い前庭を歩きながら呟いた俺の言葉に、お姫さんが反応した。

「いえ。ここは確か……」

「貴方に通じるように言うのなら、『天庭の祈禱師』を封じた都市の責任者の邸宅です」

お姫さんの言葉を、彼女の姉であるオルレアちゃんが引き継ぐ。

「あー、なるほど。ネモフィラに厄介者を倒してもらったから、恩があるわけね」

それで、寝泊まりなり話し合いなりの場所を提供しているわけか。

俺たちはそのまま屋敷の中に迎えられ、メイドの一人に案内してもらう。

可愛い子だったが、俺もさすがにこの状況で口説きはしない。

部屋の前まで到着するとメイドがノックし、中からネモフィラの応じる声が聞こえる。

メイドちゃんが開いてくれた扉を、俺たちはゆっくりと通った。

広い部屋だ。バルコニーに広がる戸が開放されており、そこから部屋に柔らかい日の光が射し込み、涼やかな風が吹き込んでいる。

風に揺られるカーテンと、ネモフィラの空色の髪。

彼女は椅子に腰掛けており、テーブルの上には茶器と菓子が載っている。

こちらに向けられる顔は今日も美しく、今日も空虚だ。

「お待ちしておりました。……おや、『深黒』のお二人もいらしたのですね」

「何か問題が?」

「いいえ。また貴女にお逢い出来て嬉しく思いますよ、オルレア様」

「私も、同じように言えればよかったのですが」

二人は共に学内最強十二組の聖女だったので、面識はあったのだろう。

「あら、何か貴女を怒らせるようなことをしてしまいましたか?」

「それを今日、伺いに参ったのです」

「そうなのですね」

ネモフィラはメイドにお茶の用意を命じると、俺たちにも座るよう促す。

とはいえ、椅子の数が足りない。

ネモフィラと元々の客人に合わせて全三脚だったので、俺とマイラが立つことに。

元々聖騎士は護衛も兼ねるので、これで問題ない。

聖騎士繋がりで渋々言及すると、青髪野郎は俺たちが入ってきた扉の脇に立っていた。

「貴方は出ていなさい」

ネモフィラが、奴を見もせずに言う。

「しかし、姫……」

「同じことを何度も言わせないでほしいのだけど」

「……失礼いたしました。屋敷内を巡回して参ります」

青髪野郎は深く頭を下げ、部屋を出ていく。

「……十二形骸をよく躾《しつ》けているようですね」

オルレアちゃんのは皮肉というより、驚きを込めた確認だ。

『深黒』ペアはあいつを初めて見るのだ、無理もない。

「いいえ、あれは最初からあぁだったのですよ」

ネモフィラは微笑しているが、やはりそこに感情の色はない。

「最初から、ですか？」

お姫さんの口から漏れた疑問に、ネモフィラは頷く。

「お茶が入りましたら、順を追ってお話しいたしますね」

その後、メイドが用意してくれたお茶が卓上に並ぶ。

追加の椅子の提案を断り、室内が関係者のみになってから、話が始まる。

「当家に限ったことではありませんが、形骸種《キュリオン》の有効活用を考える者がこの世には大勢おります」

それは理解出来る話だった。

形骸種《キュリオン》は不完全とはいえ不死者であり、首を断たない限りは損傷も再生する。

それを利用して、魔法や武器の性能を試す実験体に使う、というのは俺も以前想像した。

世の中にはもっと様々な利用方法を考えつく奴らがいるのだろう。

「十二聖者の持つ『天聖剣《てんせいけん》』も、その一つです」

「『天聖剣』？」

俺は首を傾《かし》げる。

お姫さんやマイラも知らないようだ。だが、オルレアちゃんは表情を崩さない。

「ご存じないのも無理はありません。これは一部の者しか知らぬ情報ですから。まず、市井《しせい》の者には誤解している者も多いですが、『神心の具現』……形骸種《キュリオン》の特殊能力は、十二形骸固有のものではありません」

十二形骸が特別強いのであって、特殊能力自体は形骸種《キュリオン》が持つ三つの可能性の一つに過ぎない。

感染能力、再生能力、特殊能力だ。これらは全ての形骸種《キュリオン》が持つ可能性。

俺はまだ遭遇したことはないが、形骸種《キュリオン》は『能力無しの通常個体』と『能力持ちの十二形骸』の間に、『能力持ち強個体《きょうこたい》』が存在するのだ。

「それは存じておりますが」

お姫さんが答える。

「『天聖剣』は王家の至宝であり、十二振りのみ存在すると言われています。この剣で形骸種《キュリオン》を討伐した場合――その能力を奪えるというのです」

「――――」

「まるで、十二形骸のようだとは思いませんか？」

なるほど、十二聖者の聖騎士は、新たに特殊能力つきの剣が貰《もら》えるわけか。

「とはいえ、『天聖剣』は不完全な代物です。剣に宿した特殊能力は、十年から五十年ほどで使用不能になってしまう。また、能力を二つ以上宿すことも出来ないそうです」

……奪った能力を、長く定着させられないのか。

それに、二つ以上宿せないという制約もある。

能力の定着はともかく、十二形骸同士の奪い合いとは性質が異なると分かる。

俺は『骨剣錬成』と『毒炎』を併用できる。つまり二つ以上を同時に扱えるのだから。

しかし、似ていることは確かだ。

ということは、おそらく――。

「それは、『魔女』によって齎《もたら》された技術ではないのですか」

お姫さんが苦しげな声で、絞り出すように言った。

不死者に関与する技術など、いかにも怪しい。

「その可能性はあります。どの時点、どの立場からなのかは分かりませんが、『とこしえの魔女』は我々の世に度々干渉しているようです」

それは想像がついたことだ。

魔女は形骸種《キュリオン》の不完全な死を最大限利用した上で、俺や青髪野郎にも使用された再生魔法を、より高度に使いこなしていると思われる。

つまり、あらゆる時代に、好きな姿で登場することが出来るのだ。祓魔《ふつま》機関が結成された初期の構成員に紛れることも、貴族や王族を殺して姿を真似ることで成り代わることも出来る。

人相で元凶を探すことは出来ない。

そして、それが分かっていたとしても、『魔女』に齎された力を、人は無視出来ない。

都市を封印するのに結界術を利用しているように。

お姫さんが俺に肉の鎧を与えたように。

王家が『天聖剣』を十二聖者に貸し与えているように。

もっと言えば、魔女に与えられた死ねない力で、俺が三百年後の世界を生きているように。

「……驚きではありますが、アストランティア様。本題がまだかと」

俺が彼女に囁《ささや》くと、お姫さんは心を落ち着けるように呼気を漏らし、頷いた。

「ネモフィラ様は、同様に『黄金郷の墓守』を利用出来ないかと考えていたのですか？」

「正確には、当家の者が、ですね。あれは好んで黄金の花を咲かせていましたが、侵入者を排除する際には異なる植物も生み出し操っているのが確認されていました。仮にその力を自在に扱えるとなれば——巨万の富が得られます」

好きな植物を好きなだけ生み出せるのなら、確かに大金持ち待ったなしだ。希少な植物からしか作れない薬なども大量に生成出来るし、綿や麻の他、野菜や穀物も自在に生み出せることになる。

俺には考えつかないような利用法だってあるだろう。

しかし、十二形骸を商売に利用しようというのは、考えが甘いのではないか。

「あの日も、私は父に命じられ、都市へ踏み入りました。『黄金郷の墓守』との交渉役を護衛するのが役目です。もう結果は想像がつきましょう？」

「失敗したのですね。そこで貴方は聖騎士を喪《うしな》った」

オルレアちゃんは容赦がない。

「その通りですよ、オルレア様。交渉役も我が聖騎士も、一瞬でミイラのようになってしまいました。植物の養分になってしまったかのように、身体が干からびてしまったのです」

想像はついていたが、やはり青髪野郎は、ネモフィラにとって初代聖騎士の仇《かたき》なのだ。その仇を、彼女は二代目聖騎士にしている。

一体、どんな心境なのか。

「しかしここからが不思議なのですが。あれは私の顔を見るなり、跪《ひざまず》いたのです」

「……奴は、ネモフィラ様のことを『姫』とお呼びしていましたが」

剣を交わした日のことを思い出し、俺は口を挟んだ。

「アルベール様の仰《おっしゃ》った通り、あれには、私が『自分の姫』に見えているようなのです」

青髪野郎の忠誠心は、俺には本物に見えた。

だがネモフィラは、あいつを徹底的に物扱いしている。

そのちぐはぐさが、これで解消された。

忠誠心こそ本物だが、あれはネモフィラ本人に対するものではなかったのだ。かつて自分が仕えていた相手に対する忠誠心を、何を勘違いしたかネモフィラに向けているだけ。

思った以上に、危険な状態だ。

「そういった理由で、私は殺されずにすんだわけです。なんとか帰還した私は、あれの話していた断片的な情報を許に、ある事実に至りました」

ネモフィラは一呼吸置いてから、続ける。

「当時、当主と正妻とその子供たちが、都市に残っていたようなのです。当家自体は、王都の屋敷に滞在していた当主の弟が家督を継いだ為、血筋が途絶えることは避けられたのだと記録に残っています。そして都市に残っていた当主の子供の内、娘二人は私と同じ年頃だったのだとか」

「……つまり、三百年前の当主のご令嬢のどちらかが、ネモフィラ様に似ていたと？　『黄金郷の墓守』はその騎士であり、ネモフィラ様を己の主《あるじ》と誤認しているのですか？」

信じられないという顔で、お姫さんが言う。

「おそらく、そうなのでしょうね。あれが勘違いする程度には、似ているのでしょう」

よく生き写しなんて言うが、同じ血が流れているのなら、一族に似た顔が生まれることも有り得るだろう。

ネモフィラは、たまたま三百年前のご令嬢に似ていたから生き延びたわけか。

凄まじい偶然だ。それが幸運だったのかは、分からないが。

「そして、アストランティア様とオルレア様が最も気にされているであろう再生の秘術に関してですが……これは、元々当家にも伝わっているものだったのです」

「――なっ」

お姫さんが声を上げて驚愕《きょうがく》し、さすがのオルレアちゃんも眉を歪《ゆが》めて反応する。

「正確には、かつて黄金郷内の屋敷跡の探索を行った際に、資料を発見したようです」

「そ、それはどういう……？」

「……三百年前、ネモフィラ様の家の誰かが、『とこしえの魔女』と繋がっていたのでしょう」

戸惑う妹に、姉のオルレアちゃんが言う。

そのあたりも、予想の中の一つだったので、俺は驚かない。

『とこしえの魔女』にも研究仲間や出資者などの関係者はいるだろうと思っていた。

ネモフィラの先祖がそうだったのだろう。

そして、当時の資料を発掘したネモフィラの実家は、利用出来る機会を窺《うかが》っていたわけだ。

それを、ネモフィラがこの時代に使った。

こうなると、『魔女の関係者』は国中の色んなところにいそうだ。そして、魔女の生家であるお姫さんの家を除けば、みんな魔女との関係発覚を恐れて無関係を装ったのだろう。

だからこの時代で、魔女の縁者として忌み嫌われているのがお姫さんの家だけなのだ。

他に差別されている家というのは、聞いたことがない。みんな、上手く隠し通したわけか。

「ここまでの話を踏まえ、アストランティア様にお願いしたいことがあるのです」

単に情報を提供の為にこちらを呼んだなどとは、俺たちも思っていない。

ネモフィラからすれば、ここからが本題。

「……なんでしょう」

「今、皆様は不安に思われたことでしょう。あれの妄想はいつ途切れるとも分かりません。今は私に従っていますが、それもいつまで続くか分かったものではありません」

その通りだ。

墓守が制御出来ているのは、あいつが正常ではないからこそ、なのだ。

今を生きるネモフィラを、二百年前の主《あるじ》だと勘違いしている。

その勘違いが、何かの拍子で解《と》けた時、一体どうなるのか。

街中でそれが起きたら、虐殺が起きてもおかしくないのだ。

そしてネモフィラは、その危険を承知であいつを外に連れ出した。

つまり、危険なのはネモフィラの精神状態も同じ。

人類の希望である筈の十二聖者、その一角を担う『吹雪』の二人は、人類の脅威でもある。

そして、そんなネモフィラが、俺たちに頼みがあるという。

「ですので、アルベール様には――あれを討伐して頂きたいのです」

第二章◆新たなる仲間

ネモフィラは、穏やかに笑っている。

そんな彼女に対し、お姫さんは理解出来ないとばかりに表情を歪《ゆが》めた。

「……仮にも己の聖騎士を、他家の者に差し出すというのですか」

ネモフィラはなおも笑顔を作りながら、首を僅《わず》かに傾けた。

「？　形骸種《キュリオン》を還送するのは、聖者の職務では？」

「待ちなさい。それよりも、何故聖騎士アルベールにあの者を還送させたいのか、その説明を」

感情的になりかけた妹を制し、オルレアちゃんが問う。

「単純です。私があれを使うと決めたのは、そうすることで一体でも多くの形骸種《キュリオン》を殺せると考えたからに過ぎません。ですが――アルベール様がいれば、もうあれは不要でしょう」

――あぁ、この子はダメだ。

俺と似ているようで、根本的に違う。

復讐《ふくしゅう》はいいのだ。俺だって『魔女』を殺す為に生き延びたのだから。

だが、この子は壊れてしまっている。覚悟しているのではなく、暴走しているのだ。

聖騎士を殺されたことで心が壊れたのか、あとは自分が破滅するまでに一体でも多くの敵を殺そうとしているだけ。

だから危険な十二形骸を外に出すし、命を惜しまず他の十二形骸に挑むし、より使えそうな十二形骸を発見すれば、自分の道具は簡単に捨てられる。

危険な道具を捨てるという彼女の判断は一見理知的に思えるかもしれないが、そもそも理性が残っているなら危険な道具を結界内から持ち出したりしない。

お姫さんは、ロベールの手記や、俺が他の形骸種《キュリオン》を皆殺しにしたこと、前に派遣された聖者を殺さず追い返した事実などの他、実際に対話することで俺に人間性が残っているかを確認するなど、多くの情報をもとに取引相手になりうると判断した。

だがネモフィラにはそれがない。

いかれた形骸種《キュリオン》だと知りながら、青髪野郎を連れ出したのだ。

自覚的に最初の一手を誤った時点で、彼女はもう信用出来ない。

「今、あれは二つの能力を有しています。植物を生み出し操る『黄金庭園《おうごんていえん》』、地震や山崩れを誘発する『震撼伝達《しんかんでんたつ》』です。あれを殺せば、アルベール様は新たに二つの力を獲得することでしょう」

「引き換えに、貴女は何を求めるのです?」

オルレアちゃんも彼女の状態に気づいているだろうが、対話が成立するならばと情報収集に徹するようだ。

「我々の家の間で、アルベール様の権能を共有《シェア》出来ればと考えています」

使い勝手の悪い、いつ壊れるとも知れぬ道具を捨て、比較的安定した動きを見せる新たな道具に乗り換えようというのだ。

その道具はアストランティア嬢のものだから、共有しないかと提案をしている。

「私は形骸種《キュリオン》を殺せればそれでよいのですが……。当家は元々、あれの力を利用することを目的としていました。ですが、あれは騎士としての働き以外ではまるで役に立たないのです。特に『黄金庭園』の利用に関しては、『姫』たる私の命令を以《もっ》てしても、固まるばかりで発動さえしない始末」

能力は本人の意思で操る。

命令されても使わないということは、青髪野郎の心が引っかかっているのだろう。

俺だって、たとえば守護竜エクトルの炎を、焚《た》き火に使いたいから出せなどと言われたら、不愉快に思うかもしれない。

そのように、能力を利用出来るかどうかと、実際にそのように利用するかどうかの間には、大きな壁がある。

形骸種《キュリオン》を利用しようと考える者たちは、不死者が心を持って生きていた人間である、という意識に欠けるのではないか。

人間が理屈だけでは動かないという当たり前を、失念しているように思える。

「これから先も形骸種《キュリオン》を殺し続ける為には、当家にも利を齎さねばなりません。そこで、アルベール様に力の全てを集約し、我々の間で恩恵を共有しようと考えたのです。幸い、そちらのアルベール様は、アストランティア様と良好な関係を構築されているご様子。協力する余地はあるかと」

ネモフィラは、俺たちの反応を待たずに言葉を重ねる。

「こちらが『黄金庭園』を提供すれば、どれだけの利益が見込めるかは、ご説明するまでもないかと思います。無論、アルベール様への報酬も約束いたします。当家の力を尽くして、アルベール様好みの美女を用意いたしましょう。いかがですか？」

「――いい加減にしてください！」

バンッと卓を叩《たた》きながら、お姫さんが立ち上がった。

椅子が倒れ、卓上の茶器がカチャンと音を立てる。

「どうされましたか、アストランティア様」

ネモフィラは眉一つ動かさず、アストランティアに微笑みかける。

「貴女は聖騎士をなんだと思っているのですか！　己の聖騎士を道具の如く扱い、他者の聖騎士を共有しようなどと提案する！　あまりに無礼です！」

「……私は、互いの利益となるような――」

「最初の聖騎士も、貴女はそのように扱っていたのですか？」

「――――」

そこで初めて、ネモフィラから笑みが消えた。

「命がけで自分を守る聖騎士を、軽々しく他家と共有するなどと口に出来たのですか？」

一瞬だけ崩れた彼女の笑顔だが、ネモフィラは次の瞬間には笑みを貼り直していた。

「……なるほど、確かに礼を失していたのは、私のようですね。貴女にとって、アルベール様がそれほど大事な御方だとは、見抜けませんでした」

確かにネモフィラからすれば、十二形骸は不死者殺しの道具に過ぎない。

俺とお姫さんの関係を正しく把握するのは、難しかっただろう。

「一応尋ねますが、アルベール様の方はいかがですか？」

彼女の視線が俺に向けられた。

「私は、誰の隣で死ぬかを、もう決めております。国中の美姫を集めたとしても、この意志が揺らぐことはありませんよ」

まだ見ぬ美女との出逢《であ》いは正直垂涎《すいぜん》ものなのだが、お姫さんと天秤《てんびん》に掛けられるものではない。

彼女と共に死ぬと、つい先日誓ったばかりなのだ。

「それほどですか、アストランティア様は」

「それほどなのです」

「振られてしまいましたね」

ネモフィラは淡く微笑むだけで、落胆さえ見せない。

その後《ご》、主にオルレアちゃんがネモフィラに聞き込みをし、情報を収集。

ネモフィラは渋ることもなく質問に答えた。

それがすむと、俺たちは屋敷を後にすることに。

「あぁ、『片腕の巨人兵』討伐作戦ですが、『色彩』であれば学生であっても参加できますので、よろしければ」

別れ際、ネモフィラはそう言った。

「やられたな」

みんなで馬車に乗り込んでから、俺は口を開く。

「……アルベール？」

お姫さんが不安そうに俺の顔を見ている。

「聖騎士アルベールの言う通りですね。ネモフィラ様は元々、今回の交渉などどうでもよかったのでしょう」

オルレアちゃんが、俺の言葉に反応した。

「お姉さま、それはどういう……」

困惑するお姫さんを見て、俺は口を開く。

「同意が得られれば儲《もう》けものくらいには考えてただろうが、そもそも家同士の契約ってのは本来、当主同士で話し合うものじゃないのか？」

「――た、確かにそうですが……」

互いに十二形骸と契約した聖女、という当事者同士とはいえ、これほど重要な話ならばお互いの当主が話すべき内容に思える。

おそらくこのあと、実際の協議が二つの家の間で行われるのではないか。

「ではネモフィラ様は何故、今日の話し合いを？」

「『片腕の巨人兵』討伐に、俺とお姫さんを引っ張りだす為だ」

俺の説明は簡潔すぎたのか、お姫さんはピンと来ていないようだ。

それに気づいたオルレアちゃんが補足してくれる。

「聖騎士アルベールが十二形骸であると気づいた時点で、彼女は『毒炎の守護竜』還送を果たしたのが誰かも気づいたことでしょう。そして今回話したように、己の聖騎士が抱える不安は事実。どこかでアルベールに、『黄金郷の墓守』を殺《あや》めさせたい。そう考えた時に適しているのは、封印都市内です」

「さすがに、屋敷や街の中で殺すとか不安が残るしな」

剣士としての腕は俺の方が上だが、奴には二つの特殊能力がある。

命を狙われていると気づけば抵抗するだろうし、周囲にどんな被害が出るか。

殺させるのならば、狙い目は封印都市内。

それまでは、あいつが暴走しないよう祈るしかない。

仮に暴走したとしても、感染拡大しないことだけが救いか。

お姫さんの家と同じ秘術のようなので、感染能力は封じられている。

「『黄金郷の墓守』はいつ暴走するとも知れない個体です。それが今、封印都市の外で活動している。これを長く放置することは出来ません」

「それは……お姉さまの言う通りです」

「そして、この件に関して学院や組織、他家を巻き込むことも出来ません」

「……そんなことをすれば、最悪アルベールの件も露見してしまうから、ですね」

こちらがなりふり構わず青髪野郎を潰《つぶ》そうとするなら、ネモフィラもこちらの秘密を守る理由はない。

十二形骸の利用を両家の秘密として共有している現状は、崩してはならないのだ。

「また、『片腕の巨人兵』討伐が成功した場合、保有する能力の総数で、『黄金郷の墓守』が勝《まさ》ることになります」

俺が二個、青髪野郎が三個になるわけだ。

いつ暴走するか分からん野郎が、強化されることになる。

これは放置出来ないので、俺たちも参加することになるだろう。

俺たちが一足飛びに十二聖者にならなかったことから、昇格などに興味がないことは把握している筈《はず》。そんな俺たちを戦場に引きずり込む為に、今日は話し合いの場を設けたのだ。

青髪野郎を聖騎士にした経緯一つで、俺たちはネモフィラとあの野郎を放置出来なくなった。

あの子は精神を病んでいるが、元々賢い子だったのだろう。その知性は衰えていないようだ。

「……お姫さんには、しっかりと成長する時間を確保したかったんだが」

その為の学生期間である筈なのに、何故こうも立て続けに問題が起こるのか。

「私も妹を危険に晒《さら》したくはありませんが、今回の件は放置出来ません」

「……お二人の気持ちは嬉《うれ》しいです。けど、わたしも戦う覚悟は出来ています」

「より一層、厳しい鍛錬を課す必要が出てきました。ついてこれますね？」

「はい！」

お姫さんは力強く頷《うなず》いた。

前回の守護竜エクトルとの戦いで、俺も聖女の力の重要性は悟ったつもりだ。

エクトルを倒すことは出来たが、残った骨格だけで動き出してしまい、これを還送するのにお姫さんの力を借りたのだ。

次の巨人兵、そして墓守野郎でも同じことが起こるかもしれない。

そういえば、次の標的に選ばれた十二形骸が『片腕の巨人兵』である理由は不明だ。

ネモフィラの家と、巨人兵の都市を管理している家に繋《つな》がりがあるとかだろうか。

あるいは、俺たちを目論見《もくろみ》通りに動かせなかった場合、青髪野郎に入手させる能力として、巨人兵の力が欲しかったのか。『骨骸の剣聖』が思い通りに動かないなら、ネモフィラは『黄金郷の墓守』を使い続けることになる。

今回はネモフィラやオルレアちゃん、そして作戦に参加する他の聖女もいるのだろうが、どのような戦いになるだろうか。

どちらにしろ、俺は聖騎士としてお姫さんを護《まも》り、聖騎士として敵を討伐するだけだ。

「……ん?」

馬車に揺られていると、マイラが俺をキラキラした瞳で見つめているのに気づく。

今回の話し合いではまったく口を挟まなかったマイラだが、聖騎士としては彼女の方が正しい。

当事者とはいえ、主《あるじ》の話に口を挟む俺の方が変なのだ。

それはいいとして。

「どうした、マイラ」

「いえ、さすがはアルベール殿、と感服しておりました」

「は、はぁ。一体、どのあたりでそんなことに？」

「どのような報酬を積まれても、二心《ふたごころ》なく主《あるじ》に仕える。まさに聖騎士の鑑《かがみ》です！　なによりも、あのセリフ！　アストランティア様の隣で果てるというお覚悟！　このマイラ、魂が震えました！」

マイラは本当に感動しているのだろう、小さく震えている。

「あー……」

俺としては、お姫さんとの約束を踏まえて、ネモフィラの誘いを断っただけなのだが。

確かに、忠誠心迸《ほとばし》る聖騎士の熱いセリフにも聞こえる。

義弟の子孫から注がれる輝く視線に、なんだか恥ずかしくなってきた。

マイラの視線から逃れるようにお姫さんを見ると、彼女は彼女でぷしゅーと蒸気でも出そうなほどに顔を赤くして俯《うつむ》いている。俺のセリフを思い出して照れているようだ。

「確かに、マイラの言う通りですね。見上げた忠誠心です。今後も妹を頼みますよ、聖騎士アルベール」

「そりゃあ、もちろん……」

俺はたまにお姫さんの発言をからかうことがあるが、その時の彼女はこういう気持ちなのかもしれない。俺の場合は褒められているのだが、その上でなんとも居た堪《たま》れない気持ちだ。

「オルレア様！　私も、この命尽きるまでお仕えする所存です！」

マイラ、俺に感化された感じのフレーズを俺の目の前で言うのはやめてくれ。

せめてオルレアちゃんと二人きりの時とかにしてくれ。背中がかゆくなってしまう。

「よい心がけですね。期待していますよ、マイラ」

「はい！」

なんだかいい感じの空気を形成する『深黒』ペア。

そんな彼女たちと向かい合うように座っていた、俺たち『雪白』ペアは。

一人が赤面して俯き、一人が馬車から飛び出したくなる気恥ずかしさに耐えていた。

近い内に来るだろう、『片腕の巨人兵』との戦いとか、青髪野郎との戦いとか、学院での班作りとか、色々と考えることはある筈なのに。

今はとにかく、馬車がさっさと学院に到着することを祈るばかりだ。

◇

「……」

「クフェアちゃん、そう怒らんでくれ」

「怒ってないわよ」

放課後の空き教室。

そこに俺とお姫さん、クフェアちゃんとリナムちゃんの四人が揃《そろ》っていた。俺たちは座席の前列に並んで腰掛け、先日も議題に挙がった班の仲間の面接を行おうと集まったのである。

最初の候補者との約束の時間数分前、俺は右隣に座る赤髪ポニテのツンデレ美少女を宥《なだ》めている。

「しかし、明らかに機嫌が悪いじゃないか」

ここに来る途中、彼女たちに『片腕の巨人兵』討伐作戦への参加を伝えたのだ。

詳しくは話せないが、同じ班の仲間であり友人、話せるところまでは話すべき。

クフェアちゃんは自分たちも参加すると言ってくれたのだが、参加資格がない。

学生で参加出来るのは、学内最優秀の十二組『色彩』のメンバーのみ。

『深黒』オルレアちゃん・マイラペアと、『雪白』になったお姫さんと俺は問題ないが、この二人は一緒に来ることが出来ない。

そこまで説明したところで、クフェアちゃんが不機嫌になってしまったのだ。

「なんで、あんたたちが参加しなくちゃならないのよ。まだ入学間もないのに……」

どうやら、クフェアちゃんは俺たちの身を案じてくれているようだ。

「ごめんなさい、クフェアさん。これは当家の問題も絡んでいまして、参加しないわけにはいかないのです」

お姫さんが言う。言えない部分を隠しつつ、嘘《うそ》でもない説明だった。

十二聖者『吹雪』のネモフィラと、『黄金郷の墓守』。

復讐に狂った聖女と、三百年前の忠義を別人に向けている騎士。

このいびつな聖者を放っておくことは出来ない。

特に騎士の方は、お姫さんの実家に伝わる秘術で、結界の外へと連れ出されている十二形骸だ。

魔女の血縁としての責任感を持つお姫さんとしても、とても無視出来ない存在。

「だとしても……！」

「クフェアちゃんは、お二人の為に何も出来ないことが悔しいんだと思います」

青い髪をあご丈に伸ばしたリナムちゃんが、幼馴染《おさななじみ》の背中をさすりながら言う。

「うっ、そ、そうよ！　だから、あんたたちに怒ってるわけじゃないから！」

自分が友人に協力出来ないことを悔しく思っているわけか。

なんとも彼女らしい。

「そうか。じゃあ、クフェアちゃん」

「なによ」

「次は手伝ってくれ」

「――――」

今の彼女に必要なのは、謝罪でも慰めでもない。

ただ、未来の彼女を信じればいい。

「……ふふっ。任せなさい、すぐに追いついてみせるんだから！」

数秒ほど呆気《あっけ》にとられた顔をしていた彼女だが、やがて噴き出すように笑う。

そして馬の尾のようなポニテをフッと払い、自信満々に宣言。

ようやくいつもの彼女に戻ってきた。

「君が走る間、俺も進むわけだから、残念ながら追いつかれることはないんだが」

「ちょっ！　そこは『待ってる』とか言うところでしょ！」

「あはは」

「もう……」

唇を尖《とが》らせつつ、クフェアの顔に先程までの不満はない。

「アルベールさんは、クフェアちゃんを元気にするのが上手ですね」

「リナムっ⁉　変なこと言わないで！」

「まぁ、俺は大人になったクフェアちゃんの初デートを予約している男だしな」

「ばっ、あんたも何言ってるの⁉」

二年後に改めて親しくなろうと、以前話していたのだ。

「え？　初めてじゃないのか？」

「……は、初めて、だけど」

消え入りそうな声で答えるクフェアちゃんの顔は、彼女の髪よりも赤い。

非常に可愛いが、いじりすぎたかもしれない。

せめて、締めは真面目な話にしなければ。

「その光栄な役目を他の奴にとられない為にも、俺たちは必ず帰ってくる。だから、鍛錬でもして待っていてくれ」

「……うん」

素直な子供みたいに、こくりと頷くクフェアちゃん。

よし、上手く話がまとまったな。

と思っていると、左隣のお姫さんに袖を引かれた。見れば、彼女がジト目で俺を睨《にら》んでいる。無言の圧力だった。

「もちろん、お姫さんとの約束も忘れてないぞ」

俺の最期はもう決まっているのだ。

彼女の目を見てハッキリと伝えると、そっと袖から手を離される。ひとまず許されたらしい。

「……なによ、アストランティアとの約束って」

クフェアちゃんは聞き逃さない。

「お、そろそろ最初の面談者が来るんじゃないか」

「誤魔化すつもり？　……まぁ、大体予想はつくけど」

彼女の予想はデート関連だと思うが、実際は違う。もう少し重めの約束を交わしたのだ。

それを言うのは野暮なので、訂正はしない。

そんなやりとりとしていると、本当に最初の候補者がやってきた。

教室の扉を開き、普段は教官が立つ教壇に向かって進んでくる。

◇

それから四組ほど面談したのだが、どうにもピンとこない。

「強化前提とはいえ、聖騎士の実力がなぁ」

実力者ともなると、相対しただけで相手の力量がある程度は分かるものだ。

それで言うと、面談をすませた四人の聖騎士は全員、微妙と言わざるを得ない。

「わたし自身が修行の身であることは棚に上げて言いますが、聖女の方々も魔力量や制御能力に不安を感じます。無論、共に戦うことを考慮した場合はですが」

彼ら彼女らもこれから成長するのだろうが、この時点で共に戦う仲間としては頼りない、ということだろう。

「あたしみたいに、アルベールに修行つけてもらえば変わったりしない？」

「いやクフェアちゃん、君は元々才能があったんだ。それに、プライドなんて捨ててなんでもするっていう気骨もあった。俺は誰でも強く出来るわけじゃない」

「そ、そう……」

クフェアちゃんが、少し照れたように返事する。

「誰かを審査するって、責任重大で緊張しますね。でも、命に関わることだから、しっかりとしないと」

穏やかな気性のリナムちゃんは、人の価値を測って合否を出すということに抵抗があるようだ。

それでも、この面談の重要性を理解し、頑張っている。

「そうですね、共に戦う仲間に巡り会えるよう、引き続き真摯に取り組んで参りましょう」

というわけで、五組目。

入ってきた聖者を見て、おやと思う。その一人に、俺は、いや俺たちは、見覚えがあったのだ。

「いじめっ子ちゃんじゃないか」

金髪ロングの傲慢お嬢様。

入学間もない頃、孤児院出身のクフェアちゃんたちに突っかかってきた貴族令嬢だ。

最初の模擬戦でクフェアちゃんを苦しめたが、再戦時には逆に恥を晒すこととなった。

その後は大人しくしており、『毒炎の守護《ご》竜』のいる都市内での実施訓練も俺たちと同じグループだった。元々聖女としての実力はあり、実施訓練も生き抜いた。

だが、おかしい。

「……けど、聖騎士が違うわ」

クフェアちゃんもすぐに気づいたようだ。

生還した筈の聖騎士の姿はなく、代わりに女性騎士が側《そば》に立っている。

中性的な容姿の金髪美人で、前髪に近い横髪が長く、後頭部に向かうにつれそれが短くなっていっている。騎士の制服には女性用のスカートもあるのだが、彼女が着用しているのは男用のズボンだ。

翡翠《ひすい》の瞳は宝石のように美しい。

少しだけ、出逢った当初のマイラと雰囲気が似ている。

パッと見た限り、中々やるようだ。無論、剣の腕の話だ。

「……聖女、アグリモニアと申します」

「その聖騎士、ヒペリカム」

かつての彼女ならば、このような場に訪れることも、自ら名乗ることもなかっただろう。

いじめっ子ちゃん改めアグリモニアちゃんに、俺は声を掛ける。

「これは、私たちの班メンバー候補の面談なのですが、よろしいので？」

「はい。本日は、わたくしたちが貴方がたに相応しいかどうか、ご判断頂く為に参りました」

……なるほど、少なからず彼女の内面に変化があったようだ。

人は簡単には変わらないが、絶対変わらないわけではない。

話を聞くと、実施訓練を経てアグリモニアちゃんの聖騎士は辞めたとのこと。

そして、ヒペリカムちゃんの聖女も、学院を退学することを選んだ。

残った者同士、二人は組むことになったという。

そして、多くの訓練生に被害を出した先の実施訓練を通して、アグリモニアちゃんは自分がやっていたことの愚かしさを悟った。身分で人を差別するような余裕は、聖者にはないのだと、本当の戦いを経験することでようやく理解出来たようだ。

これをいつまでも理解出来ない者もいるので、変化出来た分、彼女は救いようがある……と、俺は思うのだが。

因縁があるのは、クフェアちゃんとリナムちゃんの方。

特にクフェアちゃんは、アグリモニアちゃんの前の聖騎士に、こっぴどくやられた過去がある。

生徒たちの面前で服を切り裂かれ、模擬戦とはいえ嬲《なぶ》られたのだ。

その張本人は既にいないとはいえ、命じた側のアグリモニアちゃんを果たして許せるかどうか。

「クフェア様、リナム様、その節は大変申し訳ございませんでした」

アグリモニアちゃんは深く腰を曲げて謝罪。

「分かった。許すわ」

あっけらかんと、クフェアちゃんは答える。

「……私も、クフェアちゃんがいいなら」

リナムちゃんもそれに追随する。

「ほ、本当によろしいのですか？」

あまりに軽い感じで許しを得てしまったからか、顔を上げたアグリモニアちゃんの顔には戸惑いが浮かんでいる。

「別に、あたしだってやり返したし。それに……あれがきっかけで、強くもなれたし」

クフェアちゃんがこちらをちらりと見ながら、頬を染める。

俺との修行や、仲良くなれたことを思い出しているのだろうか。

相変わらず、可愛い子だ。そして、とても心の広い子だ。

「あんたこそいいわけ？　こっちらと組んだら、貴族のお友達に嫌われるんじゃない？」

彼女の友人はその一部が実施訓練で命を落としたが、全員が亡くなったわけではない。

その子たちの中には、俺たちと班を組むことを裏切りと感じる者もいるだろう。

「構いません」

過ごしやすい環境から離れてでも、強くなりたいという覚悟を感じる。

かつてクフェアちゃんも言っていたが、アグリモニアちゃんは弱くない。

むしろ聖女としては優秀な部類。きっと入学前から聖女としての訓練を受けていたのだろう。

新しい聖騎士ちゃんの方も、中々優秀な様子。

俺は他の仲間三人を見回し、彼女たちが頷くのを確認してから、候補者に向き直る。

「では、まずは試用期間ということで、よろしいですか？」

アグリモニアちゃんが目を見開く。

覚悟を決めてやってきたはいいが、落とされるとでも思っていたのだろう。

「え、えぇ。力を尽くします」

隣の聖騎士ヒペリカムちゃんもぺこりと頭を下げる。

こうして、俺たちは新たな仲間候補を得たのだった。

第三章◆喪失の聖女

ひとまず、班の体裁が整った。

白銀の長髪に青い瞳をした、お姫さんことアストランティア様と、俺。

赤髪ポニテのツンデレ娘クフェアちゃんと、青髪ボブの何かと気の利くリナムちゃん。

元いじめっ子の金髪お嬢様アグリモニアちゃんと、その新たな聖騎士である中性的な容姿の美女ヒペリカムちゃん。

一見夢のハーレムに思えなくもないが、メンバーの実に四人が対象外という悲しい事実があった。

唯一聖騎士のヒペリカムちゃんは二十歳を超えているというので、親しくなるべく努力中なのだが、お姫さんとクフェアちゃんの視線が厳しく、難航している。

新メンバーの二人は、正式な仲間に採用出来そうなくらいに優秀。

クフェアちゃんの剣が独学の型に嵌《は》まらぬものだとすれば、ヒペリカムちゃんは質実剛健。

アグリモニアちゃんの魔力や魔力操作も、同学年の中では上位に入る。

このまま共に鍛錬を積み、連携を強めれば、封印都市内でも上手く活動出来るだろう。

そして『片腕の巨人兵』討伐作戦だが、これは俺とお姫さんが『雪白』として、オルレアちゃんとマイラが『深黒』として参加することになった。

十二聖者となった『吹雪』のネモフィラも発案者として、『黄金郷の墓守』と共に参加する。

この三組だけならば事情を知っている者たちのみなので、形骸種《キュリオン》としての力も惜しげなく使えるのだが、実際はそうはいかないだろう。

世間的には『深黒』と『吹雪』が一体ずつ、十二形骸を討伐したことになっている。

そのまま三体目もこの二組が倒すとなると、面目が立たないと考える者は多い筈《はず》だ。

あるいは純粋に、世界を救おうと参加する十二聖者もいるかもしれない。

どちらにしろ、他に干渉してくる者は現れるだろう。

まぁ、誰が参加することになっても、俺のやることは変わらない。

お姫さんを護《まも》り、敵を討つだけ。

そんなわけで、休日がやってきた。

休む日と書いて休日なのだから、思いっきり心を潤そうではないか。

魂の癒やし。すなわち、女性だ。

俺は新たなる出逢《であ》いを求め、街を歩いていた。最近は少女たちや孤児院のガキ共と過ごすことが多いが、本来の俺は大人の女性と親しくなることに情熱を掛けていた。

今日こそは、俺は俺の幸福が為、大人の女性との愛を――。

と思っていたところで、見知った顔を見かけてしまった。

路地だ。何かの店舗の、裏口らしき場所に、美女といやらしい顔のオッサンが立っている。

俺は一瞬、通りに面した店の名を確認。

どうやら、薬草店のようだ。

俺には馴染《なじ》みがないが、魔力の生成を促す薬草があるのだという。

また、こういった店には空の魔石や、誰かが魔力を充塡させておいた魔石も売っているのだとか。

この街は聖者を育成する学院があるので、そんな学生たちを対象とした商売なのだろう。

庶民だって、任務をこなしていく内に討伐報奨などで懐も温かくなっていく。

そうすれば薬草や魔石に手を出す余裕も出てくる、というわけか。

つまり、裏口にいるおっさんは店員か、もしくは店長か。

そして美女の方だが、なんと——エーデルだった。

実の母である婆さんと共に孤児院を経営する、麗しき美女である。

年齢こそ三十を過ぎているようだが、その金の髪は美しく輝き、肌は十代に劣らぬツヤを保ち、
それでいてどこか物憂げな瞳と泣きぼくろは尋常ではない大人の色香を放っている。

おまけに胸部は豊満、腰はくびれており、臀部《でんぶ》は大きな曲線を描いているときた。

ただ立っているだけで、勝手に男が魅了されてしまうほどの美女。

俺は、彼女がおっさんに対して気まずそうな表情を浮かべているのを確認すると、音を立てずに路地に近づいていき、すぐに飛び出せるように準備しつつ、物陰に隠れる。

何事もなければ、それでいいのだ。

「今日もお疲れさま、エーデルさん。これ、今日の分ね」

おっさんに銀貨数枚を手渡されるエーデル。

「はい、ありがとうございます」

「魔石に魔力入れてくれる人って結構少ないからさ、助かってるよ」

なるほど、魔力入りの魔石は、エーデルのように何かしらの事情がある人間が用意するわけか。

現役魔法使いならば自分の魔力は自分の為に使うので、人に魔力を売る者は少ないのだろう。

「いいえ、こちらこそ、魔力注入でお給料をいただけて、助かっています」

「エーデルさんって元聖女なんでしょ？　癒やしの魔法の方が稼げるんじゃない？」

それは俺も気になっていたことだ。

かつて聖女として活動していた彼女は、癒やしの魔法が使える筈。

しかし、誰でも考えつくようなことをしていないのなら、そこに何か事情があるのだと察せそうなものだが、デリカシーのないおっさんだ。

「……」

「ごめんごめん、なんか事情があるんだよね」

「あの、子供たちの世話がありますので、本日はこれで」

「あー待って待って。例の件、考えてくれた？　うちで店員として雇うって話」

「ありがたいお申し出ですが、まだ幼い子も多く、長時間家を空けることは避けたいのです」

その点、空の魔石を預かって、隙間時間に魔力を注ぎ、この店に持ち込んで給料を貰《もら》うというのは、エーデルに合った仕事に思える。

「いいの？　もっと給料欲しくない？　その方が、子供たちも沢山ご飯食べられるでしょ」

……なんだか腹が立ってきたが、俺はまだ我慢することに。

強制介入するほど悪どいことは、行われていないのだ。とはいえ、子供を心配しているふうを装って、更なる労働に誘導するのは褒められた行いではないだろう。

「魔力注入のお仕事だけで、充分助かっておりますので」

エーデルが丁寧に頭を下げて断ると、おっさんは、これみよがしに溜息《ためいき》を吐《つ》いた。

「あのさぁ、分からない？　今後も魔石で金を稼ぎたかったら、うちで働けって言ってんの」

優しげな態度から一変、高圧的な言動へと変わる。そして、男はエーデルの肩に手を伸ばし——。

その手首を、俺は摑《つか》んで止めた。

「エーデル、遅いから心配になって迎えに来たよ」

俺はエーデルに微笑み掛ける。

彼女は驚いたように目を見開いたが、すぐに俺の演技に気づいたようだ。

「あ、アルベール、さん」

と、俺に合わせて呼び方をいつもと変えている。さすがの対応力だ。

「それで、こちらが薬草店のご店主ということでよろしいのかな？」

おっさんは俺の格好を見て、バツが悪そうな顔になる。

それもその筈。俺は休日も聖騎士の制服に身を包んでいるのだ。

そして薬草店の主な客層は聖女。聖騎士は、言わばメインターゲットと密接に関わる職業。

「せ、聖騎士様っ。何の御用でしょうか……」

「いや、大事なエーデルを迎えにきたはいいものの、なにやら男が彼女に触れようとしているのが目に入ってね。悪漢だったら懲らしめてやらねばと思ったのだが、ご店主だったとは。俺の早とちりだったかな？」

握る手首にほんの少し力を加えただけで、おっさんの顔が青くなっていく。

「いっ……！　え、エーデルさんとお知り合いで？」

「あぁ、ご店主はまさか、人の大事な女性に手を出すような愚か者ではあるまい？」

「も、もちろんですともっ！」

おっさんはこくこくと高速で首を縦に振る。

「よかった。頼れる街の薬草店を、女性の弱みにつけ込むクズが経営しているだなんて思いたくはない。そんなことになれば、学院の聖女サマたちもさぞかし失望するだろう」

学校というコミュニティでは、噂《うわさ》が広まるのは早い。

このおっさんも、そんなことは承知の上だろう。

元聖女を手篭《てご》めにしようとしていた悪人だなんて話が、もし広まったら大変だ。

一気に客足が遠のく未来を想像したのか、震えだす。

「め、滅相もない！　今後とも質のいい魔石をよろしくと話していただけで……！」

「そうか。今後も買ってくれるか。そうだよな、エーデルは何の問題も起こしていないものな？」

俺がこの場で助けても、男が機嫌を悪くしてエーデルが仕事を失う可能性もあった。

しかし、エーデルを粗末に扱うことで今後の己の仕事に悪影響が出るかもしれないとなれば、そうもいかない。これで、引き続き魔力注入での賃金は得られるだろう。

「は、はい！」

そろそろ血の気がなくなってきた店主を、俺は笑顔で解放する。

彼の手首には俺の手形がくっきりとついていたが、折れてはいまい。

「じゃあ、子供たちのところへ帰ろうか、エーデル」

俺はそっと彼女の肩に腕を回す。彼女も演技中と理解しているので、抗《あらが》わない。

去り際、首だけ振り返って店主に言う。

「今度、俺の聖女サマと店に寄らせてもらうぞ」

「……お、お待ちしております」

ここまで言っておけば、妙な真似はしまい。

店が見えなくなるまで、エーデルと共に歩いていく。

「あ、あの、アルベール様」

「アルくんで構いませんよ、俺のエーデル」

「お戯れを……」

彼女は恥ずかしそうに頬を染めつつも、俺の腕をそっと外す。

無理やり続けてはあのおっさんと同じになってしまうので、俺も素直に引き下がった。

「すみませんエーデルサン、どうしても放っておけず」

「いいえ、助けて頂きありがとうございます。それも、今後の仕事に影響が出ぬよう、ご配慮まで

頂き……」

「いえいえ。それにしても腹の立つおっさんでしたね。というか、クフェアちゃんたちのことは知らないのでしょうか？」

困っている女性に手を差し伸べるところまでは善行だが、それで自分になびかなかったからと言って脅し始めては、そんな者は男とは呼べない。

「ご存知かと。しかし、その……」

エーデルが言いにくそうな顔をしている。

「あぁ、実際そういう関係になったところで、エーデルサンがクフェアちゃんたちに言うことはないだろうと、高《たか》を括《くく》っていたわけか」

もしくは、バレたところで孤児院出身のクフェアちゃんやリナムちゃんの発言など、誰も聞き入れないだろうと考えたのか。どちらにしろ、不愉快だ。

「おそらく……」

あんな奴のところで、わざわざ働く必要はないのだが……。

彼女だって、それが出来るのならそうしているだろう。

俺が黙っていると、エーデルがくすくすと微笑んだ。

「どうしたんです？」

「いえ、あの子たちから聞いていた通り、本当にお優しいかたなのだなと」

俺があれこれ詮索しないことを言っているのだろう。

「もちろんです、俺は全ての女性の味方ですから」

「ふふ、そうですね。私の母も、クフェアやリナムも、そしてリナリアまで、みんながアルベール様には感謝しています。もちろん、男の子たちもですが」

なんだかんだと、あの孤児院の面々とはだいぶ縁が出来ている。

「同じように、エーデルサンとも親しくさせていただきたいのですが」

「からかわないでくださいな、このような年増女……」

「俺には素敵な女性にしか見えませんよ。しかし、あまりしつこくしては先程の男と同じになってしまいますね」

「そのようなことはございませんよ」

「そうですか?」

「アルベール様は、私が誘いをお断りしても、きっと私や家族に、引き続き優しく接してくださるでしょうから」

「分かりませんよ。今後もチビたちにお菓子を買ってほしくば、乳を揉《も》ませろ～などと言い出すかもしれませんよ」

「ふふふ、それは困りました。アルベール様のお菓子は、あの子たちの楽しみになっていますから。こうなっては、覚悟を決めて年増女の胸を差し出す他……」

　エーデルが俺の冗談に乗って、わざとらしくしなを作る。

　それから、俺たちは互いに笑った。

「エーデルサンを魅力的だと思っているのは事実ですが、無理やりということはありませんのでご安心を」

「子供たちが信用しているかたですもの、私も信用しておりますよ」

それからしばらく、とりとめのない話をしていたのだが。

「あ、あの、アルベール様」

「なんでしょう?」

「あの子たちは……クフェアとリナムは、大丈夫でしょうか?」

「大丈夫というと?」

「その、前回の実施訓練で、多数の戦死者が出たと聞いたので……」

孤児院の子供たちを我が子のように思っているエーデルからすれば、心配で仕方ないのだろう。

自身も元聖女だったので、封印都市の恐ろしさを経験として知っているわけだし。

「二人は優秀でしたよ。緊急時にも、よく対応出来ていましたし」

「そ、そうですか……。ただ、その、パートナーを失った子も、いたと聞きますし……」

「確かに、そういう者もいますね」

「あの子たちが、そのような目に遭うかと思うと……」

心から胸を痛めているのだろう、エーデルが苦しげな顔になる。

「そのお気持ちは、分かります」

俺だって、クフェアちゃんとリナムちゃんのどちらか一方、あるいは両方が戦死するだなんて考えたくもない。

だがそれが起こり得るのが、戦場というもの。

挑む者は死力を尽くすしかなく、待つ者は祈るしかない。

「アルベール様」

「なんです？」

「勘違いでしたら、申し訳ないのですが……。貴方には、大切な人を失った経験があるのではないですか？」

彼女がわざわざ、そういった部分に踏み込んでくるということは、何か意味があるのだろう。

「……ええ。聖騎士であった、父を」

形骸種《キュリオン》になったから、この手で殺したのだとは、言えないが。

「それは、お気の毒に……」

「いえ、昔のことですから」

ほんの、三百年ほど前のことだ。

「時間など……。愛する者を失った喪失感は、時の流れが自然に癒やしてくれるものではありませんから」

「そうですね」

確かにその通りなのだろう。

たとえば妻を失うことで受けるダメージは『１００』で、それは一年ごとに『１０』癒えます

――なんて、人の心は便利に出来てはいないのだ。

心とはもっと複雑で、厄介なもの。

すぐに立ち直れる者もいれば、ずっと前を向けない者もいる。

「私の話を、聞いていただけますか？　とても、楽しい話ではないのですが」

「是非、聞かせてください」

そして、エーデルは語りだす。

彼女の話は、そう複雑なものではなかった。

聖女時代の彼女は、それなりに優秀だった。

しかしある時、封印都市での戦いで窮地に陥ってしまう。

彼女の聖騎士は、相棒を逃がす為の囮《おとり》となり、命を落とした。

生還した彼女だが、戦場で相棒を失ったショックから、魔法が使えなくなってしまう。

魔法の使えぬ聖女に居場所はなく、彼女は引退を余儀なくされた。

そしてエーデルは、母が運営していた孤児院を手伝うこととなった。

魔法は使えないので、聖女の力で運営資金を工面することは出来ない。

だから、あくまで魔力を注ぐだけですむ魔石で、賃金を得ているのだろう。

「なるほど……」

「みっともないとお思いでしょう？　私はパートナーと共に、魔法も失ってしまったのです」

「みっともないとは、思いませんよ」

「せめて女神様の魔法を今も使うことが出来たのなら、子供たちにもう少し豊かな生活を送らせてあげられるのですが……」

「いやいや、雨風凌《しの》げる建物と、面倒見てくれる大人がいるだけで充分ですよ」

それが、どれだけありがたいことか。

「ありがとう、ございます。先程のお店は、やっと見つけた働き口なのです。魔法の使えぬ元聖女を雇ってくれるところはほとんどなく……。その、女神様への信仰を失っている可能性があると」

エーデルが、言いにくそうに説明する。確かに、その可能性もあるのか。

それだと、あまりに縁起が悪い。

信仰心を失った聖女の魔力入り魔石、なんて品を好んで欲しがる者はいない。

実情と異なるとはいえ証明出来ないのだから、そのあたりを気にする者がいるのは当然と言えた。

「そういう事情で、あの店を使い続けるしかなかったのですね」

エーデルの身体目当てが透けて見えるとはいえ、他所では門前払いされる彼女に、仕事をくれるほぼ唯一の相手でもあったわけだ。

まぁ先程『注意』したので、今後は普通に魔力を買うだけの関係でいてくれるだろう。

「私は、恐ろしいのです。クフェアとリナムは家族の為に聖者になろうとしてくれていますが、あの子たちが悲劇的な別れを迎えることになりはしないかと」

「……悲劇、ですか」

……うぅむ。

どうしたものかと、俺は悩んだ。

彼女の言い分は、ある一面では正しいので、完全否定したいわけではないのだが……。

「アルベール、様？」

「エーデルサン。聖騎士として、ちょっとお尋ねしてもいいですか？」

よし、決めた。

言ってしまおう。

「は、はい」

「相棒を失ったその日、エーデルサンは、どこか大きな怪我《けが》をしたのでしょうか？」

彼女は何を思ったか、申し訳なさそうな顔をする。

「いえ……私だけが、無傷で生き残ってしまいました」

やはり、彼女は勘違いしている。

「それは素晴らしい」

俺の言葉を皮肉と捉えたのか、温和な彼女もさすがにカッとしたような顔をするが――。

「貴女の聖騎士は、自分の聖女を完璧に守り抜いた。違いますか？」

「――あ」

俺の言葉に、彼女は目を見開き、固まる。

「俺なら、相棒を無事に帰すことが出来たと、あの世で胸を張りますよ」

こんな美人を、戦場で傷一つつけず結界の外まで逃せたのだ。

聖騎士として、これ以上立派な行いはあるまい。

「…………」

「そして、相棒が『自分だけ生き残ってしまった』なんて罪悪感を抱いていたら、悲しい。どうせなら『お前のおかげで助かった！　ありがとな！』くらいの気持ちでいてもらいたいものです」

もちろん、外部から見て悲劇なのは理解出来る。二人いた人間の一人が死んだのだ、嘆かわしいことだろう。生き残った側として、悲しいのも理解出来る。相棒を失って喜ぶ者は異常だ。

しかし、聖騎士として誇るべき結果を残せたのも、確かなのだ。

現代の聖騎士は聖女を守る為におり、エーデルのパートナーはそれを果たしたのだから。

「……そう、でしょうか」

やがて、エーデルが絞り出すように声を発した。

「貴女の聖騎士が何を言うか、俺よりも貴女自身の方が想像がつく筈だ」

もちろん、俺のは聖騎士側に立った意見だ。

聖女側からすれば、相棒に生きていてほしかっただろう。死なせたくなかっただろう。

だが、共に死ぬか、あるいは片方だけならば生きられるか、なんて状況は実際にあるのだ。なんとか生き残った片方に、その後も一生落ち込んでほしいなんて、そんなことを考える相棒はいない。

エーデルサンはしばらく黙っていたが、やがて小さく吹き出す。

きっと、相棒の言いそうなことが想像出来たのだろう。

それはきっと、思わず笑ってしまうような回答だったに違いない。

「……なんて言ってました？」

俺を見た彼女は、少女のように悪戯っぽい表情を浮かべている。

「秘密です」

「嫉妬してしまいますね」

「ふふふ、またご冗談を」

冗談ではない。彼女の元相棒には悪いが、俺はエーデルと仲良くなりたいのだ。

「アルベール様は、不思議な御方ですね」

「格好いい御方、ではなく？」

「ふふふ」

笑って流されてしまった。さすがは大人、対応に余裕がある。

彼女からすれば俺は十代の若造なわけだし。

「貴方以外のかたに同じことを言われても、これほど胸を打つことはなかったと思うのです」

知り合って間もない相手に自分のトラウマについてあれこれ言われたら、普通は腹が立つだけ。

だが例外もある。

相手が自分と同じトラウマを抱えている場合などは、共感から心を開きやすかったり。

あるいは、相手の言葉に妙な説得力を感じたりだ。

俺は見た目こそ十八のガキだが、三百年以上も生きている。

そして彼女は、俺が父を失っていることも先程知った。

それに俺はあの実施訓練にて戦場を経験している。

世を知らぬ若造の綺麗事《きれいごと》ではなく、喪失を知る青年の言葉として、彼女に響いたのだろう。

「偉そうに説教垂れるガキ、と思われなかったのなら良かった」

「これまで、私は自分の心だけで自分を罰していました。あの人の心にまで、考えが及ばなかった。いいえ、想像は出来た筈なのに、それは自分に都合のよい思考だと切り捨てていました」

確かに、相棒が死んだ直後に『あいつが守ってくれた命だ、楽しく生きよう！』と即断するのは、前向きすぎるかもしれない。

死の重みを受け止める時間は、誰にでも必要だ。

人の死を咀嚼《そしゃく》し、消化するのに掛かる時間は、人それぞれ。

「アルベール様の言う通りです。救われた命に、私は感謝すべきだったのですね」

この会話で、急に過去を乗り越えることは出来ないだろうが、ほんの少しでも心が軽くなったのなら幸いだ。

陰のある美女も素敵だが、やはり笑顔は明るい方がいい。

「俺だったら、その方が嬉《うれ》しいですね」

——あ。

そこで俺は、唐突にある少女のことを思い出していた。

十二聖者——『吹雪』の聖女ネモフィラだ。

今エーデルに言ったことは、ネモフィラにも当てはまるのではないか。

エーデルは相棒を失い、悲しみに暮れ魔法を失った。

ネモフィラは相棒を失い、復讐《ふくしゅう》に奔《はし》って十二形骸を外に出してしまった。

やっていることは違うが、喪失という出発点は同じ。

あの子もまた、己を守って死んだ相棒の心に向き合うことが出来れば、今からでも変われるのだろうか。

そもそも、俺の言葉が響くかどうか、という問題もあるが。

エーデルに響いたのも、色々な条件が揃《そろ》っていたからこそだし。

「アルベール様？」

考え事していている俺を、エーデルが不思議そうに見上げている。

「あぁ、いえ。さっきの話ですが、母親としてクフェアちゃんとリナムちゃんを心配するのは当然の感情ですし、本人たちにも伝えてあげるとよいかもしれませんね」

「そう、ですね。あの子たちは気を遣って、私の過去を訊《き》いてくることもありませんでしたが……。大事に思っているからこそ、自分の経験をあの子たちにも伝え、お互いを支え合ってほしい……と、今日、思えるようになりました」

二人揃って帰ってきてくれるのが最上の結果なのには、変わりない。

「ええ。それに二人には、俺とアストランティア様もついていますから。最近、新しい仲間も出来ましたし」

「班の件ですね。アルベール様、今後とも娘たちをよろしくお願いいたします」

彼女が深々と頭を下げる。

「もちろんですよ」

「それと……」

エーデルを見ると、なんだか恥ずかしそうにもじもじしていた。

「どうしました？」

「その……また、お話を聞いてくださいますか？」

その頬は上気し、その瞳は微《かす》かに水気を帯びていた。

「ええ、俺でよければいつでも」

どうやら今回の件で、少しは心の距離が縮まったようだ。

予定とは違ったが、こんな日があってもいいだろう。

◇

鋭い刺突が迫る。

首を傾けるだけで回避出来そうだが、直感がそれでは足りぬと告げていた。

俺が咄嗟《とっさ》に後退すると、一瞬前まで己の喉笛があった箇所を、剣が薙《な》ぐ。

なるほど、俺の回避行動込みで予定された、刺突からの横薙ぎまでが狙いだったのか。

しかしやや強引な攻撃だった為、身体が流れてしまっている。

俺は彼女の左腕を摑んで軽く引っ張り、前のめりになったところで足払い。

転倒した彼女の首元に、木剣を当てた。

「ま、参りました」

赤髪のツンデレ娘クフェアちゃんは、悔しげに降参する。

木剣を握っていない左手を彼女に差し出し、立ち上がるのを手伝う。

「最後の一撃は、面白かったよ」

「いつも軽く避《よ》けられるから、それを利用しようと思ったんだけど」

相手が必ず最小の動きで回避行動をとるのなら、それを利用して二撃目を用意しておく、というのはシンプルながら有効な手だ。

「通じる相手もいるだろうな。ただ課題もある」

「うん、二撃目に意識が行きすぎて、そのあとの動きが疎かになっていたわ」

「そうだな。今のままだと、決まらなかった場合がまずい」

「常に次の動きに繫《つな》がるようにしつつ、相手の裏も掻《か》けるようにしないと……」

放課後、学院敷地内の屋外訓練場。

以前はクフェアちゃんとの訓練は主に孤児院の庭で行っていたのだが、新たな班メンバーが加わったことで、学院内でやることに。

元いじめっ子ちゃんことアグリモニアちゃんは、聖女なのでお姫さんやリナムちゃんと共に鍛錬している。今も見える位置にいるが、そう空気は悪くなさそうだ。

さすがにまだ馴染んでいるとまでは言えないが、時間の問題だろう。

中性的な容姿のクールな美人聖騎士ヒペリカムちゃんは、俺とクフェアちゃんの模擬戦を見学中。

「もう一本いいかしら、アルベール」

「あぁ、もちろんだとも」

少し距離を空け、再び模擬戦を開始。

果敢に攻め立ててくるクフェアちゃんを、適宜捌《さば》いていく。

彼女はどちらかというと感覚派だが、動きの言語化も得意だ。感覚で導き出した動きを訓練で試し、結果と言語化を経て改良を加えるということを繰り返すことで、上手く糧としている。

「ところで、アルベールっ」

剣を交わしながら、クフェアちゃんが話しかけてきた。

これも訓練の一環だ。

目の前の戦いに集中すると言えば聞こえはいいが、それはつまり周りが見えなくなるということ。集中しすぎて気づけば形骸種《キュリオン》に囲まれていたなんて状況になったら笑えないので、戦いに意識を向けながら周囲の警戒も怠らないのが最善。

戦闘中の警戒を聖女に丸投げするペアもいるだろうが、聖騎士も出来るに越したことはない。戦いと会話どちらも同程度に集中出来れば、戦いと警戒にも意識を上手く分散させられるという話。

その為の、初歩の訓練だ。

「なんだ、クフェアちゃん」

本当に戦闘と会話両方をこなせるのか試す為にも、少しこちらから攻める。

彼女の剣を強引に弾《はじ》き、それが引き戻されるよりも早く振り下ろしを放つ。

クフェアちゃんは弾かれた勢いを利用するように俺から距離をとり、見事回避してみせた。

「この前、エーデル母さんと街中で逢《あ》ったぞ、う、ね！」

再度接近してきた彼女からの三連撃。

カンカンカンと、木剣同士が打ち鳴らされる音を響かせながら、クフェアちゃんがなんだか不満げな声で言う。

「そうだな」

「何を話したわけ？」

「エーデルサンから聞かなかったのか？」

「あんたと逢ったことは聞いたけど、詳しくは」

「そうか」

「でも、その日……母さん、あたしとリナムに、昔の話をしてくれたわ」

剣は素早く動いているが、彼女は沈痛な面持ち。

どうやらエーデルは、己が聖騎士を失った時の話を二人にしたようだ。

「それで？」

「聖騎士を失ったのは悲しいことだけれど、あたしは母さんが生きててくれて嬉しかったし、その聖騎士には感謝しないといけないって思ったわ」

「それを、エーデルサンには？」

「伝えたわよ。けど、あたしたちが何か言うより先に、吹っ切れてるみたいだったわ！」

「へぇ」

「それで、改めてあたしたちのことを心配してるって伝えてくれて。みんなを悲しませない為にも、二人で生きて帰れるように頑張ろうってリナムと話したり……」

「いい話じゃないか」

登場人物が全員善人かつ、美女美少女なので、とても聞いていて耳に心地よい。

情景が目に浮かぶようだ。

「けど！」

クフェアちゃんの打ち込みが強くなってきた。

烈火の如き攻勢を、俺は冷静に処理していく。

「けど？」

「あれ以来、母さんがしょっちゅうあんたの話をするんだけど！」

先日、心の距離が縮まったように感じたのは、勘違いではなかったようだ。

「それは光栄だな」

「まさかアルベール、母さんに手を出してないわよね！」

キッと視線を鋭くするクフェアちゃん。なんだか剣閃も鋭くなっているような……。

「そういうのは、エーデルサンに訊いてくれ」

「訊いたし！　笑ってはぐらかされたから、あんたにも訊いてるのよ！」

「そうかそうか」

「で、どうなの⁉」

「君が不安に思っているようなことは、起こっていないよ。そもそも、子供たちを放って男と逢瀬《おうせ》を重ねるような女性ではないだろう」

「そ、そうだけど……」

「もちろん、たとえ子供が何十人いたって、女性には癒やしやときめきが必要だ。俺がその相手になれるのなら、とても喜ばしいがね」

「……アルベール」

「なんだい？」

「養母とはいえ、あたしにとってエーデル母さんは、紛れもない母親なのよ」

「あぁ、分かっているさ」

孤児院の子供たちが、どれだけエーデルを慕っているかは、これまでの付き合いで既に分かっていることだ。

「で、あんた言ったわよね。二年後のあたしと、親しくなりたいって」

「覚えているし、日々待ち遠しく思っているよ」

「でも、母さんも口説くんだ？」

なるほど。自分とデートの約束をした男が、自分の義母を口説いているというのは、クフェアちゃんとしては複雑な心境だろう。

「安心してくれ、クフェアちゃん。俺は君もエーデルサンも、大事にする自信がある」

「……誰が、そんな心配、するかー！」

怒号と共に放たれた最後の振り下ろしの勢いといったら凄まじく、応じるように振り上げた俺の木剣と合わせて、両者の武器が半ばから折れるほどだった。

「おぉ、これはすごい」

中々の威力だ。

クフェアちゃんは感情次第で、攻撃力が上昇するタイプらしい。

感情的になりつつも先程の敗戦を覚えているのか、即座に後退して隙を晒《さら》さぬようにしているのも素晴らしい。

とはいえ、互いに得物を失ったので模擬戦は終了だ。

「君はどんどん成長していくなぁ」

昔はピンとこなかったのだが、前途有望な若者――ただし女性に限る――を見ると嬉しくなるのは、年をとった証なのだろうか。

ちなみに、男はいつの時代もどうでもいい。

「褒めたって誤魔化されないから」

肩で息をしながら、クフェアちゃんはまだご立腹の様子。

「そう怒らないでくれ、クフェアちゃん」

「あんたが好色なのは知ってたつもりだけど、母さんにまで……！」

好色も何も、この街に来てからの俺はむしろ禁欲的な生活を送っている。

お姫さんの実家に残してきたメイドたちが恋しい。

しかしまぁ、魅力的な女性と見るやアプローチをかけているのも事実。

「本当にまだ何もないんだが、そこまで言うならエーデルサンに近づくのは控えることにするよ」

「え？」

あまりにもあっさり言われたからか、クフェアちゃんが呆気《あっけ》にとられたような顔をする。

「万が一にも、俺の所為でクフェアちゃんとエーデルサンの仲が悪くなったりしたら嫌だしな。それに、先に約束したのはクフェアちゃんの方だし」

俺は女性と親しくなりたいと思っているのであり、不幸にしたいわけではないのだ。

「……今更距離を置かれたら、母さんが悲しむからダメよ」

「じゃあ、どうしようか」

「分かんないけど、母さんを泣かせたりしたら、許さないから」

「承知した」

親を想う子の心だ、真剣に受け止める。

「あ、あと、あたしを泣かせたら、母さんがアルベールを許さないわ」

「そちらも、承知した」

こちらは少し拗《す》ねるような響きを感じたので、微笑ましく思う。

もちろん、クフェアちゃんを泣かせるつもりはない。

「はぁ。なんで、こんな女性にだらしない男に……」

クフェアちゃんが大きな溜息をこぼす。

「苦労を掛けてすまないね」

「おばあちゃんみたいなこと言わないで」

クフェアちゃんはギロリとこちらを睨《にら》んだあと、ふっと表情を和らげた。

「その、最近、母さんが前よりも明るくなったような気がして、それはあんたのおかげだと思っている、のよ」

「……そうか」

きっと、彼女が言いたかったのは、そちらの方なのだろう。

しかし釈然としない部分があるのも事実なので、先にぶつけてきたわけだ。

「アルベールは、いつもいつも、あたしや、あたしの家族を、助けてくれるのね」

チンピラに絡まれた婆さんとチビ共、いじめっ子ちゃんに絡まれたクフェアちゃんとリナムちゃん、そして先日のエーデルか。

そう言われると、何かと彼女の家族に縁がある。

「たまたまだよ」

「そうだとしても、ありがとう」

そう言って微笑む彼女は、年相応の少女のようで、とても可憐《かれん》だった。

「どういたしまして」

こうして、なんやかんやと和やかな空気で模擬戦を終えることが出来たのだが。

「お二人は、ご交際されているのですか？」

「ひゃあ！」

クフェアちゃんが飛び上がって驚く。

ヒペリカムちゃんが見学していたのを失念していたらしい。

成長著しいクフェアちゃんだが、まだまだ修行が足りないようだ。

「いいや、付き合ってはいないよ。俺の恋愛対象は十八歳からなんだ」

「なるほど」

「ところでヒペリカムちゃんは、二十歳を超えているんだったね」

「はい、二十一になります」

「ほうほう。ところで、俺のような男はどうだろうか」

「その武から滲《にじ》む、途方もない研鑽《りんさん》の痕跡には感嘆するばかりです。是非、私にも稽古をつけていただきたく思います」

「ありがとう、模擬戦も喜んで引き受けよう。でも聞きたいのは男女的な――」

「アルベール？」

驚愕《きょうがく》から立ち直ったクフェアちゃんが、虚《うつ》ろな瞳で俺を見ていた。

俺は彼女に柔らかく微笑みかける。

「安心してくれ、クフェアちゃん。俺は全ての女性を大事に――」

「限度があるでしょ、限度がー！」

こうして、学院での生活は賑《にぎ》やかに過ぎていく。

この数日後、俺たちは形骸種《キュリオン》還送の任務につくことになる。

『毒炎の守護竜』エクトルのいた都市・ルザリーグにて、残る形骸種《キュリオン》を救済し、都市の解放に動こうというのだ。

十二形骸がいなくなったことで安全性は格段に高まったものの、油断は出来ない。

それに都市から死者を一掃するとなると、一度や二度では終わらないだろう。

だが学生にとっては、いい経験になる筈だ。

俺たちも、班で動くのは初めてのこと。

さて、どうなるか。

第四章◆聖者のお仕事

俺たちは無事にルザリーグへと到着。

十二形骸が討伐されたことで危険度が下がり、それによって本格的な都市の解放を目指して形骸種《キュリオン》の掃討を行うのだ。

当然一日二日で終わるような任務ではないが、莫大《ばくだい》な数だからこそ学生まで動員するのだろう。

エクトルはいないので、いい加減街の名前を覚えた方がいいかもしれない。

『毒炎の守護竜』のいる都市、とはもう言えないのだから。

「久しぶり、ってほどじゃないか」

既に移動の馬車から降りた俺たちは、班ごとに門の近くに集合している。

門の近くには、学生ではない正規の聖者たちの姿も確認出来た。

「そうですね。わたしには、昨日の出来事のように思えます」

そう応える彼女は、今日も美しさと可憐《かれん》さの調和した絶妙な魅力を放っている。

二つに結われた白銀の長髪と蒼《あお》の瞳はそれ自体が輝いているようで、白い肌は透き通るかのよう。

聖女の制服を押し上げる胸部は、とても十五歳になりたてとは思えない。

「我が騎士アルベール、不敬な視線を感じるのですが」

「そのようなことは、決して」

「女神様に誓えますか？」

「敬愛する主《あるじ》の魅力に目を奪われることが不敬に値するのであれば、どうぞ罰をお与えください」

「そ、そんなことを言ってっ」

澄まし顔で言い逃れをする俺の言葉に、お姫さんが照れたように顔を赤くする。

「そこの主従？　班行動なんだから二人だけの世界に入らないでくれる？」

じろりとした視線でこちらを見ているのは、赤髪ポニテのクフェアちゃんだった。

クフェアちゃんは引き締まった身体の眩《まぶ》しい美少女だ。

ツンデレ気味だが心優しい彼女もまた、胸部の膨らみに富んでいる。

「クフェアちゃんの健康的な美しさも、俺は好きだぞ」

「……軽口はいいから」

と言いつつ、顔を逸《そ》らした彼女の横顔は赤い。

「もちろん、リナムちゃんもな」

「ふふ、ありがとうございます、アルベールさん」

柔らかく微笑むのは、青髪のリナムちゃんだ。

やや人見知りなところはあるが、親しくなると穏やかで非常に話しやすい。

周囲の者を落ち着かせ、和やかな気持ちにさせてくれる少女だ。

ちなみに、胸はクフェアちゃんに劣らない。

「モニアちゃんとヒペリカムちゃんも」

元いじめっ子ちゃん改め、アグリモニアちゃん。

金の長髪を靡《なび》かせたツリ目がちな少女だが、かつてのような高慢な気配はない。

なにせ、モニアちゃん呼びやタメ口も許してくれたくらいだ。

以前の彼女からは考えられない歩み寄りである。

それに先日、俺は見てしまったのだ。

彼女が模擬戦の件の詫《わ》びにと、クフェアちゃんに制服を弁償しているところを。

補塡すれば許されるとは言わないが、彼女に謝罪の意思があることは確か。

クフェアちゃんはもう乗り越えているようなので、外野が何か言うことはないだろう。

「……その落ち着きようは、さすがですわね」

どうやらモニアちゃんは緊張しているようだ。

彼女だけではない。

中性的な容姿をした金髪の麗人ヒペリカムちゃんも、僅《わず》かに震えている。

「どうすれば、皆様のように平常心でいられるでしょうか」

なんて訊《き》いてくる。

そう言われても、俺は恐怖というのがピンとこないので、上手く答えられない。

あるいはまだ知らないだけで、俺も何かを恐れる日がくるのだろうか。

最近、女性に声を掛けた時のお姫さんやクフェアちゃんの視線に凄まじい圧力を感じるのだが、あの時のなんともいえない感情がもしかすると恐怖なのだろうか。

「わたしも恐怖は感じていますよ。ですがそれ以上に形骸種《キュリオン》の魂を解放したいという思いがありますので、それを原動力に己を奮い立たせています」

お姫さんが言う。

「あたしたちの場合は家族ね。死にたくないと思うし形骸種《キュリオン》を見て悲しくなることもあるけど、家族の為に戦うし家族の許《もと》に帰りたいから戦うって感じかしら」

クフェアちゃんが続き、リナムちゃんと視線を合わせて頷《うなず》き合っていた。

そして自然に、俺の番みたいな空気になる。

「死ぬのが怖いなら、俺の近くにいればいい。女の子なら守るとも」

それじゃあ解決にならないという抗議の視線がお姫さんあたりから飛んでくるので、言葉を続けることに。

「けどな、それなら都市の外にいてくれた方が安心だ」

俺の言葉に、モニアちゃんもヒペリカムちゃんも目を見開き、それから目を閉じた。

次に目を開いた時、彼女たちの中から迷いは消えていた。

恐怖が完全に消えたわけではないだろうが、己が何者かは自覚出来ただろう。

俺たちは以前、実地訓練で同じ学び舎《や》に通っていた者たちを何人も失った。

その記憶はまだ薄れていない。

しかし俺たちは、学院に残ることを選んだ。去ることも出来たのに。

それは戦い続けることを、既に選んでいたということであり。

今更門の前で悩むようなことはない。

さて、班メンバーの戦意が充分確認出来たところで。

そろそろ都市に入れればと思うのだが……。

何やら、まだ全員揃《そろ》っていないようなのだ。

と、そこへ最後の馬車が到着し、中からぞろぞろと聖者が出てくる。

そこには見知った顔もいくつかあった。

周囲の生徒たちが騒ぎ出す。

「きゃあー！　『金色《こんじき》』のお二人よ！　加護の最長展開時間の記録を更新したパルストリス様に、彼女を守る鋼の騎士オージアス様！　素敵！」

近くの聖女ちゃんが叫ぶ。

『金色』は俺とお姫さんが入学試験で戦ったペアだ。

学内最優秀の十二組『色彩』の一角。

金髪聖女のパルストリスちゃんとは、実地訓練でも共に戦った仲である。

オージアスもいたような気がするが、些細《ささい》なことだ。

パルストリスちゃんは黄色い声援に応えることなく、クールに歩いている。

「見て！　『滅紫《めっし》』のお二人もいるわ！　攻撃力強化の出力は学内随一と言われるセティゲルム様に、彼女の加護を乗せて石造りの建造物さえ断ち斬《き》ったと噂《うわさ》のクレイグ様！　共に戦えるなんて光栄ね！」

セティゲルムちゃんは、紫色の波打つ長髪が特徴的な美少女だった。

いや、年齢的には美少女で間違いないのだが、十代が放つには妖艶すぎる色香だ。

聖女の制服には胸部に地肌を晒《さら》す隙間が存在するのだが、その空白地帯が通常よりも広大な関係で、豊満な胸部がこぼれ落ちそうになっている。

妖しい眼差しといい下唇のほくろといい、年齢を除けば俺の好みにばっちり嵌《は》まっている。

その横を真面目そうな男が歩いているような気がするがどうでもいい。

「……お姫さんも、あぁいう着こなしに挑戦してみたらどうだい？」

「呪いますよ？」

綺麗《きれい》な笑顔で呪詛《じゅそ》を吐かれてしまう。

「……もう呪われてるよ」

俺はすごすごと退散して、しかし諦めきれずに今度はクフェアちゃんに耳打ちする。

「あぁいう格好のクフェアちゃんも、見てみたいんだが」

「……子供の教育に悪いから、ダメよ」

「そ、そっか」

こちらは頬を赤くして感触は悪くなかったのだが、孤児院での年長者としての振る舞いを持ち出されては引くしかない。確かにガキ共の性癖に甚大な影響を与えてしまいかねない。

仕方ない、セティゲルムちゃんを目に焼き付けよう。

とガン見していたら、お姫さんとクフェアちゃんから冷たい視線が飛んできた。

「セティゲルム様は十七歳ですよ？」

「対象外よね？」

「恋愛的に対象外かどうかと、魅力的かどうかは関係がないんだ」

俺が説明している間に、次の組が出てきたようだ。

「すごい！　『黄褐《おうかつ》』のお二人まで！　聖女ながら自らも剣を振るう異国の姫ユリオプス様と、嵐の如き剣の腕を誇る双剣使いヤルラータ様だわ！」

このペアは二人とも女性だった。素晴らしい。

ユリオプスちゃんは銀色の髪を肩まで伸ばした、褐色の肌に赤い瞳の美少女。

聖女の制服を着て帯剣している姿は、中々に珍しい。

眠たげな目をしているが、その佇《たたず》まいには隙がない。

セルラータちゃんの方も剣を所持しており、褐色肌と赤目は同じ。髪は黒の長髪でボサボサに伸ばしており、歯はギザギザしている。

野生児という感じで、これまた素敵だ。

「そして！　やはり来られたわ！　『深黒《しんこく》』のお二人よ！　入学時点で将来は十二聖者確実と言われたオルレア様と、英雄の再来と謳《うた》われたマイラ様よ！」

オルレアちゃんは、お姫さんの実の姉でもある。

白銀の長髪に、氷を思わせる青い瞳、細身でありながら肉感的な身体。

どこか冬のような気配を漂わせている点を除けば、お姫さんとよく似ている。

マイラは金髪碧眼《へきがん》前髪ぱっつん聖騎士で、義弟ロベールの子孫だ。

俺にとっては、姪《めい》っ子のような存在である。

マイラが俺に気づいたので軽く手を上げると、嬉《うれ》しそうに表情を緩めた。

ううむ……懐いた犬のようで、なんとも可愛い。最初の頃のような剝《む》き出しの刃感はどこへやら。

「『薄紅《うすべに》』のお二人はご欠席のようだけれど……。オルレア様を班長とする学内最強の班が来られるなんて、これ以上心強いものはないわ！」

ありがとう、ここまで解説してくれた名も知らぬ聖女ちゃんよ。

どうやら、登場した面々は全て一つの班に所属しているらしい。

何ならもう一組いるらしいが、その『薄紅』ペアは不参加のようだ。

というか、学内十二組の『色彩』の内、五組が固まるって戦力を集中しすぎだろう。

それをまとめあげる、オルレアちゃんのカリスマはさすがだが。

「さすがは、お姫さんの姉だな」

魔女の末裔《まつえい》というハンデをものともせず、圧倒的実力で己を認めさせ、他の強者も従えるとは。

「は、はい」

誇らしそうな、どこか悔しそうな顔をするお姫さん。

俺は彼女にだけ聞こえる声で、そっと話しかける。

「おいおい、何を悔しがる必要がある。確かに強者を率いるオルレアちゃんは格好いいが……それを言うなら、君が最初に従えたのは、『骨骸の剣聖』じゃないか」

彼女の視線が姉から外れ、俺に向く。

そして、花咲くように微笑んだ。

「ふふふ、そうでしたね。そしてわたしは、貴方に相応しい最高の聖女になってみせます」

「その意気だ」

その為にも、経験を積むのは重要。

この任務は最適と言えた。

なんて思っていると、『黄褐《おうかつ》』の聖騎士が俺に近づいてきた。

ボサボサの長い黒の髪に赤い瞳、美しい褐色の肌にギザ歯という野性味溢《あふ》れる美女だ。

双剣使いらしく剣を二振り、左右の腰に差している。

「お前がアルベールか？」

ギロリとした視線を向けられるが、目つきが悪いだけだろう。

「ええ、貴女はセルラータ様ですね」

俺は紳士的に対応。

瞬間、俺と彼女の間で視線が交錯し、互いの脳裏に、ある映像が駆け抜ける。

それは、もしここで剣を抜いたらどうなるかというもの。

実力者は対峙《たいじ》することで相手の力量をある程度測ることが出来るが、その応用だ。

つまり、視覚情報から戦力を推定し、脳内で瞬時に己と戦わせるわけだ。

「――ッ！」

彼女が一歩半、俺から離れた。

俺はその反応を見て、彼女と俺の脳内に流れた映像が同じ結果を迎えたことを確信する。

最初の距離だと、彼女が剣を抜くより先に首が飛ぶからだ。

だが改められた彼我《ひが》の距離ならば――。

「そうですね、そこなら僅かに届かない」

そして彼女が剣を抜くのもギリギリ間に合うだろう。

セルラータちゃんはぶわりと汗を掻《か》きながら、好戦的に笑う。

「悪かったな、アルベール。試すような真似をして」

「構いませんよ」

「普通に喋《しゃべ》ってくれていいぜ、敬語とか背中が痒《かゆ》くなる」

「それは助かるよ。俺も同じだから」

異国の姫の聖騎士となると、どのような立場なのか分からず、お姫さんの手前もあって丁寧に接していたが、どうやら不敬云々《うんぬん》に興味はない子のようだ。

「しっかし、分かんねぇな。どうしてお前みたいなのが無名だったんだ？」

「静かに生きていたところを、アストランティア様に拾われたんだ」

嘘《うそ》ではない。死者さえもいない街で、長いこと一人で生きていたのだ。

「ふぅん？　まぁ、強い奴が増えるのは大歓迎だ。オージアスが負けたっていうから、気になっててよ。マイラの奴もやけに褒めるもんだから、一度逢《あ》ってみたかったんだ」

「実際逢ってみて、どうだい？」

セルラータちゃんはニカッと笑う。

「納得だね。こんな日じゃなさきゃ、本当に手合わせ願いたいくらいだ」

互いに木剣ならば、いい勝負が出来るだろう。

聖女と共に戦うのなら、戦いの内容は更に変わる筈だ。

「それはいい、是非今度やろう。双剣使いは滅多にいないから、俺としても楽しみだ」

「約束だぜ」

「安心してくれ。俺は女性との約束は絶対に守る主義なんだ」

俺としては当然のことを言ったつもりだが、彼女は呆気《あっけ》にとられたような顔をする。

「女性って、お前なぁ。あたしは、こんなナリだぞ」

「君が女性として見られることに嫌悪感を持っているなら謝るが、あくまで俺個人の感想を言わせてもらうなら、君は美しいよ」

「うっ。そ、そうかよ」

分かりにくいが、彼女の頬が赤くなっている。

「そうだとも」

「ふ、ふぅん？」

セルラータちゃんは照れたように頬を掻きながら、なんでもないかのように振る舞っている。

可愛い。

「――セルラータ、行きますよ」

少し離れたところにいた班の方から、声が掛かった。

セルラータちゃんのパートナーであるユリオプスちゃんだ。

彼女の近くで、マイラが不満げな顔をしている。

自分が我慢しているのに、セルラータちゃんが俺に声を掛けたからだろうか。

「おっと、うちの姫さまが呼んでるから行くわ」

「あぁ、じゃあまた」

「……ん」

セルラータちゃんが仲間の許に戻っていく。

そして、最後の班が到着したことでいよいよ任務が始まる。

まぁその前に、恒例となりつつある、お姫さんとクフェアちゃんのジト目攻撃を受けるわけだが。

「随分と素直に褒めるのですね。わたしの時は、頭蓋骨とか言っていたのに」

「あの双剣使いが美人なのは否定しないけど、あんたが褒めない女っているわけ？」

二人を宥《なだ》めつつ、任務の詳細説明を聞く。

正規の聖者とオルレアちゃんの班は、街の中心部に向かって強個体の討伐にあたり、ほとんどの学生はすぐに退避出来るように門の近くで討伐を行うという、シンプルな作戦だ。

強個体が街の中央付近に集まる、というのは封印都市では常識らしい。

三百年あっても自我の取り戻し方にはバラつきがあり、不可視の結界の外に出ていこうと外縁でうろうろする個体もいれば、結界を正しく認識する個体もいる。

『出られない』と理解した上で、彼らなりの『生活』を送っていたり、または侵入者が来た時に祝福出来るように鍛えていたりする。

俺のいた街でも、見覚えがあった。

さすがに街中《まちじゅう》の形骸種《キュリオン》を殺すのは骨が折れる作業で、結構な時間を費やすことになったのだが、その過程で見てしまったのだ。

夫婦仲良く手を繋《つな》いで散歩する者やら、追いかけっこしながら遊ぶ子供やら。

彼ら彼女らは、魔女に与えられた永遠を謳歌《おうか》していた。

そう。『魔女の呪い』はあくまでも、永遠の命。生者を嚙《か》むのは、そのおすそわけに過ぎない。彼ら彼女ら全員に、それぞれの人生がある。あると、本人たちは思っている。

そういう者たちも、俺は全員討伐した。

「アルベール？」

お姫さんが、気遣うような視線を向けてくる。

「どうした？」

「いえ、その……悲しげな顔をされていたので」

「気の所為さ。それより、俺たちも一応『色彩』なのに、中央に行けとは言われないんだな」

「そう、ですね。わたしたちは仕じられたばかりですし、班としてのバランスなども考慮されているのでしょう」

「そっか、そうだな」

説明が終わり、次々と班単位で門を潜《くぐ》っていく。中々に張り詰めた空気だ。

ふざけるような場面でないのは分かるが、それにしても緊張感がありすぎる。

みな、まだ先日の実地訓練の悲劇が尾を引いているのだろう。

「なぁ、この任務が終わったら、班で打ち上げしないか？」

俺は普段通りの口調で提案した。

「打ち上げ、ですか？」

お姫さんが首を傾《かし》げる。

「あぁ。この班での初任務成功を祝して、飯を喰《く》うんだよ」

「いいですね。素敵なアイディアだと思います」

リナムちゃんが賛成してくれる。

「そうね。生きて帰ったらいいことある、くらいの気持ちはあってもいいわよね」

クフェアちゃんも同意してくれた。

「……わ、わたくしも行っていいものですの？」

モニアちゃんは、気後れしているようだ。

「もちろんだ。班のメンバーなんだから。もちろん、ヒペリカムちゃんもな」

「ありがとうございます」

ヒペリカムちゃんも参加してくれるようだ。

お姫さんを見ると、なんだかそわそわしている。

彼女は『魔女の血縁』ということで地元ではぼっちだったので、こういう友達とわいわいする機会がとても嬉しいようだ。

俺はわざと大きめの声で話していたのだが、これを受けて似たような話題がそこら中の班で始まる。任務への集中は重要だが、暗い気持ちで臨んでもよい結果は出まい。

それならば、少し未来の楽しいことを目標に、目の前の仕事に全力で取り込む方がよっぽどよいのではないか。

その光景を目にしたお姫さんが、ふわりと微笑んだ。

「……なるほど。わたしの聖騎士は、やはり優しい心の持ち主のようですね」

「もちろんですとも。俺の心は、女性への優しい気持ちで構築されているのですから」

「女性以外も、明るい顔になっていますよ？」

「そんなものは、おまけです」

「ふふふ」

やがて俺たちの順番がやってくる。

「我々もご一緒してよろしいでしょうか？」

そこに、聞き覚えのある声がかかった。

空虚に響くその声の主は――ネモフィラだ。

予定にはなかった筈《はず》なので、急遽《きゅうきょ》訪れたのか。

周囲の者たちも騒然としている。

「――何故ここに」

お姫さんが思わずといった具合に言う。

「封印都市の解放や死者の救済は人類の悲願ですもの。協力しようと思ったのですよ」

彼女の隣には、『黄金郷の墓守』も立っている。

十二聖者の登場に驚く周囲の者たちの誰も、この二人の危険性に気づいていない。

「……アストランティア様。せっかく来て頂いたのですから、ご一緒してはどうです？」

俺は従者モードでお姫さんに声をかける。

どちらにしろこの二人がルザリーグに入ってくるなら、目の届くところに置いておきたい。

「……そう、ですね」

他の班の仲間たちからも許可をとり、『吹雪』の二人が同行することとなった。

◇

門を潜ると、そこは死の街。

人の手が入らなくなった建物は朽ちていき、元は舗装されていただろう道は石がそこら中でめくれて悪路と成り果て、生者に惹《ひ》かれて集まった死者の呻《うめ》きが木霊《こだま》する。

そして集まった死者たちの首を、我ら聖者が刎《は》ねて回るのだ。

俺たちが割り当てられたのは、門から少し離れ、大通りを進んだ地点。

門付近でもなく、中央でもない微妙な位置に、俺たちの実力への評価が窺《うかが》えた。

実績を積めば、やがて中央配置になるのだろう。

『あぁ、やはり』『まだ祝福されていない子たちがいる』『可哀想に』

先日も結構斬ったが、あの程度では到底全滅などしない。

大通りからはどんどん形骸種《キュリオン》がやってくる。

「じゃあ、行くか」

リナム・クフェア組も、アグリモニア・ヒペリカム組も、聖女の加護を展開。

「ほら、殺しなさい。貴方の仕事ですよ」

「承知いたしました、姫」

ぞんざいに命じるネモフィラだったが、みんなの手前、墓守にも加護を纏《まと》わせていた。

それを目の端で確認しつつ、お姫さんに声をかける。

「お姫さん、防護を頼んでいいかい」

「――っ。は、はい！」

自分一人で戦うという縛りはもう捨てた。彼女は俺の相棒。頼らせてもらおうではないか。

彼女が祈り、淡い光が俺を包んでくれる。

骨の剣を抜き放ち、大地を蹴る。

駆け抜けざまに三つの首を飛ばし、形骸種《キュリオン》が密集する地帯に飛び込んだ。

「そうら」

腰に撓《た》めた剣を放ちながら、ぐるりと一周。形骸種《キュリオン》共が、旋風に巻き込まれたかのようにバラバラと飛び散っていく。

地面に散らばるパーツは全て無視し、立って動く個体に狙いを定める。

先程の一撃で右腕骨が砕け散ってしまった個体の頸骨《けいこつ》を断ち、両手首を失いながらこちらに近づいてくる個体の頭蓋から胸骨柄《きょうこつへい》までを叩《たた》き割り、返す刃で別の個体の肩甲骨や肋骨《ろっこつ》を巻き込んで強引に首の骨を破壊する。

首を刎ねないことには完全に死なないとなると、形骸種《キュリオン》への有効な攻撃手段は限られるように思える。

だが、最終的に首を断てばいいというのなら、斬撃の自由度はそう損なわれない。

首へ至るあらゆる障害ごと、斬り裂けばいいだけなのだ。

別に俺に限ったことではなく、現代の聖騎士は聖女の加護を得られるのだから、攻撃力強化で似たようなことは出来る筈。

目に映る歩く個体を大方潰《つぶ》した頃、ふと足に何かが噛み付くのが分かった。

上半身だけになった形骸種《キュリオン》だ。転がる部位を無視するとこういうことも起こる。

以前ならば細心の注意を払っていたのだが、今の俺には聖女の加護による防護があるので、こういった不意打ちは淡い光に遮られて届かない。それを前提に戦いを組み立てることが出来る。

「残念ながら、俺を呪おうとしても無駄だ」

――もう呪われてるからな。

俺はそいつが何か喋るよりも先に、足で頭蓋を踏み砕いた。

綺麗に殺せば救われるわけではない。俺も、死者も。

周囲を見れば、俺の仲間たちも自分の担当分を処理し、地面に転がって死に損なっている個体に止《とど》めを刺して回っているところだった。

墓守野郎も、淡々と死者を殺している。もちろん能力を使わず、剣だけで。

その顔に感情はなく、死者殺しに何の感慨も湧いていないのが見て取れた。

三百年前の個体は、死ぬと同時に骨が風化するので、討伐確認が簡単だ。

骨の身が残っていれば、そいつはまだ死に切れていないということなのだから。

形骸種《キュリオン》の第一陣が全て風に溶け、息をつく間もなく第二陣がやってくる。

「……ん？」

そんな中、なにやら道の向こうから、やけに背の高い個体が凄まじい速度で近づいてくる。

いや、違う。あれは背が高いのではなく――。

「馬に乗ってるのか」

もちろん、馬も騎馬している者も骨だ。

『祝福を授けんと近づいた民を斬るとは、悪魔の所業！　許せん！』

「マジか……もしかして、三百年前の聖騎士か？」

今でも民を傷つけんとする者と戦おうとは、中々に仕事熱心だ。

街の中央の方から来ているのかもしれない。

だとすると、そこそこ強い個体ということになる。

『神心の具現』……特殊能力に目覚めている可能性もある。

「アルベール！」

「大丈夫だお姫さん。あれは俺がやるよ。他のみんなは周囲の奴らを頼む」

その言葉だけで即座に行動してくれる仲間たちは、とても頼もしい。

「……姫、どうされますか？」

「アルベール様の指示に従いなさい」

「……御意」

『吹雪』のペアも騎兵は俺に一任するようだ。

「許せんとか言ってるが、じゃあどうするんだ？　俺たちを殺すのか？」

『否《いな》！　私が直々に罰したのち、祝福を授けるとも！　そして貴様らは、己が殺《あや》めた以上の者たちを祝福することで、その罪を償うのだ！』

聖騎士としての正義は残っているのに、やはり優先順位の第一位に祝福の拡散が来てしまっている。こいつも、魔女の呪縛からは抜け出せなかったようだ。

「そりゃ無理だ。俺がお前を殺して、その罪とやらを重ねるからな」

骨の騎兵が突進してくる。

まともな人間なら、騎兵に剣一本で正面から挑みはしない。

踏み潰されるにしろ弾《はじ》かれるにしろ、凄まじい速度で走る巨体それ自体が兵器のようなもので、とても無事ではすまないからだ。

蹄《ひづめ》が悪路を叩く音を聞きながら、ふと思った。

――蹄って確か、爪だったよな？　じゃあとっくに無くなってるんじゃ……。

もちろん蹄鉄《ていてつ》だってとっくに壊れるなり外れるなりしているだろう。

では、今あの馬は足の骨で走っていることになる筈だが、それで生前の速さは出せるのだろうか？

見た限りでは、生きた馬と遜色ないように思えるが……。

まぁ、骨だけになって動き回るという時点で世の理に反しているので、そのあたりは大した問題ではないのかもしれない。

気になることがあるとすれば――。

「一つ訊くが、その馬は雄か！」

『それがどうした！』

「別に。ただ雌なら、少し心が痛むってだけだ」

馬は聖騎士にとって相棒。俺にはかつて、ビオラという愛馬がいた。

どうしても彼女を連想してしまうので、牝馬《ひんば》を斬るのには抵抗があるのだ。

俺は馬の正面に立ち、剣を上段に構える。騎士から驚きの声が上がった。

『貴様、正気か⁉』

「試してみな」

『正気とは思えんな！』

俺への怒りからか、相手は挑発に乗ってそのまま馬を進めた。

すれ違いざまに俺を斬るのではなく、馬で轢《ひ》き殺そうというのだ。

猛烈な速度で迫る馬は骨となっても迫力満点だが、俺は目を逸らさない。

馬の足が弾く砂塵《さじん》の粒一つ一つまでが確認出来るような距離。

瞬間ごとに縮まる距離を正確に測り、その時が来た瞬間、全身を駆動させる。

——今……ッ！

骨の剣による振り下ろしが馬の鼻骨に激突し、それを砕きながら頭頂から下顎までの骨を断つ。

だが疾走していた馬の速度はその程度では殺せない。頚椎《けいつい》は途中でへし折れ、前脚から肋骨までと胸椎腰椎も剣にぶつかってバラバラに砕け散っていく。後ろ脚から尻尾までの骨は俺に触れることなく軌道を逸れて大地を転がり——騎士だけが投げ出された。

『ぐおおおおっ⁉』

宙を舞う骨の騎士が落下する頃には、馬の骨は塵《ちり》と化して消えていた。

俺は立ち上がる騎士に近づきながら、声を掛ける。

「どうやら俺は正気みたいだ」

『くっ……！　それほどの力を、何故正しきことに使わぬのだ！』

騎士が斬りかかってくるが、その剣はどうにも新しい。

新品とは言わないが、三百年経っているとはとても思えない。

どこかの聖騎士から奪い取ったのだろう。

『色彩』の面々が負けるとは思えないので、以前に殺された誰かの持ち物か。

「正しきこと、ね」

俺は三度ほど奴の剣を弾き、大方の力量を把握。四度目の攻撃に合わせてこちらも力を入れると、相手の剣が折れた。

『むっ⁉』

「じゃあな」

そのまま首を刎ねようとしたのだが、寸前で——弾かれてしまう。

まるで、見えない壁でも生じたかのようだった。

『隙あり！』

「いやいや」

折れた剣で突いてくる骸骨騎士だったが、俺はそれを横に跳んで回避。

通り過ぎていく騎士の背中に向かって剣を振り下ろすが、これも弾かれた。

だが先程と違い、あと一瞬遅ければ骨に達しそうなタイミングだった。

そして、やはり不可視。

聖女の加護と似ているが、違う。あの淡い光がないからだ。

『ぬぉおっ⁉　せ、背中から斬りかかるとは卑怯《ひきょう》な！』

「元気な死人だなぁ」

そんなに常に叫び続けて喉が枯れたりしないのだろうか。

しないのだろうな、喉ねぇし。

『しかし、私の力を初めて見たにしては中々の反応！　見事と言っておこう！』

こちらに向き直った骸骨騎士は、折れた剣を短剣のように構え直しながら言う。

「妙な力を使う死人がいることは、こっちも知ってるからな」

『我が力は全ての悪を弾く聖なる盾！　またの名を「絶対聖光防護――」』

「いい、いい。覚えねぇから」

そもそも自分の力を敵にべらべら喋るやつがあるか。

それが嘘やハッタリだとか、時間稼ぎであるとかなら分かるが、そんな様子もない。

つまり言葉通り、こいつの『神心の具現』は不可視の盾ということになる。

『人の言葉を遮るとは、無礼な！』

こいつと話すとげんなりしてくる。

生前は根性、気合、誇りとか叫んで後輩聖騎士にさぞうざがられていたに違いない。

今度はこちらから相手に斬り掛かる。敵は折れた剣でなんとかこちらの剣を弾こうとするが、そんなものは長くは続かない。やがて鍔《つば》まで砕け、残るは握りと柄頭《つかがしら》のみ。これではさすがに武器として運用することは出来ない。

「騎士なら潔く死ねよ」

思ってもいないことを口にしながら右下から左上への切り上げを放つが、これも結局弾かれた。

敵の剣ではなく、不可視の防壁だ。

敵はその隙を突いて俺に飛びかかろうとしたようだが、無駄。

最初から弾かれることを想定していたので、俺はその勢いを利用して身体を回転させ、今度は左上から右下へと斬撃を繰り出す。

『なっ……!』

これは予想外だったようで、その一撃は弾かれることなく――敵の首から上半身までを斜めに斬り裂いた。

骸骨騎士の身体が地面に落下し、そのまま崩れていく。

『……気づいたのか、この僅かな間に、我が「絶対聖光――」』

最後まで言い終えることなく、奴の身体が消える。

こいつの防御壁は、まず己の身体しか守れない。

馬や剣を守れるのなら、そのように能力を使っていた筈だ。

次に、防御壁の展開は瞬間的なものかつ、本人の意思が必要。

発動すれば常時展開される、というものでもなければ、自動発動でもない。

そうでもなければ、俺に背中を斬られそうになった時にあそこまで慌てはしまい。

ならばあとは簡単。

敵が能力を「発動する」と意識するよりも先に殺せばいい。

正面から虚を突く為に、一度は敢《あ》えて防御壁を展開させたのだ。

まさか自分の防御能力による反発を利用されるとは思わなかった骸骨騎士は、驚きのまま死ぬこととなった。

死に際に己の能力の性質が読まれていたことを悟ったあたりも含め、この敵は雑魚《ざこ》ではなかった。

能力も持っていたことからも、それは分かる。

仲間たちを振り返ると、見事に第二陣も撃破していた。

彼女たちに合流しながら、考える。

——さっきの骸骨騎士の力は、獲得出来てないな。

『毒炎の守護竜』エクトルの『毒炎転化』は、俺の中に引き継がれた。

だが今の聖騎士の『絶対なんちゃら』は、引き継がれていない。

——十二形骸じゃないから、か？

確か、十二聖者の聖騎士に与えられる『天聖剣』は、形骸種《キュリオン》の特殊能力を最大一つまで奪えるという。

十二形骸である俺は、自分のとエクトルのを合わせて二つ所持している。

しかも『天聖剣』の方は最短十年ほどで宿した力も消えてしまうなど様々な制約もある。

似ているようでいて、両者は異なる力なのかもしれない。

だとすると、十二形骸以外の能力を複数獲得する術は、現状存在しない、ということになるか。

これは人類からすれば助かる情報だろう。

形骸種《キュリオン》同士は殺し合わないが、十二形骸は別。

俺はもちろん、『黄金郷の墓守』だって、他の形骸種《キュリオン》を殺している。

能力の継承に制約が存在しない場合、十二形骸は他の形骸種《キュリオン》の能力を奪ってどんどん手がつけられなくなっていく。

それがない、と分かっただけでも朗報だろう。まぁ、これに関しては『とこしえの魔女』が関わっている以上、抜け道などもあるのかもしれないが……。

そもそも十二形骸の定義が不明だ。一応、各都市で最も脅威となる個体を指しているようなのだが、能力継承の件を踏まえると、とてもそれだけとは思えない。

とにかく、最大の脅威である十二形骸は、同類を殺すことで強くなれるのは確かなのだ。

十二形骸が外に出たり別の都市に入るということ自体、結界の性質を考えれば有り得ないのだが、これに関しては前例が二つも存在してしまっている。

その一つは俺で、もう一つが墓守野郎。二つの前例が、この場にいる。

「アルベール？　どこか痛むのですか？」

こちらを心配するように見上げるお姫さんと、目が合う。

相変わらず、空の青さを閉じ込めたような、綺麗な瞳をしていた。

「いいや、問題ないさ」

「本当ですね？」

「あはは、こんなことで意地を張ったりはしないよ。まぁ、お姫さんの防護がなければ怪我していただろうがね」

ありがたいことに、衝撃の類いもダメージ扱いで相殺してくれるらしい。

「よかった」

本当に安心したように笑う彼女が、なんだか無性に愛らしい。

「それにしてもアルベール、強化なしで疾走中の馬を斬るって……貴方って本から出てきたとかじゃないわよね？」

クフェアちゃんが苦笑しながら言う。

「ありがとう。英雄譚《たん》の主人公が飛び出してきたかのようだなんて、嬉しいね」

「そこまでは言ってないから」

「しかしもしそうなら、俺が結ばれるであろう美姫は誰なんだろうか」

軽い冗談のつもりで口にしたのだが、お姫さんとクフェアちゃんがぴくりと肩を揺らした。

この話題は掘り下げない方がよさそうだ。

「――という冗談はさておき。みんなも見事だったな。おかげで一騎打ちに集中出来たよ」

形骸種《キュリオン》との戦いは乱戦になりがちなのだが、気にせず目の前の敵に集中出来たのは仲間たちの実力あってこそだ。

「アルベールさんが、あの騎士さんを抑えてくれたからこそですよ」

リナムちゃんが柔らかく微笑みながら、そう言ってくれる。

彼女はこの班の癒やしだ。

「そうですわ。あれがなければ、騎士の突撃でこちらの統率は乱れていたことでしょう」

モニアちゃんが真面目な声色で言う。

「アグリモニア様の仰《おっしゃ》る通りかと」

ヒペリカムちゃんも追従した。

どうやら俺が褒められる空気のようだ。

大半が少女とはいえ、女性に褒められて悪い気はしない。

俺は期待の眼差しでお姫さんを見る。

お姫さんは何かを察したように呆《あき》れ顔を見せたが、咳《せき》払いのあと、改めて俺を見上げる。

「……見事な働きでした、我が騎士アルベール」

「こちらこそ素晴らしき加護に感謝いたします、アストランティア様」

俺たちは顔を見合わせて、互いに小さく笑った。

「本当に素晴らしい武勇ですね。……貴方もアルベール様を見習ってはどう？」

ネモフィラちゃんが薄笑みを湛《たた》えたまま、俺と墓守を見る。

「……精進します」

彼女は今日、何故ついてきたのか。

いや、理由は分かる。無言の念押しだ。

墓守の戦いぶりを見せることで、こいつが暴走した時の脅威を想像しやすくする。

俺たちの危機感を煽《あお》り、『片腕の巨人兵』討伐作戦への参加意欲を高めようとしたのだろう。

そこに、形骸種《キュリオン》の第三陣がやってくる。

俺は仲間たちの様子を一瞬見て、体力などに問題がないことを確認。

「もう一働き、必要みたいだな」

「これがすみましたら、一旦門まで引きましょう」

お姫さんの言葉に、全員で頷く。

魔力も体力も集中力も無限ではないので、連戦ではどんどん消耗していく。

班での行動となれば、仲間たちのことまで考える必要があるが、お姫さんはそのあたりもしっかり出来ていた。

骨の剣を構え、形骸種《キュリオン》共を迎え撃つ。

第五章◆打ち上げ

封印都市ルザリーグにおける形骸種《キュリオン》掃討作戦は、順調に進んだ。

数が数なので今日中に終わるなんてことはないのだが、全体で五百体から千は削れただろうか。

今回は聖者の戦死者がゼロだったので、素晴らしい。

形骸種《キュリオン》殺しが形骸種《キュリオン》になる、なんて事も前回はあったので、それがなかったのは喜ぶべきことだろう。

敵を減らす為に戦っているのに、味方が減って敵と化しては、気が滅入る。

その日の任務は終了し、俺たちは門の外で全員の無事を喜び合った。

今回の作戦、俺たちは数日間働くことになっているので、学院のある街へ直帰ではなく、最寄りの街に数日滞在することになっていた。

「みなさんご無事で、本当によかったです」

我が班の癒やしこと、青髪のリナムちゃんが周囲を見渡し、ほっとした様子で呟《つぶや》いた。

「そうね。それに、前回よりも上手く動けていた気がするわ。もっと速く動けそうな気もするんだけど……」

「だめだよ、クフェアちゃん。そんなことを言っても、防護は解かないからね」

「わ、分かってるわよ」

我が班のツンデレこと、赤髪のクフェアちゃんは、少々拗《す》ねた様子。

彼女は、いじめっ子時代のアグリモニアちゃんとの再戦に向けての修行で、加護による防護に回す分さえも脚力強化に当ててもらうことで、凄まじいスピードを手に入れた。

あの感覚を覚えているクフェアちゃんにしてみれば、都市内での自分に物足りなさがあるのかもしれない。だがリナムちゃんからすれば、噛《か》まれれば終わりの状況で防護を外すなんてリスクはとても冒せないだろう。

クフェアちゃんもそれは分かっているので、唇を尖《とが》らせるに留《とど》めているのだ。

「しかしクフェア殿のお気持ちも理解出来ます。アルベール殿の動きを見ていると、同じ聖騎士として、憧憬と共に焦燥感も生まれますから」

中性的な容姿をした聖騎士ヒペリカムちゃんが、クフェアちゃんに共感を示す。

「そう！　それよ！」

クフェアちゃんが、うんうんと頷《うなず》いた。

この二人も年齢を考えるとかなり優秀なのだが……。

俺は見た目こそ十八歳相当だが、実際は三百歳超え。

さすがに、そう簡単に追いつかれるような鍛え方はしていない。

「悔しいと思えるなら、二人はまだ伸びるよ。まぁ、その間に俺もどんどん強くなるので、永遠に追いつかせはしないわけだが」

「また言ったわね……。見てなさいよ。あたしの足は速いんだから」

「一歩ずつでも迫れるよう、精進いたします」

俺の言葉に対し、クフェアちゃんが好戦的に、ヒペリカムちゃんが静かに、闘志を燃やす。

そんな二人を、各々《おのおの》の聖女が見守っていた。

この向上心は見事だ。

ちなみに『吹雪』の二人は既に俺たちのところを離れ、教官やオルレアちゃんの班などへ挨拶して回っているようだ。

「アルベール。わたしは救済した形骸種《キュリオン》の数を、報告してきます」

「おっ。じゃあ俺もついていくよ」

仲間たちから一旦離れ、お姫さんと共に報告へ向かう。

三百年前の死者たちは、完全に死ぬことで骨が風化するので、討伐証明となる物は何も残らない。

では、どのようにして討伐数などを計算するのか。

これが驚きなのだが、単純に——言葉だ。

十体討伐しましたと言えば、それがそのまま討伐数に加算される。

それでは、いくらでも実績を盛れるではないかと考えてしまうのだが、そうはならない。

一つは、水増しによる過剰な実績を作ると、身を滅ぼすから。

当然強者はより危険な場所へ配置される可能性が高まるので、実力に見合わない嘘《うそ》の実績など作っても、死期を早めるだけ。

ただ、これでは抑止の効果はあっても、完全な虚偽報告の排除は出来なそうだ。

しかし、もう一つの理由によって、ほぼ全ての虚偽は取り除ける。

報告の際に、女神像が用意されるのだ。

使用されるのは当然、聖女に魔法を授ける女神様だ。

信仰心で魔法を授けてくれる女神様の前で、嘘を吐《つ》ける聖女がいるだろうか。

無宗教の人間にはピンと来ないかもしれないが、神を信じている者にとって、神の前で嘘を吐くことは大きな罪だ。極悪人の中にさえ、神の前でだけは正直でいる者もいるくらいだ。

この女神様の場合は実際に魔法を授けてくれるので、実在性は他の比ではない。

そういう事情もあって、報告は聖女が行うように決められている。

「リナム・クフェアペアが二十四体、アグリモニア・ヒペリカムペアが二十一体、『雪白』アストランティア・アルベールペアが――六十四体。そして内一体が『神心の具現』発現個体。以上、相違ないか？」

この作戦で報告を受け付けるのは、聖者が所属する祓魔《ふつま》機関の職員だ。

普段、学生が報告する相手は教官なのだが、この作戦は規模が大きいのでいつもとは違う。

職員は簡素な机に書類を出し、討伐記録を書き込んでいる。

生真面目そうな大人の女性で、聖騎士や聖女とも違う制服に身を包んでいる。

是非親しくなりたいものだが、声を掛けられるような雰囲気ではない。

反射的に声を掛けるばかりが、仲良くなるきっかけではないのだ。

机の上に乗っかりそうなほどの胸部に思わず目が行くが、グッと堪《こら》える。

卓上には他に、女神様を模した小さな木製の像が置かれていた。

「はい。間違いありません」

「女神様に誓えるか?」

職員が女神像に目を遣《や》る。

お姫さんは手を胸の前で組み合わせ、頷いた。

「女神様に誓って、真実です」

「よろしい」

これで報告は完了。

あっさりしているように思うが、神への宣誓とは非常に重い意味を持つもの。

信徒からすれば、充分以上の儀式だ。

「ろ、六十四体?」「他のメンバーも二十超え……」「班合計が百を超えているんだけど……」「こちらは班全体で二十にも満たないというのに」「それに加えて『神心の具現』発現個体まで救済を?」「い、一体どのような戦いを……」

なにやら周囲がざわついている。

どうやら、俺たちの戦果は平均よりも幾らか上のようだ。

『吹雪』ペアは四十人ほど殺していたが、それが十二聖者の全力とは思えない。

ふと、お姫さんの姉であるオルレアちゃんが率いる班などは、どんなものなのだろうかと少し気になった。班全体を考えると、俺たちよりも討伐数は多いのだろうが。

「先程も言いましたが、見事な働きでしたよ、アルベール。みなさんが驚かれるのも無理はありません。通常、新入生があれだけの数を救済することはありませんから」

周囲のざわめきは、お姫さんの耳にも届いていたようだ。

「まぁ、俺は普通の新入生じゃないしなぁ」

「……確かに、貴方のしたことを思えば小さな数字かもしれませんが、新たに六十四人の魂を解放出来たことは、誇ってよいことだとわたしは思います」

『骨骸の剣聖』と呼ばれる俺は、自分の都市の不死者を全員殺した。

それを思えば、六十四という数字は決して大きくはない。だが――。

「お姫さんの言う通りだな」

魔女に植え付けられた幸福で思考を固定され、三百年も死ねずにいた者たちを。

次の人生に向かえるよう、手にかけた。

数の多い少ないは関係なく、聖者がやらねばならぬことだ。

「ええ、わたしも貴方を誇らしく思っていますよ」

なんだか、真面目な空気になってしまった。

仲間たちの許《もと》へ戻る道中、空気を変える為にも彼女に訊《き》く。

「なぁ、お姫さん」

「なんでしょう」

「もし女神様に嘘を吐《つ》いたら、聖女の魔法を剝奪されたりするのか？」

彼女は少し考えるように間を開けた。

「そのように習いますが、わたしは正確には少々異なるように思います」

「へぇ？」

「女神様の魔法が使えなくなる条件は、信仰心の揺らぎや消失です。つまり、もし女神様に嘘をついたとしても――」

「信仰心に混じり気がなければ、魔法を取り上げられはしない？」

「おそらく」

中々状況が想像しづらいが、たとえば愛する者を人質にとられるなりして、女神様に嘘をつくよう仕向けられたりなどした場合は、『嘘を吐《つ》いたが信仰心に偽りはない』という状況は成立する。

そういった時、女神様は信徒から魔法を取り上げたりしない、ということだろう。

見ているのは虚言などの表向きのものではなく、信仰心という内面である、ということか。

「無論、報酬や実績ほしさに神の御前で虚偽を述べる行為は、信徒として許されざる行いであり、女神様も失望されるでしょうが」

結局、信徒なら女神像の前で実績嵩《かさ》増しは出来ない、ということ。

「神を信じる者も、大変だな」

「いいえ、女神様がご覧になっていると考えることで、気が引き締まりますよ」

彼女は淀《よど》みなく言う。

本気でそう考えているようだった。

まぁ、神様が常に見ていると思えば、その教えに背くようなことも出来ない……か。

「へぇ」

「……貴方は、女神様を信じていないのですか？」

少々、悲しげな声。

「お姫さんが信じてるなら、いるんだろうな」

「なんなのです、それは」

「俺が信じてるのは、逢《あ》ったこともない女神様じゃなく、君だってことさ」

「────っ」

お姫さんが急に立ち止まったので気になって振り返ると、その顔が真っ赤になっていた。

「大丈夫かい、お姫さん」

「え、えぇっ。だ、だいじょぶ、ですが」

彼女はこくこくと頷き、再び歩き出す……が。

手と足を一緒に出して歩くという、奇妙な動きになっている。

「そんな照れなくてもいいだろう。一生一緒にいることを、女神様に誓った仲じゃないか」

『毒炎の守護竜』エクトルを倒した後日、そのような話をした。

あれに比べれば、先程の発言など軽口のようなものだと思うのだが。

「〜〜〜〜っ!?」

思い出したのか、お姫さんがビクッと震え、そのままひっくり返る。

俺はすぐさま彼女の背中に手を回し、転倒を回避。

彼女の身体は柔らかく、細く、儚《はかな》げで。

びっくりするほど、熱を持っていた。

「悪い、からかいすぎたな」

純情なお姫さんには、刺激が強すぎたようだ。

「……からかったのですか？」

咎《とが》めるような視線は、水気を帯びている。

「あぁ。でも嘘は吐いてないぜ」

「そう、ですか」

彼女を助け起こし、そっと離れる。怒らせてしまっただろうか。

「……わたしも」

「ん？」

「わたしも、貴方を信じていますので」

それだけ言って、スタスタと歩いて行ってしまう。

後ろから見える彼女の耳は、真っ赤だった。

――いかんな。

彼女の年齢は対象外である筈《はず》なのに、少し前から、どうにも我が主《あるじ》が可愛すぎる。

俺は彼女を追いかけ、隣に並ぶ。

「すまんお姫さん、よく聞こえなかったからもう一回頼むよ」

「……それは嘘ですね。またわたしをからかおうというのでしょう」

「訂正する。よく聞こえてたけど、もう一回頼むよ」

「お断りします。にやにやしないでください。呪いますよっ」

頬を膨らませる彼女を見て、俺は笑う。

「もう呪われてるよ」

◇

「任務の成功と全員の生還を祝って――乾杯」

俺の挨拶に合わせて、全員が木樽《きだる》ジョッキを掲げる。

封印都市ルザリーグでの形骸種《キュリオン》退治一日目は無事に終了。

馬車で最寄りの街まで運ばれた俺たちは、約束通り打ち上げに来ていた。

参加者は班のメンバーのみ。ぐるりと卓を囲むメンバーは、俺以外が全員美少女か美女。

両手に花どころか、円卓に花である。

並びは俺から時計回りにクフェアちゃん、リナムちゃん、モニアちゃん、ヒペリカムちゃんと来て、最後がお姫さんだ。

俺の両隣は、クフェアちゃんとお姫さんということになる。

周囲の客からの視線がそれはもう集中しているが、声を掛けてくる者はいない。

俺たちは聖者の制服のまま来店したからだ。

聖女に貴族子女が多いのは庶民も知る事実。無礼を働けば最悪首が飛ぶと知ってナンパする愚か者は、そうそういない。

「こ、こういったお店に来るのは初めてです」

お姫さんは両手で木樽ジョッキを包むように持ちながら、唇を濡《ぬ》らす程度に中身を飲む。

「あたしたちもそうよ。外食なんて、もったいなくて滅多に出来ないもの」

肉料理をフォークで口に運びながら、クフェアちゃんが言った。

孤児院出身のクフェアちゃんとリナムちゃんは、任務報酬もほとんど施設の運営資金に回すようだから、こういった経験はなかったようだ。

「お酒も初めてですし、なんだかドキドキしますね」

リナムちゃんは口に泡をつけて気持ちよさそうな顔で左右に揺れているが、まさか一口で酔ったのだろうか。この国は十五で成人なので飲酒は問題ないが、酒の強さは人による。

「話には聞いていましたが、庶民はこのような場所で食事をとるのですね」

モニアちゃんは興味深そうに周囲をきょろきょろと見回していた。

「もっと静かなところもございますよ。……もっと騒がしいところも、ございますが」

ヒペリカムちゃんは、こういった酒場が初めてではないらしい。

庶民である俺からすれば、こういう場所こそ慣れ親しんだ場所である。

三百年経っても、庶民向け酒場の雑多で騒がしく、洗練されていない感じは変わらない。

変に気取ったりしない分、心地よくさえある。

庶民の料理はお嬢様たちのお口に合わないかとも思ったが、お姫さんもモニアちゃんも文句を言わずに食べていた。

まぁ、聖女ともなれば封印都市への行き帰りで野営もするし、保存食や携帯食料で腹を膨らませることもある。いざ本番で口が受け付けないなんてことにならぬよう、授業でそれらを食す機会があるくらいだ。聖女志望のお嬢様たちは、存外に逞《たくま》しいのである。

そんなこんなで、和やかに時が進んでいたのだが。

「アルベェエエルっ！　あんたに、言っておきたいことがあるんらけろっ！」

本人の髪色ばりに顔を赤くしたクフェアちゃんが立ち上がり、俺の方を向く。

彼女が前傾姿勢をとったことで、俺の頭に彼女の巨乳が乗った。

柔らかくも確かな重量感を持ったそれが、ふよんっと俺の頭の上で跳ねた。

「なんだい、クフェアちゃん」

俺は頭頂部に意識を集中しつつ、平静に応える。

「あたしには二年後って言ったくしぇに、アストランティアとはデートしたんれしょ！」

先日、お姫さんと祭りを一緒に回った件か。

クフェアちゃんにも贈り物をして、一旦は許されたと思ったのだが、まだ気にしていたらしい。

「前にも言ったが、あれはデートではないと思うんだ」

「で、ではなんだと言うのですか、我が騎士アルベール！」

右隣のお姫さんが、これまた顔を赤く染めた状態で、頬を膨らませていた。

そして俺の肩に、自分の額をぐいぐいと押し付けてくる。

抗議のつもりなのだろうか。

――あー……。

改めて、この国の成人は十五歳。

だから、このメンバー全員が飲酒してもまったく問題ない。

のだが、経験者は俺とヒペリカムちゃんだけだった。

酒は合う合わないがあるが、一度試してみないことには分からない。

未経験のまま大事な場面で失態を晒《さら》すより、仲間だけの場で試してみた方が今後の為にもよいだろうということで、この打ち上げでの初挑戦となった。

だがどうやら、お姫さんとクフェアちゃんはあまり酒に強いとは言えないようだ。

ちなみにリナムちゃんは「ふふふ」とずっと柔らかく微笑みながら、左右に揺れている。

どうやら、穏やかな笑い上戸のようだ。

酒を飲んでも癒やし系とは、さすがリナムちゃん。

しかし、彼女の幼馴染《おさななじみ》であるクフェアちゃんは、怒り上戸のようだ。

「ほら、ほら！　アストランティアはデートらと思ってるじゃないの！」

座り直したと思ったら、今度は俺の腕に巻き付くようにして不満を吐き出す。

先程から呂律《ろれつ》が回っていないようだが、ここまで弱いとは。

いや、気分が悪くなったりはしていないようだから、酒に弱いのではなく、酒癖が悪いというべきか。

暴力的なまでの迫力を持つ双丘に己の腕が飲み込まれるというのは、本来ならば喜ぶべき場面なのだろうが……。

彼女自身が言ったように、年齢的にあと二年は育ってからではないと、手は伸ばせない。

だが、それはあくまで男女としての話。

「……じゃあ、クフェアちゃんさえよかったら、今度一緒に出かけようか」

親しい友人としてならば、別にいつだって共に居ても構うまい。

そんな俺の発言だったが、彼女は反発する。

「それじゃあ、あたしが言わせたみたいじゃにゃいの！」

まったくもってその通りなのだが、口に出せるわけもない。

「いいや、俺がそうしたいのさ」

「……ほんと？」

気まぐれな猫が、珍しく甘えてきた時のような。

普段ツンツンした子の弱気な態度というのは、それくらいの破壊力がある。

「もちろんだとも」

「じゃあ、行く」

彼女はこくりと頷いた。

「そうしよう」

これにて一件落着、と思い酒を飲もうとしたのだが、右腕が動かない。

左腕は今もクフェアちゃんに捕まっているから仕方ないにしても……と視線を向けると、お姫さんが右腕にしがみついていた。

「じぃ～～……」

「お姫さん？」

「我が騎士、アルベール」

「はい」

「わたしは、聖騎士としての貴方を誇りに思っていますし、いくら自分の聖騎士だからといって、私生活にまで口を挟むべきではないのでしょうが」

「はい」

「ですが――不満です！」

彼女は頬を膨らませ、駄々をこねるように言う。

「そう、仰《おっしゃ》られても」

辛《かろ》うじてそう返すが、お姫さんの潤んだ瞳を見ていると、思うように言葉が出てこない。

「約束した、その日に、周りが女性だらけというのは、想像すると、なんだか、嫌です」

全てを解決したあと。

お姫さんが死ぬ時が、俺という形骸種《キュリオン》が終わる時。

そういう約束をした。

彼女はその時を俺と二人で迎えるつもりで言ったのに、俺のこんな性格を思うと、人数的にとんでもなく賑《にぎ》やかになるのではないかと危惧しているようだ。

俺もそんなシーンを想像し、一瞬笑いそうになってしまう。

だが彼女の顔が真剣そのものなのを確認して、表情を引き締めた。

「大丈夫、それはないさ」

「本当ですね？」

「あぁ」

「信じましょう」

安心したのか、そのまま彼女は寝てしまった。

こてんと首を倒し、俺にもたれかかる。

気づけばクフェアちゃんも同じだった。

「打ち上げは、日をずらすべきだったかな」

心地よいような、生殺しのような、複雑な感情に襲われながら、打ち上げの時間は過ぎていく。

ちなみに、ヒペリカムちゃんは何杯飲んでも顔色がまったく変わらない酒豪で、モニアちゃんは過去の後悔を口にしながらポロポロ涙を流す泣き上戸だった。

その内寝ていた二人も目を覚まし、主に女性陣たちの間で会話に花が咲く。

どうしても少し距離のあったモニアちゃんペアだが、心を開いての会話を通して、以前よりも溝が埋まったように思う。

それを思えば、打ち上げは大成功と言えた。

そして翌日。

俺とヒペリカムちゃん以外の女性陣は二日酔いの頭痛に襲われ、それを癒やしの魔法で治し合うことになる。

女神様の魔法は二日酔いさえも癒やしてくれるのだ。

まぁ、そうでもなければ、翌日に任務があるのに酒場には行けまい。

「お、おおお、おはようございます、我が騎士アルベール」

「きょ、今日も頑張って行きましょうね、アルベール！」

どうやらお姫さんとクフェアちゃんは、酔ってもしっかり記憶が残るタイプらしい。

そして昨日のことを思い出して羞恥に悶《もだ》えているようだ。

この二人は今後、お酒を控えた方がいいかもしれない。

◇

ルザリーグにおける形骸種《キュリオン》討伐任務は、三日続いた。

学生の動員はここまでで、残りは正規の聖者たちが担当するそうだ。

慣れない都市内戦闘で学生たちが疲弊しているというのもあるし、この三日でかなり数が削れたというのもあるし、それ以外の大人の事情もあるのだろう。

三百年前の聖騎士時代にもあったが、誰が止《とど》めを刺しただとか、作戦成功にどれだけ貢献したかだとか、そういうことにうるさい連中というのはいるものだ。

そこに貴族が絡むとなれば、更に状況はややこしくなるだろう。

きっと、今後都市が解放される段階になっても、最後の一体を誰が討伐したかとかで、無駄な諍《いさか》いを繰り広げるのだろうと想像がつく。

まぁ、俺には関係のないことだ。

とにかく、任務完了なので帰ろうとしたのだが、まだ一つイベントが残っているようだった。

馬車に乗り込んで学院のある街へ戻る前に、討伐数の発表が行われたのだ。

この三日間でどれだけ形骸種《キュリオン》を倒したか。その上位十組を発表するようだ。

ちなみに、あくまで学生に限っての順位のようだ。

正規の聖者や、初日だけ顔を出した『吹雪』の二人はカウントされない。

「十位、六十六体――アグリモニア・ヒペリカムペア」

俺の班のモニアちゃんとヒペリカムちゃんのペアが、上位十組入りを果たす。

二人はこの結果に驚いているようだ。

そして九位の名が呼ばれ、次の八位で再び俺たちの班メンバーが呼ばれる。

「八位、七十一体――リナム・クフェアペア」

クフェアちゃんとリナムちゃんの幼馴染ペアも、ランクイン。クフェアちゃんはポニテを揺らしてどこか誇らしげな顔をしており、リナムちゃんは手を合わせて静かに喜んでいる。

七位、六位と続き、次は五位の発表だ。

「五位、百三体――『金色《こんじき》』パルストリス・オージアスペア」

知り合いの名前が出てきた。

入学試験での対戦相手だったり、『毒炎の守護竜』エクトル戦でもしばし共闘した二人だ。

以前、パルちゃんは自分たちを『色彩』十二組の中で討伐数八位と言っていた。

それでも、三日で百体は討伐出来るわけだ。

班で取り組んでも日に二十体に届かぬところもあるので、それを思えばやはり『色彩』というのは優秀なのだろう。

三桁に及んだからか、周囲の生徒たちからも「おぉ……！」という声が上がる。

「四位、百十九体――『滅紫《めっし》』セティゲルム・クレイグペア」

セティゲルムちゃんは、とても十代とは思えぬ大人の色香を漂わせる、紫髪の美少女だ。

あんまり凝視するとお姫さんとクフェアちゃんの鋭い視線が飛んでくるので、今日は控えめにしておく。

「三位、二百二体――『黄褐《おうかつ》』ユリオプス・セルラータペア」

セルラータちゃんは、褐色肌に黒く長い髪を持つ、野性味溢《あふ》れる美女だ。

双剣使いで、今度模擬戦をする約束をした。

彼女の方を見ると、タイミングよく彼女もこちらを見ていた。

口の動きだけで「すごいな」と伝えると、彼女は照れくさそうに鼻を掻《か》く。可愛い。

ユリオプスちゃんは聖女だが、彼女自身も剣を振るうらしいので、それで他よりも討伐数が多いのかもしれない。

残るは一位と二位。

呼ばれていない実力者は、オルレアちゃん・マイラのペアと、俺とお姫さんのペアだ。

何故か、俺よりも仲間たちの方が緊張しているようだった。

「二位、二百七十一体――『深黒《しんこく》』オルレア・マイラペア」

「一位、二百八十五体――『雪白《せっぱく》』アストランティア・アルベールペア」

周囲が騒然とする。

「さすが、お二人ですね」

「やったわね……！」

「し、『深黒』をも上回るなんて」

「おめでとうございます」

リナムちゃん、クフェアちゃん、モニアちゃん、ヒペリカムちゃんが口々に言う。

正直、街の中央の方が強個体の割合も多いので、討伐数だけ勝ってもなぁ……という思いもある。

強個体がうじゃうじゃいる中で、オルレアちゃんの班はあれだけの討伐数を記録しているのだ。

俺たちの配置も徐々に中央寄りになったとはいえ、この三日で倒した強個体は四体。

班合計でも大きく負けているわけだし、功績で勝《まさ》ったとはとても言えない。だが――。

「憧れのお姉さまにも負けてないじゃないか、お姫さん」

我が主《あるじ》にとって、この結果は大きな価値を持つ。

優秀な姉だけに『とこしえの魔女』討伐の使命を負わせやしないと、そう考える少女にとっては。

「は、はい……！」

と、喜ぶお姫さん。

「見事な戦果ですね」

そこへ、お姫さんの姉であるオルレアちゃんがやってくる。

「お姉さま！　あ、ありがとうございます」

彼女だけでなく、その聖騎士であるマイラも一緒だった。

あともう一人、『黄褐』のセルラータちゃんの姿もあった。

「さすがはアルベール殿ですね」

金髪碧眼《へきがん》のマイラは、義弟ロベールの子孫でもある。俺にとっては、姪《めい》のようなものだ。

姪にキラキラした瞳で見られて、気を悪くする伯父はいまい。

「ありがとな。マイラも、すごいじゃないか」

つい手が伸びて頭を撫《な》でてしまったのだが、マイラは嫌がっていないようなのでよかった。

くすぐったそうに笑う彼女を見ていると、無性に美味いものを食べさせてやりたくなる。

「うお、あのマイラがまるで子犬じゃねぇか……。お前ら、どういう関係？」

セルラータちゃんが驚いた顔で俺とマイラを見ている。

「あー、まぁ、遠い親戚みたいなもんかな。俺を育ててくれた家と、マイラのご先祖に繋《つな》がりがあったんだ」

ぎりぎり、嘘にならない説明になったのではないだろうか。

俺を育ててくれたのはダンとミルナ夫妻。マイラのご先祖はロベール。

ロベールは夫妻の子なので、当然繋がりがある。

「ふぅん？　マイラから、そんな話は聞いたことなかったんだがなぁ」

「知り合ったのは最近なんだが、そのあとで判明したんだよ」

これも嘘ではない。

俺はマイラがロベールの子孫だと、初対面の時は知らなかった。

マイラも同様で、一時は互いに剣を向け合ったものだ。

その時、俺は彼女の前髪を斜めに斬ってしまったわけだが……。

「へぇ、そんな偶然もあるんだな」

「いいえ、『英雄ロベール』様が、我々を引き合わせてくださったのです」

マイラが熱弁する。

まぁ、当時のロベールがお姫さんの実家と協力したからこそ、お姫さんの代で『骨骸の剣聖』と契約しようという発想が生まれたのだろうから、マイラの言葉も間違ってはいないのかもしれない。

そのあたりの事情を知らぬ者からすれば、マイラの発言は運命を信じる乙女レベルにしか聞こえないだろうが。

「そ、そうか。お前、意外と熱いやつだったんだな」

実際、セルラータちゃんは反応に困っている。

確かに、マイラに初めて逢った時のクールな印象はもうない。

いや、俺の関わらないところでは相変わらずクールなのかもしれないが。

「それよりもセルラータ。貴女は何故ここに？　ユリオプス様を放っておいてもいいのですか？」

マイラに問われ、セルラータちゃんが頭をぼりぼりと掻く。

「あー、まぁ、お前と同じだよ。アルベールに、一位おめでとさんって伝えにな」

「……？　貴女、三日前に一度挨拶をしただけでは？」

「う、うっせぇな！　いいだろ別に！」

褐色肌をほんのり赤く染めて、セルラータちゃんが照れている。

俺は彼女の手をそっと握り、微笑みかける。

「ありがとうセルラータちゃん。君のところも二百体以上討伐していたね」

「ちょっ、手っ……。あ、あぁ、まぁな！」

「噂《うわさ》に聞く嵐の如き双剣の冴《さ》えを、是非ともこの目で見たかったな」

「こ、今度見せてやるって。だからお前も剣の腕を――って、二の腕まで上がってきた⁉」

俺は右手で彼女の手を握りつつ、左手で彼女の腕をさすり、それを徐々に上に移動させていた。

セルラータちゃんはびくっと反応しつつも、拒絶はしない。

「よく鍛えられている。美しき剣士の腕だ」

手はこぶだらけで、腕にも筋肉がついているが、心から美しいと思う。

そもそも、美しさは一つではないのだ。

「いや、手つき、やらしくねっ？」

「そのようなことはないさ。俺はただ、芸術的なまでの君の美しさに――」

「――それ以上は、責任をとるお覚悟を持ってお進みください」


銀の髪に赤い瞳の褐色っ娘、ユリオプスちゃんだった。

彼女は『黄褐』の聖女で、自らも剣を振るうという異国の姫。

視線は眠たげに細められているが、まっすぐと俺を見ている。

「ひ、姫さんっ⁉」

やましいところを見られたとばかりに、セルラータちゃんが俺から離れた。

「これは、ユリオプス様。私はアストランティア様が聖騎士――」

「アルベール、ですね。無駄な敬意など求めませんので、自由に話して構いませんよ」

偉い人間の言う『自由に話せ』は実際全然自由じゃなかったりするのだが……とセルラータちゃんを見ると、顔を赤らめたままの状態ではあるが、頷いてくれた。

つまり、ユリオプスちゃんの言葉はそのまま受け取ってよいのだろう。

「では、ユリオプスちゃん」

「えぇ」

「さっき、責任と言っていたが」

「そのままの意味ですよ。私のセルラータを弄《もてあそ》ぶ者は、決して許しはしません」

声は淡々としているが、相棒に対する深い情を感じさせる言葉だった。

「セルラータちゃんを弄ぶような悪い奴がいたら、俺も許せないな」

「そうですね。そのような者が現れぬよう、祈っていますよ」

「ふ、二人ともなんだよ！　つーか、弄ばれるほど弱かねぇから！」

「そうでしたね。自分で八つ裂きに出来ますものね」

「おうとも！」

話は落ち着いたようだ。

「ところでセルラータちゃん、模擬戦はいつにしようか」

「おっ、そうだな～」

セルラータちゃんが顎に手をあて、思案顔になる。

すると、俺の腕を引く者がいた。

拗ねたような顔でこちらを見上げるのは、クフェアちゃんだった。

「あたしと出かけるって約束、忘れてないわよね？」

打ち上げの際に約束したが、しっかりと覚えているようだ。

「もちろんだとも」

「ん？　なんだよアルベール、約束って」

「アルベールは、あたしと出かける約束してるのよ。それだけ」

俺が答えるより先に、クフェアちゃんが答えた。

その言葉に、セルラータちゃんがスッと目を細める。

「ふぅん？　ま、いいんじゃねぇの？　強い男のところに女が集まるのは、どこも同じだよな。ところでアルベール、模擬戦の件だが」

「あ、あぁ」

「街に戻って、すぐ次の日にしようぜ」

クフェアちゃんを見ながら、セルラータちゃんはそう提案した。

クフェアちゃんはその視線に何を感じ取ったか、負けじと一歩踏み出し、視線を交差させる。

「アルベール？　出かける約束だけどさ、街に戻った翌日にしましょうよ」

「おいおい嬢ちゃん。先約があるんだ、聞いてなかったか？」

「アルベールが了承するまで、予定は未定よ」

二人が正面から睨《にら》み合い、互いに巨乳なので胸同士が潰《つぶ》れるようにぶつかっている。

両者一歩も引かず、火花を散らす。

「もう一度言いますが、私のセルラータを弄ぶ者は、決して許しはしません」

何故このタイミングで言うんだい、ユリオプスちゃん。

いや、分かるけどな。

自分の聖騎士を蔑《ないがし》ろにするなよ、と言っているのだ。

「クフェアちゃんを泣かせる人は、わたしも、お母さんも、家族も、ゆ、許さないと思います」

やや無理したように、リナムちゃんも言う。

彼女なりに、幼馴染に加勢しようとしているのだろう。

異国の姫に並んででも幼馴染を応援する気概、さすがとしか言いようがない。

ところで、俺はこの状況でどうすればよいというのか。

両者を立てる正解がない時点で詰んでいるわけだが、かといって選ばないという選択肢は許されない。

「どうすんだ？　アルベール！」

「どうするの？　アルベール！」

形骸種《キュリオン》を三百体近く倒すよりも、この選択の方がよっぽど難しい。

どちらとの約束を優先するのかという、どう答えても問題が残りそうな問いに対し、俺が出した答えは――シンプル。

先に話が出た方、つまりセルラータちゃんとの模擬戦を優先するというものだ。

ここで重要なのは、さりげなく要素をすり替えているということ。

クフェアちゃんとセルラータちゃん、二人の問いには『自分か相手のどちらを優先するのか』という疑問が含まれていた。

だが俺はこれを『先にした約束と、後にした約束のどちらを優先するのか』という形に変換し、それに対して答えたのだ。

それで不満が解消されるわけではないだろうが、最終的にクフェアちゃんは納得してくれた。

先約を無視してまで自分を優先しろなんて理屈は、彼女からは出てこまい。

こうして俺は難局を乗り越えた。

とはいえ、クフェアちゃんは俺が答えを逃げたことまで把握した上で見逃してくれただけ、ということも承知している。

一緒に出かけた際には、機嫌を直してもらう為に力を尽くすとしよう。

第六章・黄褐

そして、先に行われることになったセルラータちゃんとの模擬戦当日。

これは彼女の相棒であるユリオプスちゃんの意見もあり、聖者として戦うことになった。

というわけで、こちらもお姫さんの参戦だ。

放課後に屋外の訓練場で双方向かい合う。

学内最優秀の十二組『色彩』を務める、『黄褐《おうかつ》』と『雪白《せっぱく》』がぶつかるわけだ。

今回の審判は、ひょっこり現れたマイラが引き受けてくれた。

少し離れたところでオルレアちゃんも見ており、お姫さんは少し緊張した様子だ。

「いつも通りにやれば大丈夫さ」

「は、はいっ」

俺の言葉に彼女は頷《うなず》くが、まだ固さが残っている。それだけ姉の視線が彼女にとって大きなものなのだろう。

まぁ、戦いが始まれば、観戦者を気にする余裕もなくなる筈《はず》だ。

「討伐数一位の実力、楽しみにしてるぜ」

セルラータちゃんが黒の長髪を揺らし、ギザ歯を覗《のぞ》かせながら獰猛《どうもう》に笑う。

闘志ギラつく赤目は鋭く、彼女の風貌と相まって野生の獣を思わせた。

そのパートナーである銀髪のユリオプスちゃんは静謐《せいひつ》な闘気を湛《たた》えており、さながら孤狼《ころう》のよう。

セルラータちゃんが二刀流で、聖女であるユリオプスちゃんも一振りの剣を抜く。

模擬戦ということで、俺も含めてみんな木剣だが。

「お姫さん、防護を頼むよ」

「はい」

そして、マイラが片手を上げ、下ろす。

「始め！」

その言葉を合図に、三人が動き出した。

俺と、『黄褐』の二人だ。

セルラータちゃんの姿勢が異様に低い。まるで四足獣だ。そして放たれる剣閃。地を這《は》うかのように迫る一対の刃は、甲虫が大顎を閉じるかのよう。

聖女の『身体強化』によって苛烈さを増した一撃は、お姫さんの防護を越えて俺の足首から下を圧《へ》し折らん勢いだ。

俺は真後ろではなく、左に跳ねるようにして回避。

自分から見て右側にユリオプスちゃんがいたので、そちらからも距離をとる動きだ。

ユリオプスちゃんもそれを読んでいたのか、滞空中の俺に向かって鋭い突きが飛んできた。

これを弾《はじ》くのは可能だが、そうすると続くセルラータちゃんの追撃への対処が面倒になる。

かといって両足が地面から離れている状態で選択肢などほとんどない。

ならばと、俺は突きの軌道を見極め、それを――摑《つか》んで引っ張った。

「――――ッ」

ユリオプスちゃんが目を見開く。

これは木剣による模擬戦で、かつ――俺もお姫さんの『身体防護』の加護を受けている。

ダメージを防いでくれる光の粒子を纏《まと》った右手は、鋭い突きを止めることに成功。

俺は着地し、引っ張られたことで体勢が流れているユリオプスちゃんと至近距離で一瞬見つめ合ったあと、微笑みながら彼女を聖騎士の許《もと》へ押し出した。

「っ」

これでセルラータちゃんは彼女を迂回《うかい》するだろう。

右か左、どちらの場合でも対処出来る。

「足を畳みな」

短い命令は少女の声、そしてユリオプスちゃんはそれに即応。

俺に押されて僅《わず》かに浮いていたユリオプスちゃんは瞬時に己の膝を畳んで胸まで持ち上げ、そこに生じた空隙を、黒髪の獣が駆け抜ける。

――最短距離で来たか！

再び迫る顎門《あぎと》に対し、こちらも無策だったわけではない。

その軌道上に、俺は二本の杭《くい》を打ち込んだ。

己の木剣と――先刻ユリオプスちゃんから奪っておいた木剣だ。

セルラータちゃんの振りに勢いが乗る直前、地面に剣を刺し込むことで、彼女の攻撃を阻み――ガラ空きとなった頭部を踏み潰《つぶ》そうとし、寸前で中止する。

彼女は防がれると理解した瞬間には己の剣から手を離し、地面に両手をつきながらまるで前転するように身体を流し、俺が杭のように刺した二本の剣の間に己の身体を通しながら、足が天を向いた少しあと、俺の顎を撃ち抜く軌道に達したその時、折り畳まれた両腕の力を解放したのだ。

判断が一瞬遅ければ食らっていただろう。

俺は木剣一振りを引き抜きながら右に跳ねた。

セルラータちゃんは俺の横を通り抜けていくかに思えたが、違った。

俺の残した方の木剣を掴み、空中で器用に体勢を変え、剣の腹に着地。

そのまま剣を足場に跳躍しながら地面から抜き放ち、俺に斬《き》りかかってきた。

「ははっ、いいね」

なんという身体制御と胆力。息もつかせぬ攻勢に次ぐ攻勢。

「そっちもなぁ！」

歯を剥《む》き出しにして迫る彼女は、戦いへの興奮からか頬を紅潮させている。

――あぁ、分かるよ。

自分が何をしても戦いが続くってのは、まぁまぁに厄介で、それ以上に愉快だよな。

それが敵ならぶっ殺して終《しま》いだが、仲間ならば何度でも戦える。

だからって負けていいわけじゃない。

そういう奴に勝ってこそ、自分がどこまで強くなれたのか知ることが出来る。

迫る彼女の振り下ろしを迎え撃つ。

渾身《こんしん》の振り上げによって、彼女の木剣が半ばから消し飛ぶようにして折れ散った。

右腕が跳ね上がった状態で未だ滞空中の彼女は、こちらから見れば隙だらけ。

一秒。

違う。それを更に十に分割した内の一つ。それくらい、僅かな時間。

俺は追撃へ傾きつつあった意識を切り替え、己の身体を守るように剣を構えた。

そして、そこに剣戟《けんげき》はやってきた。

何も持っていなかった筈のセルラータちゃんの左腕には無事な木剣が握られており、それが横薙《な》ぎに振るわれたのだ。

防御は間に合ったが受け方が良くなかった。

俺の身体は無事だが、木剣が耐えられず半ばから折れてしまったのだ。

——ちっ。

気づくのがあと十分の一秒早かったら、木剣が折れずにすんだ筈だ。

急に彼女の左手に木剣が出現した理由は、単純明快。

ユリオプスちゃんが投擲《とうてき》し、これをセルラータちゃんが摑んだというだけ。

だが、その結果を成立させるまでの細やかな動きが見事だった。

ユリオプスちゃんは、セルラータちゃんの身体によって生まれた俺の死角に綺麗《きれい》に滑り込み、己の動きをギリギリまで秘匿。

そして絶妙なタイミングで、相棒の左手の握りに合うよう、寸分のズレもなく得物を投げ渡したのだ。

それを振り向きもせず、さも最初から握っていたかのように振るうセルラータちゃんも見事。

この二人の間には、それを可能とする積み重ねがあるのだ。

ここまで呼吸が合っているのは素晴らしい。修練と絆《きずな》の賜物《たまもの》だろう。

出逢《であ》って一年も経っていない俺とお姫さんには到底真似出来ない芸当だ。

実に見事。

セルラータちゃんが右手に掴んでいた折れた木剣を捨て、そこへ無傷の木剣が収まる。これもユリオプスちゃんが投げたのだろう。

これでユリオプスちゃんは得物を失ったことになる。

己が木剣を持ち続けるよりも、セルラータちゃんの二刀流を復活させた方が勝利に近いという判断か。

自身にもプライドがあるだろうに……。

良い。実に良いコンビだ。

執着よりも勝利を選べるとは、俺の好きなタイプの戦士だ。

セルラータちゃんの二刀が俺を襲う。

俺は即座に長さが半分になった木剣を逆手に構え直し、これを捌《さば》く。

片手剣ではなくナイフのように運用し、敵の攻撃を弾くわけだ。

双剣使いになれば、単純に手数が二倍。

剣を持ってすぐのガキが、憧れそうな理屈だ。

出来ればいいが、両手で同時に文字が書ければ書類仕事の効率が二倍になる、なんてのと同じくらいの戯言《たわごと》だ。

手数を二倍にするなら、その手数を考えられるだけの頭と、それについてくる肉体が必要になる。

逆に言えば、能力が伴う者ならば実現可能である、ということ。

「楽しいなぁ、アルベール！」

セルラータちゃんの全身が躍動している。

見惚《みと》れるほどの筋肉がついた褐色の肉体は、それだけではなくよくしなった。

鞭《むち》のような軌道を描く腕と、その先についている木剣。

一撃一撃が鋭く、重く、早く、そしてとてつもなく、伸びやかだ。

そして双剣故に、絶え間ない。

更に、右左の二択ではないのだ。

右上左上右横左横右下左下、突きもあれば左右揃《そろ》って一方向から斬撃を重ねることもあり、そこには当然細やかな軌道の変化やブラフも挟み込まれる。

目まぐるしい、一瞬が流れる間にどれだけ剣を弾かねばならないのか。

カッカッカッと、うんざりするほど木剣の弾く音が鼓膜を連打する。

先日、名も知らぬ聖女ちゃんがセルラータちゃんをこう評していた。

嵐のよう、と。

荒れ狂う風の如き、破壊の剣閃。

聖女の『身体防護』を信じた強気の攻め、『身体強化』の恩恵を存分に受けた見た目以上の攻撃力、まさにこの時代だからこそ生まれた新たなる強者の形。

学内最優秀の十二組の名は、伊達《だて》ではない。

「ははは！　どれだけ見えてるんだ、アルベール！」

セルラータちゃんの興奮が最高潮に達しているのが、俺にも分かった。

「全て見えているとも」

い、い、い、い、ちょうどいいい。

瞬間、俺は彼女の右の一撃を木剣で弾き、左の一撃を肘で弾く。

「うぉっ」

『身体防護』も有限なので無闇に利用は出来ないが、要所では不可視の盾のように扱えるのだ。

この戦いで俺がそのような運用をするのは初めてだったからか、セルラータちゃんは一瞬だけ意外そうな声を上げる。

俺はそのまま彼女の懐に飛び込んだ。

「そりゃあ甘いんじゃねぇのか！」

彼女は両肩をグンッと下げ、左右両方の木剣による突きを放った。

狙うは俺の両目だ。

『金色《こんじき》』の聖者パルストリスちゃん・オージアスペアと、入学試験で戦った時。

俺は知った。

『身体防護』は淡い光の粒子を纏うようなものであり、故に瞳に被《かぶ》せるようなことはしないのだと。

理由はシンプルに、光って邪魔だからだ。

聖者ならば誰でもすぐに気づくことだが、だからこそ対聖者戦における弱点でもある。

そこだけは、急所のままなのだ。

だから、セルラータちゃんの判断は正しい。

防護頼りの強行突破を許さない、急所狙い。

避《よ》けても防いでも俺の動きはワンテンポ遅れ、もはや最善ではなくなる。

だから避けない。

「んなっ⁉」

こればかりは、セルラータちゃんの虚を突くことが出来たようだ。

俺の視界上に展開された淡い光が、彼女の双剣による突きを弾くことで相殺され、消えゆく。

晴れた視界に映るのは、防護による予想外の衝撃に剣を跳ね上げるセルラータちゃん。

その頃には、俺の折れた木剣が、彼女の首筋に添えられていた。

「……まいった」

セルラータちゃんは両手から力を抜き、木剣を地面に落とした。

その降参宣言により、勝敗が決する。

「いいのかい？　首への一撃が決まっていたとしても、『身体防護』で守れたかも」

俺が微笑みかけながら言うと、セルラータちゃんが苦々しい顔になる。

「おい、そこまで言わせるつもりかよ。目への防護が狙い通りのものなら、その後の攻撃まで組み立ててなきゃおかしい。つまり、首への一撃には『身体強化』が乗ってると判断すべきだ。こっちの防護を一時的に上回るほどの、な」

セルラータちゃんは荒々しさの中に、確かな理性を感じる。

そこが彼女の強みだろう。

「……それだけではありませんよ、セルラータ。彼はこちらの目を狙うことも出来た筈です」

ユリオプスちゃんがやってきて、補足する。

「あー、確かに。目に防護被せるとか普通やんねーしな」

実戦ならば、そちらの方が無駄がない。

いくら治癒魔法があるとはいえ、瞳に寸止めは危険なので避けたのだ。

「勝敗に異論はありませんが、疑問があります」

「なんでも聞いてくれ」

「瞳に防護を展開するのは視界を塞ぐことになり危険です。それでも実行するのなら、先程のようにタイミングを完全に制御する必要があります。どのような方法でそれを成立させたのですか？」

「簡単だ。合図を決めてたんだよ。な、お姫さん？」

俺はとてとてとこちらに近づいてきたお姫さんに顔を向ける。

「はい、アルベールの言う通りです。今回は、運にも恵まれましたが」

「合図なんかあったか？　……いや待てよ、運？」

セルラータちゃんは首を捻《ひね》っていたが、途中で気づいたようだ。

「……なるほど。『見えている』が合図だったのですね？」

ユリオプスちゃんの言葉に、俺とお姫さんは頷く。

「その通り」

瞳に絡んだフレーズが、合図だったというわけだ。

「セルラータ様との会話の中で自然に合図となるフレーズが出てきたのは、幸運でした」

俺のタイミングで「見えてるぜ」なんて言ってもよかったのだが、会話の流れで言えたのはよかった。おかげで不自然さが出ずにすんだ。

「これは、お二人の間で決めているいくつかの動きの一つですか？　それとも、今回の模擬前の為に用意したものなのですか？」

「俺たちは組んで日が浅いからな。二人みたいに以心伝心とはいかない。だからって息が合わないわけじゃない。相棒として戦えるように、色々考えているよ」

まぁ、俺が彼女を心から相棒として扱うようになったのは『毒炎の守護竜』戦以降なので、結構付け焼き刃なのだが。

「今回は上手く決まったな、お姫さん」

「は、はい。ですが、心臓が凍るかと思いました。あまり経験したくはありません」

まぁ失敗したら俺の目に穴が空くわけだし、お姫さんの気持ちも分からんでもない。

「あはは、模擬戦で経験出来てよかったな」

「相手によっては有用な策であると、改めて理解出来ましたが……」

お姫さんは困った顔だ。

「だぁ〜〜〜〜負けた！」

セルラータちゃんが悔しそうに頭を掻《か》いた。

「初見でセルラータの動きに完全に対応するとは、さすがアルベール殿です」

審判役だったマイラが会話に加わる。

「なんでマイラが自慢げなんだよ」

セルラータちゃんは不思議そうな顔をしている。

俺がマイラの先祖の義理の兄だなんて知るよしもないので、当然の反応だ。

「アストランティア様も、己の聖騎士を信じてのご判断、見事でございました」

マイラがお姫さんの活躍にも触れた。

「あ、い、いえ。ありがとう、ございます」

お姫さんが照れている。

「聖騎士が優秀な分、本来ならば『身体強化』に回す分の魔力を温存出来るのは明確な利点と言えるでしょう。日々の訓練や任務時に生まれた余剰魔力を魔石に貯蔵しておけば、緊急時に役立てることが出来る筈です」

オルレアちゃんが降りてきながらアドバイスする。

「は、はい！　そのようにしています！」

「よろしい。基礎の強化と共に、己の聖騎士を理解することも肝要です。その点で言えば、『黄褐』は参考になるでしょう」

確かに、この二人は息ぴったりだった。

「ユリオプスちゃんの剣技を見れなかったのは、少し残念だったな」

俺の言葉にセルラータちゃんが反応した。

「あー、そうだな。すまん姫さん、途中で剣を貰《もら》っちまって」

「いいえ、その方が勝利に近づくと判断したのは私自身ですので」

本来ならば、嵐の如きセルラータちゃんの攻撃に加えて、ユリオプスちゃんの攻撃にまで対処しなければならないのだ。

俺は早い内にそれを潰すことが出来たので、その分やりやすかったとも言える。

「今回は負けたけどよ、またやろうぜ」

「あぁ、そうしよう」

俺とセルラータちゃんは笑い合って握手をした。

だがすぐに、彼女は顔を赤くして俺からスッと離れる。

「？」

「い、いや、また、触られんのかと思ってよ」

そういえば、前回は彼女の腕を触らせてもらったのだったか。

「不快にさせていたのなら、申し訳ない」

「べ、別に、そんなんじゃねぇけど」

「それはよかった。なら是非今日も――」

手をわきわきさせながらセルラータちゃんに近づく俺だったが、そこにユリオプスちゃんが割り込んだ。

「聖騎士アルベール」

感情の窺《うかが》えない赤い瞳が、俺を見上げていた。

「なんだい、ユリオプスちゃん」

彼女は異国の姫とのことだが、前回普通に喋《しゃべ》る許可を貰っている。

「貴方に興味が湧きました」

「ちょっ、姫さん!?」

「それは光栄だ」

俺は胸に手を当て一礼する。

「セルラータの動きはあまりに自由で、特に初見では翻弄される者が大半です。ですが貴方は違いました」

「いやいや、驚きっぱなしだったぜ」

「貴方は、魔獣討伐の経験が豊富なのではないですか？」

「あー……まぁ、そうかもな」

セルラータちゃんの人間離れした動きに対応出来たのは、思えば三百年前の経験が活きていると言えるかもしれない。

多種多様な魔獣との戦いを通して、あらゆる攻撃への対応が身についたのは確かだ。

「我が国では魔獣対策にも力を入れています。私がこの学院に通うことになったのも、この国の聖者制度が、我が国の魔獣戦に役立てられないかと考えてのことでもあるのです」

「なるほど」

形骸種《キュリオン》が生まれたからって、魔獣は消えてくれない。

その脅威はいまだ各国を悩ませている。

そういえば、この国で魔獣討伐を担う人材を、今はなんと呼んでいるのだろう。

聖騎士は聖女と合わさって、今や形骸種《キュリオン》殺しの職業となったわけだし。

今度誰かに訊《き》いてみるか。

「貴方のような戦士であれば、引く手数多《あまた》でしょう」

「ありがたい申し出だけど、先約があるんだ」

俺はお姫さんを見たが、ちょうど彼女も俺を見ていた。

こちらの会話を聞いて、そわそわしていたらしい。

俺の返事を聞いて、安心したような顔をしている。

「残念です」

「俺も非常に心苦しいよ」

俺は彼女に向き直って、心苦しさを顔で表現する。

「ふっ」

ユリオプスちゃんは微笑んだ、のか。

すぐに普段の無表情に戻ってしまったので、判然としない。

「聖騎士アルベール」

「なんだい？」

「デートの誘いならばどうですか？」

その言葉に、セルラータちゃん、お姫さん、マイラが目を見開いた。

――この子、さては諦めてないな？

俺が美女に弱いことはとっくにバレているだろうし、そちらの方向で説得しようとしているのではないだろうか。

だが残念。俺の恋愛対象は十八からで、彼女はまだそこに達していない。

「それならば喜んで」

だがしかし、未来の美女を冷たくあしらう俺でもないのだった。

「では、いつに致しましょう」

「いつでも構わないが、こちらも先約があってな。君も知っているだろうが、クフェアちゃんと約束が入っているんだ」

ユリオプスちゃんは、俺の返事に――目を丸くした。

それは後ろのセルラータちゃんも同じで、そこで俺は気づく。

あぁ、そうか。

庶民との先約があろうが、普通は貴族令嬢を優先するのか。

気を悪くするだろうかと思ったが、次の瞬間、彼女は明確に微笑んだ。

「素晴らしい。ますます貴方に興味が湧いてきました」

どうやら、逆に好感度が上がったようだ。

口先だけでなく、しっかりと先約を優先する姿勢がよかったのだろうか。

「それは嬉《うれ》しいね」

「では、聖騎士クフェアの次、ということで」

「あぁ」

「詳細はまた後日と致しましょう。……帰りますよ、セルラータ」

「ちょ、姫さん？　な、なぁ、デートって何かの冗談だよな？」

「強き者が欲しいのは事実ですよ。まぁ、彼をこちらに引き込むのは、貴女でも構いませんが」

「うっ、あ、あたしはさ、ほら、そういうキャラじゃねぇっていうか」

「はぁ……」

「溜息《ためいき》⁉　ちょっとひどいんじゃねーの⁉」

仲のいい主従は、そんな会話をしながら遠ざかっていく。

さて、残された俺はというと。

お姫さんの方へ振り返ることに、若干の抵抗を感じていた。

意を決して振り返ると、彼女はあからさまに頰を膨らませている。

「心配は無用でしょう。この者の目的を考えれば、今更異国で魔獣狩りになることなど考えられませんから」

オルレアちゃんは冷静だ。

俺は頷いて、お姫さんに微笑みかける。

「その通りだぜ。俺は最期までお姫さんの聖騎士だよ」

「ですがユリオプス様とデートされるんですよね？」

彼女の咎《とが》めるようなジト目の圧力に、俺はスッと目を逸《そ》らす。

「……するけど」

「もう！」

ぽふっと胸を叩《たた》かれる。

姉とマイラがいなければ「呪いますよ！」を連発していたことだろう。

俺は彼女の気がすむまでぽふぽふと叩かれることにした。

なにはともあれ、『黄褐』との模擬戦には勝利したわけだ。

第七章◆クフェアとデート

そして、その日がやってきた。

クフェアちゃんとのデート当日である。

待ち合わせは、とある広場の噴水前。

約束の時間より少し早く到着した俺だが、そこには既にクフェアちゃんの姿があった。

他にも待ち合わせに利用する者が多いが、中でも彼女はひときわ目立っている。

本日も、彼女の赤髪ポニテは健在。

だが服は初めて目にするものだった。

彼女は白のシャツにジャケットを合わせ、下はブラウンのミニスカートという姿だった。

クフェアちゃんの活動的な雰囲気によく似合いつつ、要所からは女の子らしさが感じられる、大変魅力的な格好だ。ジャケットの前は開いているので、その暴力的なまでの胸囲も晒《さら》されている。

彼女自身の美しさと相俟《あいま》って、通行人たちの目を大いに引いていた。

だが彼女はそんな視線に気づくことなく、そわそわしながら自分の前髪をいじったりしている。

俺はそんな彼女に声を掛ける。

「クフェアちゃん」

「っ！　あ、アルベール！」

俺に気づいたクフェアちゃんが、花が咲いたように笑う。

ほんのり頬が桃色に染まっているのは、緊張からか。

彼女のそんな反応を見て、無関係な男共が見惚《みと》れるのが分かった。

しかし俺の服を見て、サッと視線を逸《そ》らす。

「すまない、待たせたかな」

「う、ううんっ。あたしが、早く来ちゃっただけだから」

取り敢《あ》えず、合流してすぐに言うべきことを言うことに。

「今日の格好、可愛いな。とてもよく似合ってる」

「そ、そう？　ほんと？　変じゃない？」

彼女は不安そうな瞳で確認してくる。

「あぁ、俺はすごく好きだぞ」

「そ、そっか……。なら、よかった。あたし、可愛い服とか全然持ってなくて。その、リナムや母さんに相談に乗ってもらいながら、買ったのがこれなの」

「それは光栄だな」

「え？」

「俺とのデートの為に、新しい服を買って着てくれたってことだろう？　嬉《うれ》しいよ」

「ち、ちがっ………わ、ない、けど……」

「本当に似合ってる」

俺が重ねて言うと、彼女は照れるように顔を赤くした。

「わ、分かったから！　どうもありがとう！」

「こちらこそ、オシャレをして来てくれてありがとう。これを見れただけで、今日はいい日だ」

俺は胸に手を当て、感動を露《あら》わにする。

彼女は困ったように、唇を歪《ゆが》める。

「な、なによそれ。というか、そういうあんたは聖騎士の制服なのね」

「あぁ、これを着てると楽なんだ」

俺はコートの衿《えり》部分を摘《つま》むようにしながら、説明する。

「楽？」

「もし俺が私服で来ていたら、デート中にクフェアちゃんをナンパする男に悩まされるだろうから。だが、聖騎士の女を口説こうとする馬鹿はいない」

「お、女って……！」

何を想像しているのか、クフェアちゃんの顔が真っ赤だ。

「いや、すまない。あくまで、ナンパ男たちからの見え方の話なんだ」

「わ、分かってるから！　あんた、パッと見は強そうじゃないから、舐《な》めてかかる愚か者が多いってことでしょ。聖騎士の制服着てれば、そういう連中を寄せ付けずにすむっていう」

俺の言葉にこくこくと頷《うなず》きながら、赤い顔のままのクフェアちゃんが言う。

「あぁ、その通り」

聖騎士の制服は、どうあがいても雑魚《ざこ》は着られないものだ。

着用者は一定以上の強さが保証されている、とも言える。

よっぽどのアホではない限り、最初から争いは避ける。

虫除け効果もある、便利な服なわけだ。

この機能は、三百年前から変わらない。

「あたしがナンパされるかは、別として。されたとしても、あんたなら問題ないんじゃないの？あたしだって、撃退出来るし」

「君とのデート中に、どうでもいい男に声を掛けられること自体が損だ。俺は別に、喧嘩《けんか》が好きなわけではないからね」

「ふ、ふぅん……」

クフェアちゃんはどうでもよさそうに言いながら、視線を逸らす。

耳まで赤いので、照れているのが丸分かりだ。本当、可愛い子である。

「な、なによ！」

俺の生暖かい目に気づいたクフェアちゃんが、俺をキッと睨《にら》む。

「なんでもないよ。そろそろ行こうか」

「あ、うん。そ、そうね」

彼女は意識を切り替えるように咳《せき》払いし、ポニテを軽く手で払った。

その際に、彼女の髪を結ぶ紐《ひも》と、それについた銀の飾りが目に入る。

俺が贈ったものだが、彼女は普段使いしてくれているのだ。

「そ、それで？　どこに行くのかしら？　自慢じゃないけど男の人と出かける機会なんてなかったから、あたしは何も分からないの」

「クフェアちゃんの人生初デートだったか、責任重大だ」

「そ、そういうのはいいから」

「楽しんでもらえるよう頑張るよ。まずは、こっちだ」

彼女と並んで歩き出す。

◇

「ふわぁ……」

彼女が童女みたいな感嘆の声を漏らし、直後に声を抑えるように己の口を防いだ。

俺たちがやってきたのは、学院のある都市に建つ劇場だ。

デートプランを考える時、俺はこっそり彼女に親しい人に聞き込みをした。

そこで、幼馴染《おさななじみ》のリナムちゃんから有益な情報を得ることに成功。

クフェアちゃんは意外にも、リナムちゃんの嗜《たしな》む恋愛小説を借りて、しっかり熟読しているらしいのだ。

その内の一作が古典作品で、ちょうど舞台になっていると知った俺は、急ぎ席を確保したわけだ。

色々と手を尽くし、役者から飛び散る汗の粒さえ視認出来そうな良席に座ることが出来た。

身分違いの恋を描いた物語で、特に女性人気が高いようだ。

他人の色恋には興味がないが、女性役者たちが美しいのと、彼女たちの見事な演技力などもあって飽きることはなかった。

劇の進行に合わせてコロコロと表情を変えたり、終劇後に他の客たちと共に力いっぱい拍手しているクフェアちゃんの姿も可愛かったので、ひとまず成功と言っていいだろう。

感動して涙を流すクフェアちゃんにハンカチを差し出す。

「ありがと」

彼女がハンカチで目を拭いながら言う。

「どういたしまして」

劇場を出てからも、彼女は興奮冷めやらぬ様子で劇について熱く語っていたのだが……。

「……ねぇ、アルベール」

「どうした？」

「劇はとっても面白かったけど、あそこ、かなり良い席だったわよね？」

「入る前も説明したが、たまたま二枚譲ってもらったんだよ。つまり、タダだ」

クフェアちゃんとのデートプランで悩んだのが、予算だった。

これは俺の財布事情の話ではない。

クフェアちゃんもリナムちゃんもエーデルも、孤児院の子供たちをとても大切に思っている。

自分に使う金があれば、孤児院に金を入れるような人たちだ。

露骨に贅沢《ぜいたく》なデートをしようものなら、自分だけが良い思いをすることに引け目を感じて、充分に楽しめないのではないか、と思ったのだ。

そこで、演劇のチケットは偶然二枚手に入ったことにした。

二枚しかないので大勢は連れていけないし、ここでクフェアちゃんが断ればチケットが無駄になってしまう。もう上映時間も迫っているし……それならば、という具合に話を運んだのである。

俺の金で贅沢するのではなく、俺の幸運に乗っかるという形をとった。

小さな誤魔化しに思えるかもしれないが、こういうのが意外と心理的負担を軽くするものなのだ。

あと、普通にチケットを手に入れたと説明した場合、クフェアちゃんは半分出すと言いかねない。

そういう律儀な子なのである。

「……あんなに、良い席を？」

「俺の日頃の行いがいいんだろうな」

「そう……」

クフェアちゃんはまだ何か言いたげだったが、それ以上食い下がることはなかった。

俺は話題を変える。

「少し遅めだが、昼食にしないか？」

「そう……ね。えと、孤児院《うち》来る？」

女性の家に誘われるとは光栄なことだが、この場合はそういう意味ではないだろう。

食事を孤児院でとらないか、と言っているのだ。

「それもいいが、今日は君と俺のデートだからな。二人きりが望ましい」

俺の言葉に、彼女は気恥ずかしそうに唇をむにむにさせている。

「そ、そっか」

目的地に向かって歩いていると、声を掛けられた。

「おっ、アルベールの兄ちゃんじゃねぇか！」

見れば、果物屋の軒先に、店主のおっさんの姿が。

俺もこの街に来てしばらく経つので、知り合いもそこそこ増えた。

そうなると、男の知り合いも多くなってしまう。

女性とだけピンポイントで親しくなれればいいのだが、人生そうもいかない。

「おい、デート中なのが見て分からないか。無粋な真似をするなよ」

俺は渋々、とても嫌そうな声で応える。

「おっと悪いな。――って、その子エーデルさんのとこの嬢ちゃんじゃ？」

どうやらエーデルを知っているらしい。

クフェアちゃんが赤面しながらぺこりと頭を下げる。

「どうでもいいだろ。じゃあな、おっさん」

「待て待て。邪魔した詫《わ》びだ、これを持っていけ」

そう言って、彼はこぶし大の果物を二つ投げ寄越す。

俺はそれを受け取り、おっさんにひらひらと手を振って店の前を後にした。

「……知り合いなの？」

果物を一つクフェアちゃんに手渡す。彼女は躊躇《ためら》いがちにだが受け取った。

「あのおっさんには、可愛い娘さんがいるんだ」

「あぁ……」

クフェアちゃんが白い目になる。

「いやいや、つっても十五歳とからしくて俺の食指は動かなかったんだけどな」

「へぇ」

こちらの弁明を信じているのかいないのか、声が平坦《へいたん》だ。

「で、ある時、店番してたその子にいちゃもんつけてる輩《やから》がいてな」

「……話が見えてきたわ」

「あはは。で、お察しの通り俺がそいつらを追い払ったんだが、後から帰って来たおっさんにえらく感謝されたんだよ。それで覚えてたんだろうな」

「貴方らしいわね」

彼女の視線から棘《とげ》が消え、顔には穏やかな笑みが浮かぶ。

それ以降も、俺に話しかけてくる者が数人いた。

屋台のおっさんだったり、花屋の美人店主だったり、露天の婆さんだったり、幼女とその母親だったり。

男との会話は時間の無駄だが、老若問わず女性を蔑《ないがし》ろにするわけにはいかない。

「……貴方、知り合い多すぎない？」

「まぁ、休日は街に出てるからな。顔見知りも増えるさ」

新しい出逢《であ》いを求めているだけなのに、最近は中々上手くいかないのだ。

「見かけたからって声を掛けてくれるような知り合いって、そう簡単に増えないと思うんだけど」

「みんな暇なんだろ。それより、もうすぐつくぞ」

到着したのは、石造りの建造物。看板が掲げられており、食堂だと分かる。

「ここで食べるの？」

「いや、まだ行きたいところがあるから、弁当にしてもらおうと思ってな」

店内に入って、厨房《ちゅうぼう》に視線を向ける。

すぐに目に傷のあるゴツイおっさんが見つかったので、声を掛けた。

「おーい、おっさん」

「おう、アルか！　弁当だったよな、少し待ってろ」

「はいよ」

事前に相談してあったので、話が早くて助かる。

ほどなくして、大きな葉に包まれた二つの塊を、少女が持ってきてくれた。

十一歳だという、店主の娘だ。

「はい、アルくん」

品物を受け取り、代金を支払う。

「おう、ありがとな」

少女が、クフェアちゃんをじぃっと見上げた。

「アルくんの彼女？」

クフェアちゃんがボッと顔を赤くした。

「ち、ちがっ」

「彼女じゃないが、今日はデートだ」

「ずるい！　あたしもする！」

デートを『一緒に遊ぶ』くらいに思っているのだろうが、だからといって応じることは出来ない。

「もう少し大きくなったらな」

具体的には七年くらい経ってくれれば、法的にも俺的にも問題なくなるのだが。

「絶対だよ！」

「おいアル！　うちの娘に手を出したら、お前さんでも許さんぞ」

厨房から怒気を孕《はら》んだ声が響く。

「ははは」

俺は軽く笑って、クフェアちゃんと共に店を出た。

「……リナリアよりは大きいけど、あの子も子供よね？」

リナリアは、孤児院にいる幼女だ。

俺をアルくんと呼び、どういうわけか慕っている。

「あそこは安くて美味いからよく使うんだが、前にあの娘が大怪我《けが》してな。お姫さんに頼んで治してもらったんだ」

ただの客に過ぎなかった俺が、自分の娘の為に聖女を手配してくれたことに店主はいたく感激し、以来色々とサービスしてくれるようになった。

娘の方も、俺とお姫さんを慕うようになったというわけだ。

「あんた、この街で育ったあたしより、知り合い多いかもね……」

「どこに出逢いが転がってるか分からないからな、人助けはするもんさ」

てっきりまた白い目が飛んでくると思ったのだが、クフェアちゃんは何も言わなかった。

そこからしばらく歩き、俺たちが向かったのは自然公園だ。

「あ、ここいいわよね。子供たちも、よく遊んでるらしいわ。あたしとリナムも、小さい頃は通ってて、嫌がるリナムを鬼ごっことか駆けっこに付き合わせたりしたっけ」

その話はリナムちゃんにも聞いた。リナムちゃんが言うには、クフェアちゃんの運動に付き合わされたあとは、しっかりリナムちゃんのおままごとにも付き合ってくれたそうだ。

「街の人間の憩いの場ってわけだ」

「うん。ここでお弁当食べるの？」

「あぁ。確かあのあたりにちょうどいい場所が……あぁ、あった」

「あそこって……」

大きな木の生えている箇所があるのだが、いい具合に他の人間がいなかった。

原っぱの上、木陰になっているエリアまで歩いていき、二人で腰を下ろす。

「さっきの演劇にも、似たような場所が出てきたよな」

原作となる本を俺も読んでいたので、内容は把握していた。

主役の男女が、巨木の下で密会するというシーンがあるのだ。

「う、うん」

クフェアちゃんは、絵本を開いた子供のように、ぽうっとしている。

「これ、クフェアちゃんの分」

「あ、ありがとう」

パンに肉と野菜を挟んだシンプルな料理だが、肉の味付けと新鮮な野菜の組み合わせがよく美味いのだ。

クフェアちゃんはそれを受け取ったあと、財布を取り出す。

「自分の分は出すわ」

「俺は、デートは奢《おご》る派だ」

「なら、あたしは割り勘派」

やはり、そうきたか。

「……じゃあ、君の考えを尊重するよ」

「ありがとう」

一人分の代金を告げ、彼女から受け取る。

俺たちはそよ風と葉擦《はず》れの音、少し離れたところで駆け回る子供の声などを聞きながら、弁当を食べる。果物屋で貰《もら》った果実は、デザートだ。

「美味しい……」

「な、いけるよな」

「うん」

食事の時間は、穏やかに過ぎていった。

木漏れ日に淡く照らされる彼女の姿は、美しい。

「アルベール」

「ん？」

彼女は膝の上で自分の指と指を絡ませ、もじもじしている。

やがて、声を上擦《うわず》らせながら、こう言った。

「あ、ありがとね」

「何がだい？」

「だ、だからっ、今日の、デート」

「楽しんでもらえたのなら、よかった」

「すごく楽しかったけど……それだけじゃなくて」

彼女ならば、気づいてしまったかもしれない。

チケットの嘘《うそ》も、彼女が割り勘と言い出すことを予期しての昼食選びも、俺が彼女の好きな本の予習をしてこの場所を選定したことも、全部。

「あんたは、女の子だけじゃなくて、その子が大事に思っているものまで含めて、尊重してくれるのね」

水気を帯びた瞳、上気した頬、慈しむように緩められた瞳と唇。

その一瞬を切り取って絵画に残したいくらいに、魅力的な微笑だった。

「何のことを言ってるか分からないが、俺は君からの好感度を稼ぎたかっただけだ」

俺がとぼけると、彼女がふふっと噴き出す。

「本当にそうなら、それを言ったらだめなんじゃない？」

「そうかもしれない」

「もう……」

クフェアちゃんは呆《あき》れたように微笑む。

それからしばらく、無言の時間が続いた。

少し遠くで、カップルが手を繋《つな》いで歩いている。二人とも、幸せそうな顔をしていた。

「アルベール」

「ん、俺たちも手を繋ぐか」

「なに？」

「いや、なんでもない」

同じものを見ていたわけではないらしい。

「その、あんたとアストランティアだけど、さ。『片腕の巨人兵』との戦いにに参加するって本当なの？」

もしかしたら、彼女はずっとこの話をしたかったのかもしれない。

その討伐作戦は実力者しか参加出来ない。

学生でいえば『色彩』レベルでなければならず、クフェアちゃんとリナムちゃんには参加資格がないのだ。

「あぁ、その話か。本当だよ」

「危険じゃない……？　そりゃあ、あんたはすごく強いけど」

クフェアちゃんが俺の身を案じるように、こちらを見上げる。

「そうだな。でも、参加しないわけにはいかない」

『黄金郷の墓守』こと青髪野郎も、聖女であるネモフィラも、正常ではない。いつ暴走するともしれない十二形骸が外を出歩いている現状もまずいし、あの二人は放っておけない。

「ど、どうして？　あたしたち、まだ入学したばかりなのに」

確かに、俺もお姫さんに関してはもう少し段階を踏んで成長してほしかった。実際、最初に契約した時は三年間でお姫さんに実力をつけてもらって、卒業後に十二形骸を狩る筈《はず》だったのだ。

それが、こうも立て続けに戦うことになるとは、思っていなかった。

クフェアちゃんが心配するのも無理のない話だ。

「俺もお姫さんも、十二形骸と戦う機会は逃せないんだ」

「……アストランティアが、『どこしえの魔女』の子孫だから？」

普段、クフェアちゃんもリナムちゃんも触れないが、だからといって何も知らないわけではないのだ。知った上で、お姫さんと友達になってくれただけ。

「お姫さん側の理由はそうかもな。俺の場合は、単に復讐《ふくしゅう》だよ」

「……復讐？」

「あぁ。俺は、この世から不死者をなくして、魔女を殺す為にお姫さんの聖騎士になったんだ」

クフェアちゃんは何か言おうとしたのか口を開きかけたが、何も言えずに口を閉じた。

優しい子だ。

事情を訊《き》けば、俺に自ら傷口を開かせることになると考えたのだろう。

正直、助かる。彼女に全てを正直に話すことは出来ないからだ。

義理の父が形骸種《キュリオン》になって、それを殺せず自分も不死者になり、そうなってからようやく聖騎士の役目を果たすべく動き出し、自分以外の街中の不死者を殺し尽くしたなど、彼女には言えない。

形骸種《キュリオン》になった時の、幸福を植え付けられる感覚。

正気を取り戻したあと、あの悍《おぞ》ましい幸福感に怒りが込み上げたこと。

そもそも、自分が三百年前の人間であること。

親しい人間にも言えないような秘密だらけだ。

「そう、なんだ」

彼女が絞り出したのは、否定でも肯定でも追及でもない、相槌《あいづち》だった。

「あぁ。死者の魂を救う為とか、立派な志は持ってないよ」

「それは、あたしも同じだから。聖者になるのは、孤児でもお金を稼げるからだし……」

親の縁故も頼れず、学もない孤児院出身者が金持ちになれる選択肢は、この時代になってもほとんどないようだ。

才能と実力さえあれば道が開かれる聖者という職業は、数少ない選択肢の一つなのだろう。

「戦う理由は、人それぞれってわけだな」

「うん」

高尚な理由で戦うから勝てるなんてこともないのだ。

それはいいが、妙にしんみりした雰囲気になってしまった。

「……そろそろ帰るか」

「待って。あの、さ。その……」

しどろもどろになりながら、クフェアちゃんが何かを取り出した。

俺は彼女の言葉を待つ。

「こ、これ。その、あんたに、渡そうと思って」

彼女が差し出したのは、ペンダントだった。女神様の紋章が刻まれたコインがペンダントトップになっている、ポピュラーなもの。

信者の他、聖女は必ずといっていいほど携帯している。

だが、俺は持っていない。

聖騎士だからというより、信仰心に篤い人間ではないからだ。

「俺が持っていないのを知って、心配してくれたのかい？」

「女神様を信じるかどうかは、人それぞれでいいと思うけど。あたしは信じてるし、あんたにご加護があるよう、祈ってるから」

彼女の手が震えている。

俺が思っている以上に、『片腕の巨人兵』討伐作戦への参加は、周囲を不安にさせてしまっているのかもしれない。十二形骸との戦いは、それほど死に近い。

俺はペンダントを受け取り、彼女の手をそっと握る。

「ありがとう」

「いいの……無事に帰って来てね」

彼女の目の端に、涙が浮かんでいる。

「もちろんだ。俺には二年後のクフェアちゃんとデートするっていう約束もあるからな」

俺がおどけて言うと、クフェアちゃんはくすりと笑って、それからジト目でこちらを睨んだ。

「十八になったあたしは、デートだけで帰してもらえるのかしら」

「それは、クフェアちゃん次第だろ」

「……そ、そうね」

彼女の頬が赤い。

俺は受け取ったペンダントをポケットに仕舞う。

「帰ろうか」

俺は先に立ち上がり、彼女に手を差し出す。

彼女はそれを一秒ほど眺めていたが、特に何かを言うでもなくそれを摑《つか》み、勢いよく立ち上がり、
そして——起き上がった勢いを利用して、俺の頬に唇を寄せた。

柔らかな感触と、ひだまりのような香り。

残念ながら、その体温を感じるより前に彼女は離れてしまう。

今日一番の赤面を見せながら、彼女は悪戯っぽく笑った。

「きょ、今日はここまでね！」

俺は、頬に残る彼女の親愛の残滓《ざんし》を確かめるように手を当てながら、その可憐《かれん》な笑顔を瞳に刻む。

そして、名残《なご》り惜しさを感じつつも、すぐにいつも通りの自分を取り戻した。

「二年後はどこまでいけるかなぁ」

「ちょ、ちょっと、いやらしい想像しないでよ！」

「いやらしいって、クフェアちゃんはどんな想像をしたんだい？」

「怒るわよ」

「あはは」

前に似たような発言をした時は「死んで」と返されたので、それを思うと親しくなったものだ。

そんなことを考えながら、一人帰路につく。

第八章・見送りと会議

そして、あっという間に日々は過ぎ。

『片腕《かたうで》の巨人兵《きょじんへい》』討伐の為に学院を発つ日が、明日に近づいてきた。

その日、俺とお姫さんは孤児院の夕食に招かれた。

同じ班の仲間ということでモニアちゃんとヒペリカムちゃんも誘ったのだが、断られた。

というより、モニアちゃんが遠慮した感じだ。

心を入れ替えたとはいえ、モニアちゃんは貴族意識からクフェアちゃんにつっかかっていたのだ。

そんな彼女の家族団欒《だんらん》へのお呼ばれに応えるには、まだまだ時間が必要なのだろう。

その日の晩餐《ばんさん》は、中々に豪華だった。

普段の孤児院の食卓に比べれば華やかというだけなのだが、なんと鶏の丸焼きが何羽分も並んでいる。子供たちは目を輝かせ、涎《よだれ》を垂らし、いつもは仲のいい奴らが肉の取り分を巡って口喧嘩《げんか》をし始める始末。

「こら！　あんたたち、喧嘩《けんか》しないの！」

俺の左隣に座るクフェアちゃんが、子供たちを一喝するのだが。

「だって、あいつの方がお肉大きい！」「そんなことない！」「そ～っ」「あんたさっき食べたでしょ」

「むぐむぐ」「はむはむ」

封印都市ルザリーグにおける形骸種《キュリオン》討伐作戦の報酬が入ったこともあり、クフェアちゃんとリナムちゃんが奮発した形だ。

「まったく……ごめんなさいね、あんたたちの為の食事会なのに」

「いいさ。シスターエーデルや、クフェアちゃんに逢《あ》えるだけで元気がもらえるからな」

「ありがとう、と言いたいけれど母さんは渡さないわよ」

「ねぇ、リナはー？」

俺の右隣には、紫髪のツインテ童女が座っている。妙に俺に懐いている子供の一人、リナリアだ。

「なんだ？」

「リナとあっても、元気でる？」

「普通だ」

「えー！」

何故か、リナリアはショックを受けたような顔をする。

露骨にしょぼん……と肩を落とす様を見ると、なんだか悪いことをした気になる。

たとえガキでも、女性は女性。悲しい顔をさせては男失格というものだろう。

俺は自分の皿に取り分けられた肉の内、パリパリした皮付近の肉をフォークで刺し、リナリアの口に入れた。

「んっ……おいしい！」

彼女の顔が綻んだ。これでいい。

「ガキは笑ってろ。その方が、見てて気分がいい」

「リナの笑うかお、好きってこと？」

ここで否定すると先程の繰り返しだ。

「あー、まぁ、そうとも言えるな」

「むふー」

リナリアは満足げに笑い、それからしばらく俺に笑顔を向けてきた。

子供というのは程度を知らないので、褒められるとずっとそれを繰り返したりする。

分かった分かったとやや乱暴に頭を撫《な》でたが、彼女は嬉《うれ》しそうに笑うだけだった。

あぁ……グラマラスな元聖女エーデルや、可憐《かれん》な美少女たちがいる空間で、何故にチビの相手をしているのだろうか。

「リナだけずりぃ！　兄ちゃん俺にも肉分けてくれよー！」

俺とリナリアのやりとりを見ていたガキが、声を上げる。

「黙れクソガキ」

「贔屓《ひいき》だ贔屓だー」

「なんだ、まだ俺が女性贔屓だってことに気づいてなかったのか」

「いや、それはもうみんな知ってるけど」

何故か呆《あき》れたような顔をされる。

たまに剣の稽古をつけてやってるガキ共が、その言葉にうんうんと頷《うなず》いていた。

そんなガキ共の様子に、クフェアちゃんがぷっと噴き出した。

「おいクフェアちゃんや、お姉さん役として、この失礼なクソガキたちに説教かますべきではないかね」

「ふふっ。まぁ、騒がしいのはよくないけど、言ってることは合ってるし」

まぁ、その通りなのだが。

「ねぇ、アルくん」

くいくいと、リナリアが俺の袖を引く。

「なんだ」

「クフェアちゃんとの、でぇと、楽しかった？」

クフェアちゃんがピシッと固まるのが分かった。

周囲のガキも騒ぎ出す。

「そうそう！　兄ちゃん聞かせてよ！　クフェア姉ってば、全然話してくれなくてさ！」

「ちょ、ちょっとあんたたち！　食事中にうるさくしないの！」

クフェアちゃん、そのお叱りはワンテンポ遅いぞ。

「いいだろう。俺とクフェアちゃんの、楽しい一日について語ってやろうじゃないか」

「ぎゃあ！　アルベールやめて！」

クフェアちゃんが顔を真っ赤にしながら俺の口を塞ぎ、それを見た子供たちが大笑いする。

そして、あまりにうるさかったのか、シスターエーデルと孤児院の院長である婆さんに窘《たしな》められてしまうのだった。

◇

食後、俺とお姫さんは寮へ帰ることに。

ちなみに食事中のお姫さんは、リナムちゃんと和やかに話していた。

暗くなりつつある空の下、別れを告げる。

「ごちそうさまでした、シスター。騒がしくしてしまい申し訳ない」

「いいえ、アルベール様が来てくださって、子供たちも嬉しかったのでしょう」

泣きぼくろが色っぽい金髪聖女が、俺を見て微笑む。

「子供たち、だけですか？」

俺が悪戯っぽく言うと、エーデルは困ったように頬に片手を添えた。

「ふふふ、実は、私もお逢い出来て嬉しいです」

「俺もですエーデルサン。今日も、もう少し貴女とお話ししたかった」

「是非、次の機会に」

「約束ですよ」

そっと彼女の手を握ろうとしたのだが、お姫さんに腕を引っ張られて失敗に終わる。

「明日も早いですし、もう帰りますよ、我が騎士アルベール」

もっともらしいことを言っているが、頬がぷくりと膨らんでいた。

近くに立っているクフェアちゃんも、俺をギロリと睨《にら》んでいる。

「クフェアちゃん、出発前に見る君の最後の表情が険しい顔だなんて悲しいから、笑ってくれないか」

「あはは」

「あんたが母さんを口説いてなければ、そうするつもりだったんだけど」

俺は笑うが、彼女は俺に近づいてきて、一瞬、手を握った。

「気をつけて」

「あぁ」

「アストランティアと二人で、ちゃんと帰ってくるのよ」

「任せてくれ」

「よし」

そう言ってクフェアちゃんは、からっと笑う。

エーデルとリナムちゃんが胸の前で手を組み合わせ、俺とお姫さんの無事を祈ってくれる。

「アルくんっ！」

さぁ帰るか、となったところで、リナリアが飛び出してきた。

「なんだ？」

「これ！」

そう言って彼女が差し出してきたのは、四葉のクローバーだった。

非常に珍しく、幸運を招くとか言われているのは、俺でも知っている。

「……くれるのか？」

「うん！　アルくんのために、さがしたの」

ガキ共も出てきて「俺たちも手伝ったんだぜ！」と照れくさそうに鼻の下を掻《か》いている。

「あのね、アルくんがね、ぶじに帰ってこれますように、って」

「そう、か」

その時、胸に去来した感情の名前を、俺は知らなかった。

心臓をくすぐられるような、温かく美味い料理が喉を通る時のような、ふわりと身体が浮くような、この感情を、他の者はなんと呼んでいるのだろう。

一番近いのは、感謝か、喜びか。

どちらも掠《かす》っているようで、芯を捉えてはいない気がする。

「アルくん？」

「……探すの、大変だったろう」

「うん。でも、他に、リナたちにできること、ないし……」

リナリアの瞳が潤んでいる。

金を稼ぐ手段もない子供が、必死に考えたのが、時間を掛けての採取というわけだ。

俺は胸の内に広がる感情の正体が掴《つか》めぬまま、彼女からクローバーを受け取る。

「リナリア、それにガキ共」

子供たちが、俺を見た。

「ありがとよ」

四葉のクローバーを胸の前で掲げて笑うと、子供たちが嬉しそうに笑顔の花を咲かせた。

俺たちが視界から消えるまで、孤児院のみんなはずっと手を振っていた。

お姫さんは律儀に何度も振り返していたが、俺はそんなことはしない。

角を曲がり、完全に孤児院の面々が見えなくなってから、お姫さんが呟《つぶや》いた。

「……必ず、生きて帰らねばなりませんね」

「俺は、もう死んでるけどな」

「また、そのようなことを言って……」

お姫さんと会話しながらも、俺はずっと手のひらに乗った四葉のクローバーを見ている。

なんで、こんなもん一つで、あんなにも心が揺さぶられたのだろう。

「折角頂いたお守りなんですから、大切にしないといけませんよ」

「まぁ、チビとはいえ女性からの贈り物だ。無下には扱えんよ」

「ふふ」

「なんだ?」

「いえ、相変わらず、素直ではありませんね」

「どういう意味だい？」

「宝物を見るような目を向けながら、どうでもよさそうに言っても、説得力がないというものですよ」

俺は、そんな目をしていたのだろうか。

「宝物？　これが？　手間は掛かるが、誰でも探せば見つけられるだろ」

「いいえ。そこに込められた子供たちの想いこそが、それを唯一無二の宝物にしてくれるのです」

「想い……」

「それが、嬉しかったのではないですか？」

リナリアや、ガキ共が、俺の無事を願って四葉のクローバーを探していた。

その想いに、俺は反応していたというのか。

「そう、かもな」

「そうですよ」

心の内に、器があるとして。そこに、液体が注がれていくような。

満たされつつあるような、このような気持ちを。

なんと呼べばいいのか。

三百年以上、この世で過ごしてきたというのに、とんと分からない。

似た感情は、かつて義父のダンの家で過ごしていた時期にも、抱いたことがあると思う。

だが今に至っても、その正体が摑めないでいた。

取り敢《あ》えずは、『嬉しい』でいいのか。

「わ、わたしも何か、出来ればいいのですが」

お姫さんの声に緊張が交じる。

「ん？」

「で、ですからっ。クフェアさんはペンダントを、子供たちはお守りを、貴方に贈ったでしょう。だから、その、わたしも何かすべきだった、と思いまして」

お姫さんの頬が、ほんのり赤い。

彼女は無意識なのか、以前俺が贈った花の髪飾りをしきりに触っていた。

「お姫さん」

「は、はい」

「お守りってのは、一緒に行けないから渡すんだろう。でも、君は違う。俺たちは、共に封印都市に向かうんだ」

「そう、ですね……」

「だから、俺のことは——直接守ってくれ」

「——」

「君は、俺に直接ご加護をくれればいい。違うかい？」

お姫さんは、今それに気づいたとばかりに、目を丸くし。

それから、くすぐったそうに笑った。

「そうですね。その通りです」

「だろう?」

「我が騎士アルベール。わたしが、貴方を必ず生還させてみせます」

「我が聖女アストランティア。俺が、君を必ず生還させてみせるとも」

俺たちは顔を見合わせて笑い、寮への道を並んで歩く。

『片腕の巨人兵』討伐作戦、その参加メンバーは――。

『色彩』から三組。

『雪白《せっぱく》』――アストランティア・アルベールペア。

『深黒《しんこく》』――オルレア・マイラペア。

『黄褐《おうかつ》』――ユリオプス・セルラータペア。

十二聖者から三組。

『吹雪』――ネモフィラ・『黄金郷《おうごんきょう》の墓守《はかもり》』ペア。

あの二人の他に、『炎天《えんてん》』と『霧雨《きりさめ》』を冠する二組もやってくるようだ。

予定とは違ったが、十二形骸との戦いは望むところ。

特別な不死者は、全て俺が殺す。

◇

『片腕の巨人兵』討伐作戦の日が近づいてきた。

俺たちは学院を休み、任務地へ向かう。

二人、馬車に揺られながらの移動だ。

オルレアちゃんとマイラの『深黒』ペアや、セルラータちゃんとユリオプスちゃんの『黄褐』ペアとは、別の馬車。

目的地も出発日も同じなら同乗でもいいのではないかと思うのだが、そこは貴族様、体面のようなものがあるのかもしれない。

ちなみに『吹雪』の聖者であるネモフィラと青髪野郎は、先に現地入りしているとのこと。

「なぁ、お姫さん」

「どうしました？」

彼女の白く美しい髪は、今日も健在。

空のような青い瞳が、俺を見る。

「今回、どういう展開になるかは分からんが……俺の力は、どのレベルまで隠すべきだ？」

「……というと？」

「俺だって、バレたら面倒なことになるのは分かる。なんなら、これから一緒に戦う他の十二聖者が、すぐさま俺を殺そうとするくらい、自分の立場がややこしいってことはな」

どんな過去を抱え、どのような実績を積み上げていようが関係ない。

お姫さんの実家の秘術で感染能力を封じられていることさえ、どうだっていい筈《はず》だ。

俺が形骸種《キュリオン》で、しかも十二形骸であるというだけで、人類にとって危険な存在に変わりはないのだから。

正体がバレるということは、人間アルベールとしてはもう生きられないことを意味する。

もう死んでる、というセルフツッコミは敢えてしない。

とにかく、厄介なことになるのは目に見えている。

「……そう、ですね」

お姫さんが思案顔になる。

「問題は、お姫さんやその実家にまで影響が及ぶってことだ」

「えぇ。少なくとも、わたしの死罪は免れないでしょう」

感情を排したその発言に、俺は胸が軋《きし》むような錯覚に陥る。

「簡単に言うなよ、そういうことを」

とうに覚悟はすんでいるという意味だと分かってはいるが、彼女の死を想像するのは楽しくない。

「アルベール」

「なんだい」

「確かに、極力正体が露見せぬよう立ち回る必要はあるかと思います」

「だよな」

「ですが、優先すべきは人命と、十二形骸の還送です」

「そうか。それが聞けてよかったよ」

バレないことを優先して死ぬってのは、馬鹿らしいにも程がある。

俺もそのつもりだったので、お姫さんも同意見でよかった。

それにしても、自分の死罪が確定すると分かっていながら、優先事項に人命を加えるあたり、彼女らしい。

「それとな、お姫さん」

「はい？」

「最悪の事態になっても、お姫さんを処刑台送りになんかさせないから、安心しろ」

お姫さんは目を丸くして、それから表情に好奇心を混ぜる。

「どうされるつもりですか？」

「そりゃ、君を連れて世界中を逃げ回るのさ」

「十二形骸の討伐は諦めると？」

「いや、逃げながら封印都市を回ればいい。どうせ死罪なんだから、不法侵入で罪状が増えたって構いやしないだろ？　最終的に魔女を殺せれば、それでいいじゃないか」

「……そういう方法も、あるのかもしれませんね」

「だろ？」

「ですが、そのような事態になっては、わたしは必要ないのではないですか？」

お姫さんが、やや不安げな表情で呟いた。

「何言ってんだよ。君が死ぬ時、俺を終わらせてくれるんだろ？　一人で勝手に死刑になるなんて、許すわけがないじゃないか」

「……そうでしたね」

死刑になるかもという話をしているのに、お姫さんはなんだか嬉しそうに微笑んでいる。

「まぁ、そうならんよう気をつけるつもりだが」

「頼りにしていますよ」

そのような会話をしながら、馬車での時間は過ぎていく。

◇

三百年前、聖騎士の仕事で別の街へ行く時は、宿に泊まるのが普通だった。

宿さえない村ならば、聖騎士に気を利かせて村長などが場所を貸してくれることもあったが、それも難しい場合は野宿だって珍しくはなかった。

だが、現代の聖者は違う。

宿を借りることもなくはないのだが、少人数の場合は貴族の邸宅にお邪魔するのだ。

聖女の半数以上が貴族子女であるからこそ出来ることと言えよう。

『片腕の巨人兵』を閉じ込めた封印都市に、最も近い街。

そこに居を構える貴族の家で、今回の作戦メンバーは合流を果たす。

通されたのは、食堂。

長方形の部屋には、これまた長方形の食卓が配置され、既に料理が並んでいる。

「アルベール殿！」

「おぉ、アルベール来たか」

義弟の子孫である、金髪碧眼《へきがん》のマイラが俺を見て嬉しそうな顔をする。

続いてやってきたのは、先日模擬戦もした『黄褐』の聖騎士セルラータちゃんだ。

今日も褐色の肌が美しい。

もちろん、二人の聖騎士のパートナーであるオルレアちゃんとユリオプスちゃんの姿もあった。

そして、空虚な復讐《ふくしゅう》に奔《はし》る聖女ネモフィラと、『黄金郷の墓守』の姿も。

「俺たちが最後かな」

「いえ、まだ『炎天』のお二方が来ておりません」

マイラが答えた。

改めて人数を数えると、確かに二人足りない。

ということは、見知らぬあの二人は、必然的に『霧雨』の聖者ということになる。

実際、霧雨を表しているであろう、幾つも青い線が引かれた紋章が制服に刻まれていた。

俺の視線に気づいたのか、『霧雨』の二人がこちらへ近づいてくる。

特に足早に近づいてきたのは、聖女の方だ。

「おい、君。気づかないとでも思ったか」

その聖女は制服を改造しているようで、フードが追加されていた。

それもただのフードではなく、ウサギのような長い耳がついたものだ。

機能性なんてものはゼロなので、飾りなのだろう。

ウサ耳フードを被《かぶ》っているのは、紺色の髪をした――童女だった。

いやいやいや、そんな筈はない。

最低限十五歳になって成人を果たさぬことには、学院に入ることは出来ない筈。

ということは、この、リナリアより少しばかり大きいだけの幼女が、成人ずみ？

「君だよ、君。まさか私の声が聞こえていないわけではあるまい？」

俺は困惑しつつも、彼女に応じる。

「私が何か？」

取り敢えず、騎士モードで対応しよう。

「こちらを見た時の君の表情、『なんでこんなところに可憐な童女が？』という顔をしていたね」

自分で可憐と言うあたり、中々に強《したた》かな子だ。

「ご気分を害されたようでしたら、申し訳ございません」

俺は謝罪の意思を込めて頭を下げる。

「む……？　中々、素直じゃあないか」

素直に謝るとは思わなかったのか、童女……いや、女性は毒気を抜かれた様子。

「あらあら、いい人そうでよかったじゃないですか、先輩」

聖騎士の方も追いついてきた。

こちらは、対照的に長身な女性だ。

全体的にスラッとしていて、橙色《だいだいいろ》の長い髪は女性から見て左肩前に流されている。

狐《きつね》のように細められた目が印象的な美女だ。

対照的なのは背丈だけでなく胸囲もだが、先程の今で失敗を重ねる俺ではない。

胸の内を視線で悟られぬよう、女性の目を見て話し掛ける。

「先輩？」

聖女同士ならばまだしも、聖女と聖騎士に先輩後輩があるだろうか。

「あぁ、失礼。こちらのイリスレヴィ先輩は、年下に先輩と呼ばれると喜ぶんです」

「人生の後輩からの敬意が心地よくないと言えば、嘘《うそ》になるな」

なるほど、そういうことか。

「では、イリスレヴィ先輩とお呼びしても？」

俺の提案に、イリスレヴィちゃんは表情を輝かせた。

「……！　おぉ、もちろん構わないとも。君は見込みがあるな！　えぇ～、名前は？」

「アルベールと申します」

「そうか。ではアルベール後輩。焼き菓子をあげよう」

そう言って彼女は袋から自前らしいクッキーを取り出した。

俺は屈《かが》んで彼女に視線を合わせると、それを受け取る。

「ありがとうございます、先輩」

「よしよし、アルベール後輩は素直で可愛いな」

イリスレヴィちゃんが俺の頭を撫でる。

子供にしか見えないが、大人だというのならそう扱うべきだろう。

俺は今、お姉さんに頭を撫でられているわけだ。

「恐縮です」

「うむ。君の敬意は充分伝わった。これからは普通に喋《しゃべ》って構わないぞ。ほら、私は心の広い先輩だからな」

彼女は精一杯胸を張った。というか、反らした。

「じゃあ、そうさせてもらうよ、先輩」

「おぉ！　やはり君は分かっているな！」

取り敢えず、先輩呼びしつつ彼女を軽んじなければ、対応を間違えることはなさそうだ。

「アルベールくん、すごいですね。先輩がこんなに早く懐くのは初めてですよ」

「おいリコリス後輩。懐くとはなんだ懐くとは。後輩を可愛がっているだけじゃないか」

狐目ちゃんの方は、リコリスというらしい。

「優秀な先輩に逢えて、嬉しいよ」

まぁ、三百年以上生きている俺の方が確実に年上だろうが、構うまい。

「逸材だな、アルベール後輩。焼き菓子をもう一枚あげよう」

「ありがとう」

イリスレヴィちゃんはご満悦だ。

「え〜。先輩先輩、私は？」

先輩が俺にばかり構うものだから、リコリスちゃんが拗《す》ねるように唇に指を当てている。

「君からは、最近あまり敬意を感じないからなぁ」

「そんな……私ほど先輩を愛《め》で……尊敬している後輩はいないというのに」

「今『愛でている』って言いかけたんじゃないか？　先輩の耳は誤魔化せないんだが？」

「さすがイリスレヴィ先輩ですね」

リコリスちゃんはニッコリと微笑む。

「ま、まぁこれくらい余裕……って待て、称賛に見せかけた自白じゃないか今のは⁉」

「さすがはイリスレヴィ先輩ですね」

「くそぅ……！　だから君は嫌なんだ！」

イリスレヴィちゃんが拗ねたように地団駄を踏む。

随分と仲のいいコンビだ。

「二人は、何故今回の作戦に？」

少し気になっていたことを尋ねてみた。

俺とお姫さん、オルレアちゃんとマイラは、『黄金郷の墓守』を放置出来ないから、という理由が大きい。

セルラータちゃんとユリオプスちゃんは、同じ班の『深黒』ペアに付き合うという形だろうか。

俺とお姫さんを気に入ってくれた、という面もあるかもしれない。

だが、十二聖者二組の参加理由は謎だ。

使命感だというのなら、別にそれでも構わないのだが。

「何故って、才能があったからさ」

イリスレヴィちゃんは、当たり前のように言った。

力自慢が、それを発揮出来る場所を求めるように。

彼女は自分の資質に自覚的で、その行使に前向きだったというだけなわけか。

実にシンプルな回答だ。

「私は、尊敬するイリスレヴィ先輩のお近くにいたかったからですね」

リコリスちゃんは軽い調子で答えた。

「リコリス後輩……！」

イリスレヴィちゃんは感動したとばかりに目頭を押さえているが、それを見たリコリスちゃんは実に楽しげな顔をしている。

「ふふふ」

「……後輩、まさか先輩をからかったわけじゃないよな？」

「もしからかっていたとしても、私の場合は愛がありますから」

「答えになっていないぞ？」

中々にユニークな二人組だが、彼女たちが十二聖者の一角を務める強者なのは間違いない。

特殊能力を獲得した形骸種《キュリオン》の強個体を複数討伐しないことには、十二聖者には選出されないからだ。

そこに加え、十二聖者に選ばれた聖騎士には『天聖剣』が貸与される。

殺した形骸種《キュリオン》の特殊能力を一つだけ保存出来る武器だ。

突出した聖女の加護と聖騎士の技量に、特殊能力が加わるということ。

少なくとも、三百年前の十二騎士単体よりは強さは上かもしれない。

さて、あと一組の方は、どんな人物なのか。

俺はイリスレヴィちゃんに貰《もら》った焼き菓子を一枚齧《かじ》り、もう一枚をお姫さんの口に放り込みながら、最後の一組を待つ。

ちなみに焼き菓子は、砂糖が沢山使われていて、大層甘かった。

◇

今日は単なる顔合わせではなく、『片腕の巨人兵』討伐に際し、どのような作戦でいくかの会議も兼ねている。

貴族邸宅の食堂に案内された俺たちは、ある程度挨拶もすんだので席について待つことに。

俺の右隣がお姫さんで、左隣は先程知り合った『霧雨』の聖者の片割れ、聖女のイリスレヴィちゃんだ。

彼女のツボをついた先輩呼びで気に入られたようだ。

俺の隣にすかさず座った彼女を見て、『黄褐』の聖騎士セルラータちゃんが一瞬悔しげな顔を見せたが、渋々別の席へと座った。

「お食事を始めたいのに、『炎天』のお二人がまだ見えませんね～？」

『霧雨』の聖騎士、狐目のリコリスちゃんが困ったように言う。

と、そこで食堂に繋《つな》がる扉が勢いよく開かれた。

「お待たせー！」

入ってきたのは、赤に黄色を加えたような色合いの髪をした女性だった。

彼女は髪を己から見て右側で一つに結んでいる。

琥珀《こはく》の瞳は生命力に溢《あふ》れ、それは健康的な白い肌や引き締まった肉体にも表れている。

制服からして聖女なのだが、スカートが短すぎるし、豊満な胸は今にもこぼれ落ちそうだった。

それだけではない。彼女は化粧をばっちりと決め、更には爪に色鮮やかな飾りがついていた。

おそらく、二十歳そこそこだろう。

俺の目には奇抜に映るが、三百年も経てば色々と変化もあるだろう。

と思ったらお姫さんも目を丸くしていた。

少なくとも、貴族のお嬢様たちの間で流行しているオシャレ、というわけではなさそうだ。

「お待ちしておりました、カンプシス様」

感情の乗っていない笑顔で、『吹雪』のネモフィラが迎える。

「ネモちー。前にも言ったけど、それ可愛くないから『シスちゃん』って呼んでよ」

「失礼いたしました。シスちゃん様」

「いや……まぁ、いっか！　シスちゃん様でーす！　知らない人はよろしくね！」

そういって彼女が食卓を見回した。

「グレンと申します。遅れまして申し訳ございません。道中、馬車が魔獣と遭遇したもので……」

おっと忘れてた。

カンプシスちゃんの横には、二十代半ばほどの金髪長身イケメン聖騎士が立っていたのだった。

あまりに興味がなかったので、脳内描写を怠ってしまったのだ。仕方のないことである。

後ろに撫でつけられた髪も、真紅に燃える瞳も、腰に下げた大剣も、俺の興味は引かない。

『炎天』に共通しているのは、燦々《さんさん》と輝く太陽を表す紋章くらいのものだ。

俺はカンプシスちゃんに微笑み、他のみんなと共に挨拶を交わす。

「えっ!?　ティアっち一年生なの？　じゃあ入学したてじゃん？」

カンプシスちゃんの驚きに、お姫さんが困ったように微苦笑する。

「は、はい。まぁ……」

「それで『色彩』ってすごいじゃん！　さてはアルくんも、超強かったり？」

「ええ、まぁ」

「正直な子だ！」

カンプシスちゃんは俺の答えが面白かったのか、からからと笑う。

「カンプシス。世見話はあとにして、今は席につけ」

そんな彼女を、グレンだかグランだかが席に促し、座らせる。

「グレンってば、固いなぁ～」

食前の祈りのあと、ようやく食事の時間となった。

やや冷めた飯を腹に入れつつ、しばらくして。

ようやく本日の本題に入る。

「改めまして、『片腕の巨人兵』に関する説明をさせて頂きます」

説明役を担うのはネモフィラだ。

そもそも今回の作戦を立案し実行に漕《こ》ぎ着けたのは、彼女とその生家なのである。

「巨人兵は封印都市トリスリミガンテ内にて活動中の十二形骸となります。活動範囲は都市全域に及び、固有能力『索敵領域《さくてきりょういき》』によって侵入者を感知し、これを殲滅《せんめつ》するまでは止まりません」

トリスリミガンテは俺も知っている。

当時の敵国との国境近くに築かれた都市だ。近くには大規模な砦《とりで》もあり、これが敵の侵攻を撥《は》ね除《の》けている……などと聞いたことがあるようなないような。

「かつて、巨人兵はギガルノ砦を守護する優秀な兵士であったと聞きます」

思い出した。かつてそいつは、『トリスリミガンテの巨人兵』と呼ばれていた。

だからか、巨人兵は決して『元市民の形骸種《キュリオン》』を傷つけないという。

死してなお、彼らを守るべき民と認識しているのだ。

そして、結界内に入ってくる聖者たちは、平和を脅かす敵ということなのだろう。

三百年も、国防の為に戦い続けているわけだ。

凄まじい愛国心だが、もう少し会話が通じれば、こちらが敵でないと伝えられるというのに。

いや、無意味か。

永遠の生を手に入れた市民たちを、俺たちは殺そうとしているのだから。

つまり、どちらにしろ巨人兵から見たら俺たちは敵になる。

「敵の侵入を感知すると巨人兵は叫びを上げ、市民たちは街の中央へと避難を開始します。そして、巨人兵による敵の排除が始まるのです」

俺なんかは同じ不死者たちを殺して回るものだから、形骸種《キュリオン》からも敵として見られていたが、巨人兵は違うらしい。

そりゃ、他とは違うとはいっても、彼らを守ろうとするのなら仲間認定もされるだろう。

聖騎士として死者を皆殺しにしようとした俺や、友との約束を果たす為に教会に近づく者を殺した守護竜エクトルとは違う。

巨人兵は、その都市の形骸種《キュリオン》たちに信頼されているのだ。

「これまで、数百組の聖者と、歴代十二聖者の二組が、巨人兵との戦いで命を落としています」

十二聖者に選ばれる者でも殺されるレベルの強さ、ということ。

「散っていった方々の死を無駄にしない為にも、この戦いで彼《か》の者を還送いたしましょう」

まったく心がこもっていないネモフィラの言葉が、虚《むな》しく食堂に響く。

その後《ご》、俺たちは互いの能力を確認し合い、本格的な作戦会議へと移る。

当然だが、俺は『骨剣錬成《こっけんれんせい》』と『毒炎《どくえん》』については明かさなかった。

青髪野郎は『震撼伝達《しんかんでんたつ》』については隠したが、『黄金庭園《おうごんていえん》』に関しては『蔦《つた》を生み出し操る力』と偽って報告した。

どうやら、能力を一つストック出来る『天聖剣《てんせいけん》』の力、ということにしたらしい。

確かに、ネモフィラとこいつは十二聖者なので、そういう手も使える。

能力の一部ではあるが、人前で使えるわけだ。

「普通に考えれば、『色彩』が補助、十二聖者が巨人兵と戦うべきだが」

『炎天』の聖騎士グ……なんとかが神妙な顔で言う。

優秀とはいえまだ年若い聖女たちを、最前線には出せないと考えているのだろう。

立派な大人ではないか。

下っ端《ぱ》から特攻させようとする大人も多い中、人間が出来ているようだ。

俺はツラのいい男が特に嫌いなので、好感度の上昇はないわけだが。

「なぁ、一ついいか?」

俺が挙手すると、ネモフィラが「どうぞ」と頷く。

「巨人兵は、絶対に市民を攻撃しないんだよな?」

「その通りですわ、アルベール様」

ニッコリと、ネモフィラが応える。

「なら、適当に市民の手足を斬《き》って身軽にしてから、抱えて戦えばいい。こっちだけ一方的に巨人兵を攻撃出来るぞ」

なにやらドン引きされるような気配がした。

真剣に考慮しているのはお姫さんの姉であるオルレアちゃんと、『霧雨』の聖女イリスレヴィちゃんくらいのようだ。

ネモフィラはなおも微笑みを湛《たた》えている。

「ふふふ、合理的だな後輩。確かに有効な策だと私は思うよ。試してみる価値はある」

「これを採用するならば聖騎士が聖女を守る必要性もなくなり、戦術の自由度が高まるでしょう」

と、二人は利点を理解してくれたのだが。

「形骸種《キュリオン》は魔女の呪いの被害者だ。ただでさえ命数《めいすう》を歪《ゆが》められた彼らを、不必要に傷つけ盾に使うなど、とても許されることではない」

「まぁまぁグレン。自由な発想って大事だと思うよ」

カンプシスちゃんが宥《なだ》めるように言う。

グレンとやらは、倫理的に許されないと言いたいようだ。

どうやら、他の者も概ねそこが引っかかっているらしい。

理解は出来るのだが、己の倫理観より、最終的に形骸種《キュリオン》を殺す方が重要ではないのだろうか。

まぁ、そう簡単に割り切れないからこそ人間、なのかもしれないが。

俺が死者になったのだって、聖騎士の使命を理解していながら、義父を斬れなかった所為だしな。

「それでさ、その案だけど。きっとあんまり効果ないと思うよ。いや、違うか。効果は出るだろうけど、長続きしないと思う」

カンプシスちゃんの言葉を聞いて、俺も納得する。

というか、想定していたことだった。

「確かにそうだな。最初は市民を攻撃出来ずにタコ殴りにされるだろうが、その内、やつも気づく。このまま自分が死んだら、市民は全員殺されると」

「そうそう。そうなったらさ、割り切ると思うんだよね。めちゃくちゃ苦しくても、割り切って捕まった市民ごと敵を殺すと思うんだ」

まぁ、多少なりとも躊躇《ためら》いが生まれるのなら、それだけで使いようはあるのだが……。

なんだか、自分が物語の悪役のような思考をしているように感じる。

「じゃあ、こういうのはどうだ？　幾つかに分かれて別方向から侵入。同時に二箇所には出現出来ないから、巨人兵は最初にどっちかを選ぶしかない。選ばれた方は牽制《けんせい》、選ばれなかった方は街の中央へ向かう。到着したら狼煙《のろし》なりなんなりで合図し、牽制役は撤退する。そうしたら、どうなるかな」

またしてもグレンが顔を顰《ひそ》めた。

「巨人兵が守ろうとしている市民集団の中に紛れることで、やつの攻撃から逃れようというのか」

「そうだ。こちらを攻撃したら、少なくない市民が死ぬ。これなら、割り切るのもかなり難しくなる」

つまり、市民を皆殺しにするレベルの覚悟を決めないと、俺たちを始末出来ない。

けれどそもそも、巨人兵は市民を守る為に戦っているのだ。

どのような行動をとるのだろうか。

「ですが、アルベール。それはわたしたちの防護の消耗も、凄まじいことになります」

お姫さんの発言に、俺は頷く。

形骸種《キュリオン》の大集会に飛び込むわけだから、それはそうなるだろう。

俺と青髪野郎は無事でも、他の子たちは迫りくる無数の形骸種《キュリオン》との消耗戦を強《し》いられることになる。

「だな」

敵がどれだけ強かろうと、常に最大の力を発揮出来るわけではない。

力比べがしたいなら別だが、勝ちたいなら選べる択は多い方がいい。

今言った策が採用されなくてもいいのだ。

だが、ここにいる美女美少女たちが対巨人兵戦でピンチになった時、今の話を思い出してくれれば、生き延びられるかもしれない。

そうすれば、その間に他の仲間の加勢が間に合うかも。

彼女たちの頭の中に、選択肢を追加しておきたかったのだ。

そしてそれは成功したと言えるだろう。

「いやぁ、アルくんって面白いね！　十二形骸をどう倒すかって会議はたまにするけど、今みたいなアイディアが出たことはなかったよ！」

まぁ、死者を救済する正義の機関から、倫理観を疑われるような意見は出にくかろう。

「まぁ、あくまで一案だ。それに、真正面からぶっ殺せるなら、それが一番楽でいいしな」

「なんだアルベール、やっぱり分かってるじゃないか！」

ずっと難しそうな顔をしていたセルラータちゃんが、表情を輝かせる。

彼女の性格からして、シンプルな作戦が好ましいのだろう。

『片腕の巨人兵』というくらいだから隻腕《せきわん》なのだが、やつを殺すには残る片腕も奪った上で、首を断つというのが理想の流れのようだ。

——巨人の首を断つ……か。『骨剣錬成』で生み出す巨剣があれば可能だろうが。

「多分、止《とど》めはうちのグレンが担当することになるかな」

『炎天』が持つ『天聖剣・赫灼《かくしゃく》』の能力は、『光り輝く熱の刃を発生させる』だそうだ。

巨人の首だろうと、灼《や》き斬ってしまえると言いたいのだろう。

俺はネモフィラの様子を窺《うかが》う。

彼女が以前言っていたことが本当なら、俺に止《とど》めを刺させたい筈だが……。

十二形骸以外が十二形骸を倒せば、その能力は消える。

かといって『黄金郷の墓守』が倒せば、やつの能力数が三になる。

俺は二なので、有する能力の数で負けるわけだ。

ただでさえまともでない青髪野郎が強化されるというのは、事情を知る者からすれば放置は出来ない。そこは俺とお姫さん、オルレアちゃんとマイラ、そしてネモフィラの五人が共有している筈。

「基本方針はそれで構いません。ですが戦況とは刻々と変わりゆくもの。補助にしろ還送の一撃にしろ、可能な人員がそれを行うべきでしょう」

オルレアちゃんがさりげなくフォローを入れてくれた。

「おっ、レアっちいいねー。うんうん、確かに、出来る人がやっちゃっていいと思うよ。このメンバーなら、その時々の最適な行動も出来るだろうしね」

これで、俺が巨人兵を殺しても問題はなくなった。

元より譲るつもりはなかったが、後々面倒なことにならずにすむのはありがたい。

その後、数日の調整期間を挟み、そして——。

俺たちは封印都市トリスリミガンテへと足を踏み入れる。

死なない市民を三百年間守り続ける、『片腕の巨人兵』を殺す為に。

第九章◆死に様

トリスリミガンテは南北の門が現存しており、そこが聖者の進入に利用されている。

二手に分かれることも出来るが、進入地点が離れすぎては片側が襲撃を受けた際のフォローに時間が掛かるので、一点から入ることに。

結界内に入ったあとで、幾つかに分かれて巨人兵を囲む予定だ。

ところどころ崩れてはいるが、門も外壁も無事。

そのことに、俺は違和感を覚えた。

「なぁ、巨人兵が街を護《まも》ってるんなら、なんであいつは門を塞がないんだ？」

侵入者を排除するのは理解出来るが、ならばそれより先に侵入者を阻む手を考えるのが自然ではないだろうか。

瓦礫《がれき》でも積んでおけば、大抵の侵入者は防げそうなものだが。

別の侵入口を作られる方が面倒、とでも考えたのか。

「おっ、アルくんいいとこ気づくねー」

門へ近づく中、俺の言葉にカンプシスちゃんが反応する。

ド派手な格好をしたサイドテールの美女だ。『炎天《えんてん》』の聖女でもある。

彼女は両手の人差し指を俺に向かってビシッと構えながら、続けた。

「巨人くんはさ、待ってるんだよ」

「待ってる？」

「そそ。三百年前、この都市から無事に脱出出来た人もいたんだ。ほら、違う都市だけど、『英雄』ロベール様とか有名じゃん？　あんな感じ」

「……あぁ、そいつは知ってる」

意外なところから義弟の名前が出て、なんとも反応に困った。

俺の近くで、マイラが気遣うような視線を向けてくる。

「この地域の生存者たちの記録も残っててね。いわく、巨人くんが逃してくれたらしいよ。『街が平和になったらまた逢《あ》える』なんて約束した子もいたんだって」

随分と、希望に満ちた約束をした奴がいたものだ。

俺の街とこの街では状況に多少の違いはあったかもしれないが、都市が死者で満ちようという時に再会の約束をするとは。

「なるほどな。じゃあ巨人兵は、無事だった街の奴らとの再会の時の為、門を開いて待ってるわけか」

「多分ねー」

普通の人間は三百年も生きられない。それとも、形骸種《キュリオン》になって戻って来ることを期待しているのだろうか。

かつては民が死者にならぬよう逃した筈《はず》だが、巨人兵は最終的に形骸種《キュリオン》になってしまった。

考え方が変容してしまっても、おかしくはない。

「そういうことなら、門が無事なのも納得だな」

「でしょでしょ」

「しかし興味深いな、『炎天』の聖女よ。私はそのような話、聞いたことがなかったぞ」

子供にしか見えないウサ耳フードの先輩、イリスレヴィちゃんが顎に手を当てながら唸《うな》る。こちらは『霧雨《きりさめ》』の聖女だ。

「イリスんが知らないのも無理ないよ。うちの地元に伝わる話だからね」

「ほぉ。君の故郷に、トリスリミガンテからの生還者がいたわけか」

「そういうことー」

ふむふむ、とイリスレヴィちゃんは感心したように頷《うなず》いていたのだが。

「それと、さりげなく威厳のない愛称をつけるのはやめたまえよ」

と、やや遅れて指摘した。

「えっ、可愛くない？　イリスん」

「私にこれ以上可憐《かれん》要素を積むと、可愛いの過積載になってしまうだろう」

「あはは、ごめん意味分かんないや」

「いいえ、イリスレヴィ先輩の言う通りですよ。先輩がこれ以上可愛くなってしまったら、可愛い値が危険域に達してしまいますから」

イリスレヴィちゃんの相棒、狐《きつね》目のリコリスちゃんが神妙な顔で言った。

「さすがはリコリス後輩だ、よく分かっているな」

「それはもう」

「二人の世界って感じだねー」

カンプシスちゃんは笑顔で理解を放棄した。

「危険域に達すると、どうなるんだ？」

俺は理解しようと話を続ける。

「最悪、死者が出る」

「そうですね。先輩が制服を改造してそのフードを付けた時も、危うく死人が出るところでしたからね」

「可愛すぎて、手を出そうとする男が寄ってきたとか？」

イリスレヴィちゃんは子供にしか見えないが、れっきとした成人女性だという。

そういう趣味の者が引き寄せられてもおかしくはない。

まぁ、十二聖者に邪《よこしま》な思いで近づいた者の末路など、想像するまでもないが。

「いえ、私が少々鼻血を出して、死にかけただけです」

死にかけたのはリコリスちゃんだったようだ。

「あとにも先にも、鼻血で血の海を作ったのはリコリス後輩だけだろうな」

「いやぁ、それほどでも」

「これが称賛に聞こえるとは、随分と前向きな鼓膜だ」

「なるほど、相棒が死ぬんじゃ、あんまり可愛くなるのも考えものだな」

俺は納得を示すことにした。

趣味は人それぞれだ。

そんな気の抜けた会話が続く中、いよいよ門の前に到着。

「まずは我々十二聖者が先行する。少し間を開けてから、『色彩』の面々も入ってきてくれ」

『炎天』の聖騎士が言った。名前は確か……グレンだったか。

先に入った奴が狙われやすいということで、その役を買って出たのだろう。

「カンプシスちゃん、イリスレヴィ先輩、リコリスちゃん、ネモフィラちゃん、気をつけて」

俺が先行する四人の美女の武運を祈っていると、グレンが俺を見て苦笑していた。

「いっそ清々《すがすが》しいな、君は」

「男の応援はしない。気持ち悪いからな」

「十二形骸との戦いを前にして、その平常心は素晴らしい。まるで歴戦の戦士のようだ」

「男が俺を褒めるな」

グレンはもう一度苦笑してから、四人の美女と青髪野郎を引き連れて、門の中へと消えた。

残されたのは、『色彩』の三組だ。

俺とお姫さん、マイラとオルレアちゃん、セルラータちゃんとユリオプスちゃんである。静かに精神を落ち着けている子が多い中、セルラータちゃんは獰猛《どうもう》に笑いながら身体を震わせている。

「これまで交戦禁止だった十二形骸と戦えるなんて、楽しみだ」

十二聖者でも命を落とす相手なのだから、優秀とはいえ学生に交戦許可は出ないだろう。

だが『毒炎の守護竜』と『天庭の祈禱師《きとうし》』が立て続けに討伐されたことで、流れが変わった。

そして今回の『片腕の巨人兵』討伐作戦。

三百年間変わらなかったことが、変わろうとしている。

「あと、アルベールの本気が見れるのもな」

彼女がこちらを向いて笑う。

「こっちも、木剣なんかじゃない、セルラータちゃんの双剣が楽しみだよ」

俺たちは違う班なので、そういえば模擬戦以外で互いの戦いぶりを見たことがなかったのだ。

「アルベール殿！　どうか私の剣技もご覧になってください！」

マイラが会話に混ざってきた。

「そうだな。マイラの剣も楽しみだよ」

彼女の場合は、初対面の時に互いに剣を抜いたことがあるわけだが、蒸し返すつもりもないので黙っておく。いまだに前髪が斜めのままなあたり、本人は気にしてなさそうだが。

それに、彼女はまだ若いので、この短い期間で更に強くなっていた。楽しみなのも本音だ。

「……セルラータ、我々の目的はあくまで死者の還送ですよ」

「分かってるって姫さん。ただ、こういう性分なのは許してくれよ」

戦いを好むセルラータちゃんに、自身も帯剣しつつ冷静に相棒を引き締めるユリオプスちゃん。

この二人は、中々相性がよさそうだ。

「マイラ、貴女も浮かれないように。聖騎士アルベールに実力を示す為に、封印都市に入るわけではないのですよ」

「はっ、申し訳ございませんオルレア様」

冷徹にも響くオルレアちゃんの声だが、俺は彼女が心優しいシスコンだともう分かっている。

それに、主《あるじ》やロベール、そして俺に関することで若干心が動きやすいだけで、それ以外のマイラは冷静沈着な忠義の騎士である。

本来は、揃《そろ》ってクールなお似合いの主従なのだ。

俺は自分のパートナーに視線を向ける。

白銀の髪に青い瞳の、美しき少女だ。

「アルベール？　どうしました？」

「お姫さん、今回はあんまり俺から離れないでくれ」

「はい。あの、作戦は頭に入っていますよ？」

巨人の攻撃力やその範囲を思うと、離れて動くのは得策ではない。

「ははは、鈍感なんだなアストランティア嬢。アルベールは、貴女を心配してるんだよ」

セルラータちゃんがからからと笑いながら言い、それを聞いたお姫さんが照れたように赤面する。

「あ、ごめんなさい、わたし……」

「――無駄話はそこまで。突入しますよ」

オルレアちゃんの言葉に、俺たちは全員意識を切り替える。

そして、門を潜《くぐ》ったその瞬間――。

瓦礫の流星に迎えられた。

元は石造りの建造物だったのか、巨大な石が一塊となってこちらに飛来してくる。

俺たちを狙った？　いや違う。

結界の内外は切り離されており、中からは外を見ることさえも出来ない筈。

ならば、先んじて進入した十二聖者との戦いの流れ弾と考えるべきだろう。

「『天聖剣・大狐《おおきつね》の剃刀《かみそり》』」

誰かが流星の近くを跳躍している。

十二聖者『霧雨』の聖者――聖騎士リコリスちゃんだ。

彼女の剣はぶわりと解《ほど》けるように六本の帯へと変化し、瓦礫へと殺到。

橙色《だいだいいろ》をした帯状の刃たちは、瞬く間に瓦礫を切り刻んだ。

「ごめんなさい！　あとはそちらで頑張ってくださいー！」

細かい流星群へと変貌を遂げた瓦礫が、勢いを若干弱めつつも俺たちへと降り注ぐ。

「お姫さん、強化の方を頼む」

「――はい！」

「マイラ、露払いです」

「はっ！」

「セルラータ、私も出ます」

「了解だ！」

聖騎士三人とユリオプスちゃんが抜剣し、瓦礫の群れを刃で迎える。

淡い光が俺を包み、『身体強化』の加護を与えてくれた。

直撃の軌道を描くのは六つほど。

勢いが弱まっていると言っても、生身で受ければ頭は潰《つぶ》れ、掠《かす》っただけでもその箇所が千切れ飛ぶだろう。

だがそうはならない。

骨の刃が幾重もの剣閃を描き、全ての瓦礫を、ケーキを切るかのように容易《たやす》く断ち切ったからだ。

直後、破壊された瓦礫は地に落ちるか、勢いを失わず俺たちを避けて後方に飛んでいく。

その現象は四人の剣士全員の側《そば》で起きた。

目先の脅威を取り除いた俺たちは、それを生んだ元凶を目視する。

巨人。

人魚や妖精などのように、時に幻想生物に数えられる種族。

実際、今の時代に巨人がいるという話は聞いたことがない。

だが、少なくとも三百年前には、まだ残っていたらしい。

二階建ての建造物さえ、やつの足の長さしか賄えない。

山に手足を付けて動かしているかのような威容。

そんな骨の巨人兵には、左腕がなかった。

右腕は残っており、かつての鎧《よろい》の残骸か、右肩を覆う金属のパーツとボロ布が纏《まと》わりついてる。

その一歩が地鳴りを起こし、その拳は突風を伴い、その雄叫《おたけ》びはこちらの魂まで震わせるほどに大きい。

——竜の次は、巨人か。

まるで英雄譚《えいゆうたん》のような流れだが、これは紛れもない現実。

死んだ聖騎士が、死んだ巨人を殺し直すというだけの話。

茨が巨人の足に絡みつき、六本の帯がやつの気を引き、やつの上半身を灼熱《しゃくねつ》が覆う。

先行した十二聖者が、巨人兵と戦っているのだ。

「よし、俺たちも行こう。お姫さん」

「はい……！」

『片腕の巨人兵』最大の武器を、俺は攻撃範囲だと考えていた。

普通の人間が相手ならば、一人が攻撃出来る範囲など知れている。

だが巨人ともなれば、それが広大になる。

聖女から距離を置いてサポートしてもらうつもりでも、そこは巨人兵の攻撃範囲なんてことになったら、最悪守ることが出来ない。

十二聖者や他の先輩聖女たちはまだしも、お姫さんはまだ一年生。

巨人兵の攻撃を独力で防ぐことに、不安がないと言えば嘘《うそ》になる。

聖女の才能や練度によって、一度に纏える加護は変動する。

たとえば、お姫さんの『身体防護』が防御力を二倍にしてくれるとして。

オルレアちゃんの『身体防護』だと防御力が四倍になる、みたいな。

数字は適当だが、聖女によって強化率が変わるのは事実だ。

そもそも『身体防護』は、形骸種《キュリオン》による祝福の拡散——つまり噛《か》み付きによる感染——を防ぐ為の魔法が始まりなので、絶対防御とはいかない。

直撃すれば木っ端微塵《みじん》になるような瓦礫の投擲《とうてき》を、一度防げるだけでも相当なものだ。

そして今のお姫さんでも、先程斬《き》った小さな瓦礫であれば、一度は防げるだろう。

逆に言えば、あれを超える攻撃を一度に防ぎ切ることは出来ない。

そこで俺が考えた完璧なフォーメーションが、これだ。

「お、重くないでしょうか？」

お姫さんを背負って戦えばいいという、シンプルな答え。

「あぁ、柔らかいよ」

羽根のように軽い体重は気にならないが、年不相応に育った双丘の感触は無視出来ない。

「……答えになっていませんが」

「もっと押し付けてくれてもいい」

「呪います」

軽口を叩《たた》き合いながらも、俺は既に走り出していた。

お姫さんは腕を俺の首に、足を俺の腰に回している。

練習した際には、貴族令嬢らしからぬはしたなさに赤面していたが、さすがに本番で文句を言うほど柔《やわ》ではないらしい。

ちなみに『深黒』ペアはオルレアちゃんだけが巨人兵から距離をとってマイラが単身突進、『黄褐』ペアはセルラータちゃんとユリオプスちゃんが並んで疾走。

「今回の戦いで結果を出したら、俺たちのこれが流行るかもな」

「めっ、目の前の戦いに集中してください……！」

耳にお姫さんの吐息と声が掛かる。

「してるとも」

青髪野郎の能力によって茨に絡まれた、巨人兵の両足。

だがそれは時間稼ぎにしかならず、巨人兵は茨を引き千切りながら左足を動かし、俺とお姫さんを踏みつけようとしてきた。

「お姫さん、強化最大」

「はい……！」

俺の身体が淡い光に包まれ『身体強化』の加護を受ける。

失敗すれば地面のシミになるという状況で、防護に一切の気を回さない聖騎士に賭ける胆力は、さすが。

まるで、月のような大きなものが、空から自分を押し潰そうと落ちてきているようだった。

影が周辺の空間を侵し、暴風と共に巨人の足が迫ってくる。

「蟻《あり》を踏み殺して遊ぶガキみてぇな真似しやがって」

剣を腰撓《だ》めに構える。

まだだ。まだ。剣は届かない。もう少し。奴に踏み殺される直前でなければ、こちらの攻撃は届かない。自分と聖女が死の間際に追い込まれたその刹那《せつな》にしか活路はない。ぎりぎりまで待て。

――来た。

全身が躍動する。地面に触れる足、そこからの跳ね上がるような力を膝から腰へ伝達。腰の捻《ひね》りと合流させ、更に上半身へと力を滞りなく送っていき、全ての力を腕から刃に継承し、敵との接触で――爆発させる。

そこに相棒の加護が乗り、斬撃は完成する。

本来なら、一秒を待つことなく押し潰されていただろう。

だが、俺もお姫さんも尋常ならぬその圧力に、屈してはいなかった。

骨の剣と奴の足が激突し、全身の筋肉と骨が悲鳴を上げ、千切れたり砕けたりはしているが、押し負けてはいない。

むしろ、逆。

「三百年越しに学びが得られてよかったなぁ、デカブツ……ッ！」

骨の刃は、奴の中足骨と楔状骨《けつじょうこつ》付近――つまり踵《かかと》から足先までの中間地点と接触し、これに食い込み、そして――断ち切った。

「潰れる蟻ばかりじゃない」

「————ッ」

巨人兵が声にならない叫びを上げる。

この一撃で、奴の左足は一本の棒と化した。

バランスを崩した巨人兵の身体が前へ傾く。

俺はお姫さんを背負ったまま、巨人の左半身側へと飛んでその場を離脱。

「アルベール！　損傷は……!?」

「筋肉が少し。治してもらえるか？」

骨は形骸種《キュリオン》の再生能力で治るが、生身の肉体はそうはいかない。

お姫さんに女神の魔法で治癒してもらいながら、巨人を見る。

罅《ひび》くらいならすぐにでも治せるが、切断された箇所はそう簡単には生えてこない。

よほど悠長な戦いをしない限り、この作戦中に足が再生することはないだろう。

両膝をついて転倒を免れた巨人だが、俺への追撃は出来ない。

『片腕の巨人兵』には左腕がないからだ。

身体を捻って右腕を伸ばそうにも、既に俺はその圏内から逃れている。

そもそも、奴にそんな余裕はない。

近くの建物から、橙色をした六本の帯と、茨の群れが飛び出し、やつの右腕に絡みつく。

リコリスちゃんと青髪野郎だ。

「素晴らしいぞ『雪白』！　君たちが生んだこの好機、決して逃しはしない！」

金髪美形の聖騎士グレンが右腕に飛び乗り、駆け上がる。

「――『天聖剣・赫灼《かくしゃく》』ッ！」

抜き去った剣は、灼熱《しゃくねつ》していた。

聖女の加護とも違う。目を灼《や》くようなあの輝きは、太陽のそれと同等。

「眠れ、護国の勇士よ」

巨人の橈骨《とうこつ》、上腕骨を駆け上がり、肩峰を飛んで、鎖骨まで到着。

そのまま駆け抜けるようにして頚椎《けいつい》を断たんとするグレン。

咄嗟《とっさ》の出来事への反応、瞬時に展開された連携、そして一連のグレンの動き。

その全てが、まさに一流。

正直、これで決まってもおかしくはなかった。

だが。

バキバキと、骨の軋《きし》む音を響かせながら。

巨人兵の頭蓋がぐりんと向きを変え、グレンを正面から睨《にら》みつけ、その下顎骨が開かれ、そして
――グレンの『天聖剣』の少し先、奴の肘に嚙み付いた。

己の弱点である首に形骸種《キュリオン》自ら負荷を掛け、可動域を越えて動かすなんてこと、俺でさえ見たことがない。

現代における最高峰の実力者であるグレンが反応出来ないのも、無理はなかった。

「……ぐ、おぉおおおおッ――!?」

グレンが剣を握っていられなくなったのか、灼熱の刃が普通の剣に戻る。持ち主との繋《つな》がりが断たれたことで能力が維持できなくなったのだ。

それよりも、問題なのはグレンだ。

もし『身体防護』を超えてダメージを受けてしまった場合。

噛まれてしまったのなら、祝福されてしまったことになる。

「問題ない！　噛まれてない！」

全員の懸念を払拭するようにカンプシスちゃんが叫ぶ。その声にいつもの陽気は微塵も感じられず、ほとんど悲鳴のようだったが、嘘ではないだろう。

加護は切らしていない、つまり感染はしていないということ。

だが安心は出来ない。

巨人兵はそのまま首を勢いよく元の位置に戻し、そして口を開けた。

口の中に残った果物の種を、プッと吹いて飛ばすように。

『炎天』の聖騎士が、虚空《こくう》へ吐き出される。

あまりの速さに、飛ばされたグレンを視認することも出来なかった。ほどなくしてどこかの建物に墜落したのか、少し遠くから破壊音が聞こえるが、目視で確認している場合ではない。

「リコリスちゃん！　解《ほど》け！」

あと一瞬、彼女の反応が早ければ間に合っただろう。

巨人兵は右腕の拘束も強引に外した。

その衝撃で茨が千切れ飛び、帯を絡ませていたリコリスちゃんの身体も宙を舞う。

「リコリス後輩！」

彼女が剣から手を離したのは、既に勢いよく大空に打ち上げられた後だった。

彼女の身体は、そのまま結界の外まで吹き飛んでしまう。

「くそ……」

グレンもリコリスちゃんも、相棒の防護がついている。

なんとか衝撃を相殺出来ていれば、常人ならば十回死ぬようなダメージからも生還出来るかもしれない。

俺は即座に方向転換し、無防備になった聖女のフォローに向かう。

「ネモフィラちゃん！　墓守《あいつ》をイリスレヴィ先輩のフォローに回らせろ！　カンプシスちゃんは俺が行く！」

ネモフィラは巨人兵を無感情な微笑で見つめていたが、その顔を俺の方へ向けて言った。

「何故ですか？」

「あ？」

「それよりも、次はアルベール様を巨人兵の首までお届け致しましょう」

「……」

あぁ……この子はもう、仲間の命よりも復讐《ふくしゅう》が大事になってしまっているのか。

相棒の聖騎士を失って歪《ゆが》んでしまった彼女は、一体でも多くの形骸種《キュリオン》を道連れに死ねればいい、という思考に陥ってしまった。

「アルベール殿！　カンプシス様は私が！」

マイラの叫びを聞き取った俺は、イリスレヴィちゃん救出に意識を切り替える。

確かにマイラよりは、俺の方がイリスレヴィちゃんに近い。

だがギリギリだ。

彼女の立っている二階建て建造物に向かって、巨人兵の拳が槌《つち》のように振り下ろされる。

『身体強化』は素の能力を基準に強化が入るので、童女のような体軀《たいく》の彼女では、今からの回避は間に合わない。

そもそも聖女と聖騎士は、聖女が聖騎士を強化し、聖騎士が聖女を守ることが前提の組み合わせなのだ。

聖騎士を欠いた状態で長く生き残ることは想定されていない。

俺は石畳がえぐれるほどに踏み込み、風を置き去りにする速度で廃都市を駆ける。

建物の上へと跳び上がり、イリスレヴィちゃんの許《もと》へ急行。

——斬るか……!?　いや、足場の建物が保たない！

ならば選択肢は一つ。

「俺を強化しろ！」

この叫びに反応したのは、ユリオプスちゃんとイリスレヴィちゃん。

二人分の『身体強化』が加わり、俺の速度が更に上昇する。

そして、イリスレヴィちゃんが肉塊へと変わり果てる一瞬前。

俺は彼女の身体を抱え、別の建物へと飛び移った。

背後で響く轟音《ごうおん》を聞きながら、イリスレヴィちゃんに声を掛ける。

「無事かい、先輩」

「アルベール後輩……」

改めて、華奢《きゃしゃ》で小柄な女性だ。すっぽりと俺の腕の中に収まっている。

まだ逢ったばかりだが、彼女を助け出すことが出来てよかったと心から思う。

「リコリスちゃんならきっと無事だ。それを確認する為にも、生き残らないとな」

彼女は水気を帯びた瞳で、こくりと頷く。

「……あぁ、感謝する」

美少女を背負いながら、別の美少女を横抱きにするとは、滅多に出来ない経験だ。

視線を巡らせると、マイラも上手くカンプシスちゃんを助け出していた。

「さすがだなぁ、アルベール！」

後方で声がする。

巨人兵の背後に抜け、別の建物の屋上を経由してから地面に降り立った俺たちが振り返ると。

敵は倒壊した建物から右腕を引き抜いているところだった。

だが、その手首から先がない。

そして、その断面は、赤にも橙《だいだい》にも見える色に染まっていた。

『天聖剣・赫灼』によって灼き斬ったのだ。

グレンによるものではない。

「……なるほど、彼女らしいな」

模擬戦でもそうだった。己の剣が折れたかと思えば、パートナーの木剣を使用して戦闘を続行した聖騎士。

『黄褐』の聖騎士セルラータちゃんだ。

彼女は双剣の内の一つを、グレンが落とした『天聖剣』に持ち替え、巨人兵の手首を斬り落としたのだ。

「どうした巨人！　小さな人間十二人集まったくらいで、早くも大怪我《けが》じゃねぇか！」

セルラータちゃんが牙を剝《む》くように笑いながら叫ぶ。

やつの巨体と攻撃範囲こそ警戒すべきだが、特殊能力が攻撃系ではないこともあり、順調にダメージを与えられている。

十二聖者の聖騎士を二人欠いた現状を、順調と言っていいのであれば、だが。

とにかく、このまま巨人兵の身体を削っていき、最後に首を刎《は》ねられればそれでいい。

しかしそう簡単にいくのなら、この三百年で討伐されていてもおかしくない。

まだ何かあると考えておくべきだろう。

いまだ足止め程度にしか能力を使っていない『黄金郷の墓守』も気になるが……。

巨人の巨体越しに、ネモフィラと目が合う。

楽しいなんて感情はもう欠落しているだろうに、彼女はニコニコと微笑んでいた。

「イリスレヴィ先輩」

「分かっている。今から私は、君に加護を授ける」

腕に抱えた小柄な聖女は、こちらが言うまでもなく次に目を向けていた。

相棒を欠いてなお、即座に己の職務に集中する。

この精神力こそが、彼女たちを十二聖者まで上らせた資質の一つなのだろう。

グレンとリコリスちゃんが弱かったとは思わない。

これが本来の十二形骸の脅威なのである。

「あぁ、だがもう一つ頼みがあるんだ」

「そちらも任せておくといい。アストランティア後輩のことだろう？」

「さすが先輩だ」

マイラとカンプシスちゃんも同じことを考えていたのだろう、俺たちは巨人兵の背後のある地点で合流を果たす。

「……アルベール？」

イリスレヴィちゃんとお姫さんを地面に下ろす。

「お姫さん、これからは聖女三人で一緒に動いてくれ」

怪訝《けげん》な顔をしていたのも一瞬のこと。

彼女はすぐに頷いた。

「……つまり、我々で貴方を強化しつつ、巨人兵に狙われた際には三人分の『身体防護』で凌《しの》ぐように、ということですね」

「その通りだ。やっぱりお姫さんは理解が早いな」

俺は聖騎士を欠いたもう一人の聖女、カンプシスちゃんに目を遣《や》る。

それに気づいた彼女は、気丈に笑った。

「防護が切れた気配はしなかった。グレンは生きてるから、だいじょぶだいじょぶ」

「……そうだな」

否定はしないし、彼女の目の端に残る涙の跡にも触れない。

戦う意思を示しているのだから、共に戦う者として扱うだけ。

「アルベール殿」

「あぁ、行こう」

マイラに促され、俺たちは駆け出す。

いつまでも話してはいられない。

「補助に回ります」

「助かるよ」

マイラも、普段活動している班では主力となる聖騎士だ。

だが俺の事情を知っていることもあり、サポートに回ると言ってくれている。

瞬間、全身を寒気のようなものが駆け上がった。

なんだ、なんて動揺はしない。

己の経験と無意識が、危険を察知したのだ。

「何か来るぞ！」

具体性の欠片もない警告だが、一流の聖者たちならば心構えくらいは出来るだろう。

そして、寒気の正体が明らかになる。

巨人兵は無事な右足の膝と手首を失った右腕を地面につき、それを軸とし、甲から先の欠けた左足を大きく旋回させた。

それは、身体を解《ほぐ》す際に行う伸脚のようでもあり、超低軌道の回し蹴りのようでもあった。そしてどちらもあくまで『普通の人間にたとえるならば』であり、巨人の規模とやると結果も変わる。

奴の左足の軌道上にあった地面も建造物も、焼き菓子のように脆《もろ》く崩れ去り、周囲に撒《ま》き散らされる。

たった今、俺たちの目の前で、嵐が発生したも同じだ。

巨人が足を一回転させただけで暴風が渦を巻き、周囲に災害級の破壊が刻まれる。

業風《ごうふう》に煽《あお》られながら、雨のように降り注ぐ土砂と瓦礫を回避しなければならない。

冗談みたいな光景に、思わず笑ってしまう。

ワンアクションでこんなことをされてしまえば、聖者など何百人いても皆殺しにされてしまうだろう。

三百年を生き、再生能力さえ持つ、動く災害。

これが『片腕の巨人兵』なのだ。
だが、さっきまでの俺と違うところがある。
お姫さんは現在、十二聖者の聖女と共に互いを支え合える位置にいる。
ならば大丈夫。
先程よりも、足に強く力を入れる。
身軽になった分、加速も早い。
グッと踏み込んで駆け出した瞬間、背後で瓦礫がドドドッと落下する音。
それ以降も、瓦礫の雨の隙間を縫うようにして走る。
それだけではない。
「……ちょうどいい」
跳ぶ。
天から降り注ぐ石の塊の上に飛び乗り、即座に跳躍。
川に石を投げ、何度水面を跳ねるか競う遊びのように。
タッタッタッタッと、俺は瓦礫の上を跳ね続ける。
その高さは、すぐに巨人兵の目線まで到達した。
奴は今もまともに立てないようで、膝立ちなわけだが。
「お前も来たかアルベール！」
俺と同じ動きをした聖騎士がいた。

褐色肌の双剣使いセルラータちゃんだ。
俺が巨人兵の背後、彼女が正面を突く形。
そして彼女の右手には『天聖剣・赫灼』が輝いている。
ここまでの流れならば、そろそろ青髪野郎が足止めの茨を――。
放つことは、敵にも読めていたらしい。
「……身軽だな」
俺とセルラータちゃんに対抗して、ではないだろうが――巨人も跳躍したのだ。
真上へと。
これはただの回避行動ではない。
あれだけの質量が降ってくれば、その衝撃は計り知れない。
自分の巨体や重さが武器であると理解した動きだ。
それに留《とど》まらず、巨人は己の右腕を顎に近づけ――ガリガリと噛み砕いていく。
そしてそれを、勢いよく噴き出した。
肺と声帯がなくとも、形骸種《キュリオス》は喋《しゃべ》れる。
空洞から空気を吸い込み、吐き出し、震動させているのだ。
だから、出来る。
再生可能な己の骨を噛み砕き、それを材料に、砲弾の豪雨を降らせることが。
「セルラータちゃん、跳べ！」

俺は即座に剣を鞘《さや》に仕舞い、己の手を組み合わせる。

「はっはっは、任せろアルベール！」

意図を理解したセルラータちゃんは俺の両手に着地。

俺が彼女を持ち上げるように腕を跳ね上げたのと、彼女の跳躍は同時。

弾雨を時に弾《はじ》き、時に灼き払いながら、セルラータちゃんは空の巨人まで辿《たど》り着く。

そして太陽の如き刃が、奴の――腰椎を切断することに成功。

巨人が、上半身と下半身に分かたれる。

「これで『上半身と片腕の巨人兵』だなぁ！」

彼女を打ち上げたあとに再度剣を抜いた俺は、周辺の骨の砲弾を斬り飛ばしながら着地。

すぐさまセルラータちゃんの予想落下地点へ向け駆け出す。

空から落ちてくる美女という物語の導入のような光景にどこかおかしさを感じながら、俺は彼女を抱きとめる。

「うぉっ……アルベールか」

お姫さんと比べると、身長や筋肉の分、がっしりとした重みを感じる。

とはいえ、この程度は誤差だ。

「いい攻撃だったな」

「お前のおかげだよ。……つーか、この格好恥ずかしいんだが」

「お姫様抱っこというらしい」

「やめてくれ……あたしには似合わなすぎる」

「そんなことはないさ。俺でよければいつでもするぞ、セルラータ姫」

「い、いいからっ」

充分に離れたところで、彼女を下ろす。

と、そこへ巨人兵の上半身が落下し、大地を揺らした。

下半身は砂のように粒子と化しているので問題にならないが、上半身だけでも被害は相当なものだった。

まともに立っていられないくらいの揺れが俺たちを襲い、幾つかの建造物が耐えられずに倒壊する。

素早く視線を巡らせ、仲間全員の無事を確認。

「もう一度行くか、セルラータちゃん」

「あぁ、敵が死ぬまでな」

骨の大部分を失った巨人兵の姿を見ていると、羽をもがれて地を這《は》うしか出来ない虫を思わせるが、手心を加えるわけにはいかない。

俺とセルラータちゃんだけではない、剣を持った者全員が走り出している。

『あ……う』

巨人兵が呻《うめ》くが、俺たちのやることは変わらない。

『あ、う。……あう。も、もう、一度』

「……」

呻き声では、ないのか。

考えてみれば、こいつだって口は利ける筈なのだ。

『逢うんだ。や、約束したから』

巨人兵はこの街の守護者で、三百年前のあの日も精一杯市民を逃したという。

仲のいい者もいただろう。

その内の一人とだろうか、もしくは複数人とだろうか、とにかく彼は約束したとされている。

街が平和になったら、もう一度逢おうと。

「……くそが」

魔女の呪いには、つくづく反吐《へど》が出る。

ここで、再会の約束は叶《かな》わないと言うのは簡単だ。

だが、それは正確じゃない。

俺は形骸種《キュリオン》だが、墓参りという形で、義弟や義母と再会出来たのだから。

巨人と約束した奴はカンプシスちゃんの故郷に逃げ延びたようだから、そこを訪ねたら墓があるかもしれない。

そうすれば、こいつも現実を受け入れられるかもしれない。

けれど、こいつを外に出してやるわけにはいかないのだ。

こんな巨人を生身に戻すのには、お姫さんの秘術があってもどれだけの魔力が必要になるか。

いや、そもそもこいつは形骸種《キュリオン》を守るべき市民として認識し、聖者を殺して回る十二形骸だ。

そういう意味でも外には出せない。

分かってはいるが、それでも楽しい話ではなかった。

聖女の加護を受けた者たちが、巨人を殺すべく殺到する。

位置的に近いのは、聖女兼剣士のユリオプスちゃん、青髪野郎、マイラの三人。

俺とセルラータちゃんは離れた地点に飛んだので少し遅れていた。

「止《とど》めはうちの姫さんか？」

セルラータちゃんの呟《つぶや》き。その声は悔しそうであり、嬉《うれ》しそうでもある。

直後――ユリオプスちゃんの身体が撥《は》ね飛ばされた。

「はぁ⁉」

セルラータちゃんが瞠目《どうもく》。

馬車に轢《ひ》かれた者のように宙を飛び、地面を跳ね転がる相棒を見たのだ、無理もない。

なによりも、それを引き起こしたのが巨人ではなく――味方である筈の聖騎士によるものだったのだから、驚愕《きょうがく》もするというもの。

撚《よ》り合わされた茨が地面から尖きを放つように生え、ユリオプスちゃんはそれを横合いから受けてしまったのだ。

「貴様……！」

青髪野郎の正体を知っているマイラは、その攻撃になんとか反応出来た。

ユリオプスちゃん同様にマイラを狙った茨の槍《やり》は、彼女の剣閃によって切り裂かれる。

「てめぇ……どういうつもりだ！」

相棒の許へ向かうセルラータちゃんから怒号が放たれるも、『黄金郷の墓守』は動じない。

「……どういうおつもりですか、ネモフィラ様」

お姫さんの姉であり『深黒』の聖女でもあるオルレアちゃんの、冷厳な問い。

「あら、オルレア様もご理解されている筈でしょう？　十二形骸討伐は人類の悲願――というだけではない。誰が討伐したかという事実が、重要な意味を持つのですよ」

それはその通りだ。

普通の組織と何ら変わらないのだ。

組織全体を考えれば、まず結果が重要。

だが組織を構成する派閥や個人にとっては、その結果が『誰の功績』かも重要になる。

三百年間、誰も討伐出来なかった十二形骸。

それを討伐するということは、歴史に名を残す覇業だ。

個人としても、組織の構成員としても、貴族の血を引く者としても、これほどの名誉はない。

末代まで、世界を救った血筋として讃《たた》えられてもおかしくないくらいだ。

だから、仲間とはいえ、止《とど》めを刺さそうとするのを邪魔するのは、理解出来る。

あくまでも、最後の一撃を担当したのは自分たちなのだと主張する為なのだと。

しかし、これは表向きの理屈だ。

ネモフィラは功績などどうでもいい筈。

巨人兵の『索敵領域』を俺が奪わないというのなら、青髪野郎に奪わせようというのか。

そして、それを許容出来るわけもない俺は、この場で青髪野郎と戦うしかない。

忠臣を気取ってる墓守はネモフィラの命令を遂行しようと動くだけ。

ここでどちらが勝とうとも、残るのは――。

『骨骸の剣聖』が持つ『骨剣錬成』と『毒炎転化』。

『黄金郷の墓守』が持つ『黄金庭園』と『震撼《しんかん》伝達』。

『片腕の巨人兵』が持つ『索敵領域』。

それら五つの能力を兼ね備えた十二形骸が、一体のみ。

「アルベール！」

お姫さんの声。

咄嗟に視線を向け、彼女の慌てるような顔と、背後を指差す姿を確認。

目を凝らすと、砂煙が立っており、それらの中から――人が見えた。

一人二人ではない。

……どうやら事態は、更なる混沌《こんとん》へと陥ろうとしているようだ。

「あら、大変ですね。巨人兵の危機を察知して、市民が加勢に来たのでしょうか？　ほら、巨人兵は市民たちと友好的な関係を築いているようですから」

ネモフィラの薄笑みは崩れない。

巨人兵の戦いに際しては、街の中央部に避難するという市民形骸種《キュリオン》。

それらが、巨人兵のピンチに駆けつけようとしている？

通常、形骸種《キュリオン》は組織立った動きをしない。

集団行動をしている場合は生前の家族知人同士であったりすることが多く、それ以外はただ生者を祝福しようとして結果的に集まっているだけ。

だが、例外もある。

他の形骸種《キュリオン》を操れるという『監獄街の牢名主《ろうなぬし》』だ。

しかし『片腕の巨人兵』は、特殊能力なしで同じ結果を引き起こした。

市民たちは自分たちを護ってくれる巨人の為、自発的に立ち上がったのだ。

いくら『色彩』でも、都市の形骸種《キュリオン》総出でやってくるのでは、やがて物量に呑《の》み込まれてしまう。

継戦能力には限界があるからだ。

十二聖者にしたって、今は二組とも聖女しかいない。

そして残る十二聖者の『吹雪』は、一組で仲間の邪魔をしている始末。

今すぐ巨人兵を殺して撤退すれば作戦は達成出来るが……墓守の所為でそれも叶わない。

「二手に分かれましょう。聖騎士アルベールとアストランティアは、そこの乱心者《らんしんもの》を無力化すること。それ以外の者は総力を以て、形骸種《キュリオン》の軍勢の還送にあたること」

オルレアちゃんの言葉に、『吹雪』以外の全員が従う。

ユリオプスちゃんも動き出したところを見ると、なんとか無事だったようだ。

「素晴らしい。今日も沢山の死者が、天へと還ることが出来るのですね」

ネモフィラは両の手を組み合わせ、女神に祈るポーズをとる。

「……ネモフィラちゃん。君はいい加減、目を覚ました方が良い」

「ふふふ、ならばアルベール様が教えてくださいますか？　この、覚めぬ悪夢から抜け出す方法を」

彼女は、自分のパートナーを『黄金郷の墓守』に殺された。

それも、本家の命令で都市への侵入を強制された日に。

喪失感、自責の念、仇《あだ》や本家への憎悪。

それらが綯《な》い交ぜになり、彼女の心を歪ませたことは想像が出来る。

そのことを悪夢にたとえる気持ちも。

「形骸種《キュリオン》が死ぬ時だけ、ほんの少し、胸が空《す》く思いがするのです。これ以外の救いがありますか？」

だが、他者を巻き込んでこのような自棄的な行動に出ることは、許されない。

俺に付与されていたイリスレヴィちゃんとカンプシスちゃんの加護が消える。

迫りくる形骸種《キュリオン》の群れとの戦いに必要なのだから、当然だ。

お姫さんの加護だけが、変わらず俺を淡く包んでいる。

「……貴様との決着は、まだついていなかったな」

新任の十二聖者として、既に『天聖剣』を得ている青髪野郎が、こちらを見た。

そういえば初対面で斬り掛かってきたのだったか。

俺は小さく溜息《ためいき》を吐き、骨剣を構える。

「まぁ、いいか。こっちも元々、お前は斬るつもりだったしな」

「それは、こちらも同じこと。姫の脅威となり得る死者は、私が全て殺す」

墓守は、ネモフィラをかつての主《あるじ》と重ねて尽くしている。

「妄想こじらせた死に損ないに、誰が負けるか」

「そういう貴様は、何故死に損なっている」

「男が俺に興味を持つんじゃねぇよ、気持ち悪い」

会話の終わりを皮切りに、俺たちは地を蹴り、刃を打ち合わせる。

前回切り結んだ際の印象は、あくまで対人に研ぎ澄まされた剣術というもの。

実際に生前のこいつは貴族令嬢を守る騎士だったようなので、俺の推測は当たっていたわけだ。

どういうわけかこいつは聖女の加護を纏っていないようだが、こちらが加減してやる理由はない。

一合目、互いの剣を強引に叩きつけ合う。

骨の刃と材質不明の『天聖剣』が激突し、鈍い音を奏でた。

単純な押し合いならば俺が負ける理由がない。

事実、奴の身体が弾かれるように後退。俺はそこへ追撃を仕掛ける。

一。跳ねるような動きで目を狙っての刺突を放つ。奴は首の動きだけで回避したが、それくらいは予測済み。

二。そのまま青髪野郎の首目掛けて剣を横に薙《な》ぐ。

だが敵はこれにも反応。即座に膝から力を抜き、自重で己の身体を落とすことで回避。

三。俺の剣は奴の頭上を通り過ぎることなく、途中で振り下ろしへと変化する。

突き、横薙ぎ、振り下ろしの瞬間三段変化だ。

「く……ッ」

僅《わず》かに表情を歪めた墓守は、緩めていた膝に力を入れ、自ら後ろへと飛ぶ。

常人なら一度目で死んでる攻撃を、ここまで躱《かわ》すとはさすがだ。

いや、これくらい出来なければとっくに討伐されていただろうから、当然と言うべきか。

とにかく、三段階変化する斬撃は見事避けられた。

だからこそ、四段階目が突き刺さる。

「――『骨剣錬成』」

「かっ……ッ⁉」

奴の胸から鎌のような骨の刃が生えている。

地面から骨の刃が突き出ていたことに気づかず、奴は自分から背中を刺されに行ったのだ。

「……隠すのは、やめたわけか」

刺突の踏み込みを仕掛けた瞬間、俺は足裏から骨を地中へと伸ばし、最終的な墓守の予測地点へと向かわせ、タイミングを見計らって地上へと進出させた。

まぁ、能力使用と言えば能力使用だが、骸骨騎士になって暴れ回っているわけではない。

「何言ってやがる。バレなきゃいいんだ、バレなきゃ」

今、『雪白』の俺たちと『吹雪』の二人以外は、街の中央部から押しかけてきた形骸種《キュリオン》の軍勢への対処にあたっている。

真正面から大群が突撃してくる中で、背後の俺たちを気にする余裕はないだろう。

だからといって、肉の鎧を脱ぎ去るとあとが面倒なので、部分使用というわけだ。

「何故、首を狙わなかった」

腹部に刺さった鎌から抜け出し、傷口から大量に出血しながらも、青髪野郎は平然としている。

骨を伸ばしての更なる追撃は避けられると判断し、出現させた骨は一旦消した。

「いきなり終わったら、お前が可哀想だからだろ」

「……貴様はふざけた男だが、戦場で無意味な手を晒《さら》すほど愚かではあるまい」

「お前との会話自体無意味なのに、乗ってやってるじゃないか」

とはいうものの、確かに手心を加えたわけではない。

こいつの反応が全てにおいてワンテンポ早かったので、骨剣を伸ばす時間が僅かに足りなくなり、首に届くまでの長さを確保出来なかったのだ。

前回の斬り合いよりも動きが早くなっているのは、本気の表れか。

まぁ、次からは今の動きを計算に入れた上で作戦を組み立てればいい。

会話を切り上げ、俺は再度墓守に近づく。

敵の身体を左右に二分割するような振り下ろしに対し、墓守は無造作に剣をかざすのみ。

その刃ごと敵を身体を斬る軌道だったが、振り抜いた骨の剣は、刀身を四割ほど失っていた。

そして無事だった墓守は、斬撃を終えた俺に向かって己の剣を振るう。

俺が屈《かが》むのと同時、頭頂すれすれを剣が通り過ぎる。

折れた刃をやつの腹部の傷に叩き込もうと突き出すが、その身体に触れた瞬間に残る刀身も砂のように解けて消えていく。今度は柄頭《つかがしら》まで余すことなく。

敵は返す刃で俺を斬ろうと刃を振るうが、すんでのところで後退して躱す。

「どうした『骨骸の剣聖』よ。剣聖が剣を持たぬとは」

一度目はどういう理屈で刀身が欠けたか分からなかった。

二度目はそこに注目していたが、剣が砂のように分解されたのが見えただけ。

「……『震撼伝達』だな」

十二形骸『天庭の祈禱師』が保有していた能力だ。

山崩れや地揺れを引き起こす強力なものと聞いていたが……。

「ほう、この力が理解出来るのか」

「『黄金庭園』じゃないのは確かだろ。んで、『天聖剣』に能力を入れてる様子はない。なら『震撼伝達』しかない。推理にもならねぇよ」

だが、武器の崩壊と『震撼伝達』がすぐに結びつかないのも確かだ。

学者なら何かしらの理屈を見つけられるのかもしれないが、俺にそんな知恵はない。

だが、戦うのに必要な仮説を立てることは出来る。

『震撼伝達』は文字通り、揺れを伝える力なのだろう。

強い揺れによって、大地ごと震わせたり、山を震わせた結果として崩したりするわけだ。

組み上げた積み木も、それが乗ってるテーブルを揺らせば崩れる、というだけの話。

つまり『揺れ』ってのは、ものの結びつきをズラして崩す力を持っていて、奴の力はそれを様々なものに適用出来るのではないか。

その力で骨の剣を骨灰レベルまで崩した、ということなのではないか。

事実として剣が崩れたのだから、ひとまずこの想定で挑めばいい。

「よし」

『骨剣錬成』で短剣を生み出し逆手に構える。

「……なんのつもりだ」

「急に饒舌《じょうぜつ》になったな、お前」

得物の長さ、射程は有利不利に大きく影響する。まともにやれば、長剣を持った男に短剣使いは近づけぬまま一方的に攻撃を受けてしまうだろう。

墓守からすれば、俺の行動は意図の読めぬ奇行に映るのかもしれない。

俺の構えから自分の剣を弾くつもりなのだと悟った墓守は、攻撃のあとに隙が出来ぬようにとコンパクトな斬撃を放つ。

目の前に降ってくる敵の剣を俺はギリギリまで引きつけ――寸前で短剣の切っ先を地面に向けた。

「――」

そして短剣ではなく、手の甲で敵の斬撃を弾く。

奴は即座に身を引こうとするが、遅い。

今度こそ短剣が閃《ひらめ》き、奴の右手から親指以外の四指がぽろりと落ちた。

ひとまず、一瞬の接触なら『身体防護』で防げるようだ。

先程剣が崩れた剣を思い出す。

一度目の接触では奴の剣に一瞬触れただけだから、通り過ぎるようにして刃が欠けたのみだったが、二度目の接触では奴の腹部に差し込もうと長く触れさせたことで、刃が全て砂と化した。

そこで俺は接触時間が重要なのではないかと思ったのだ。

本当は『骨』『肉』『皮』などで、崩すのに必要な揺れの強度が異なるのかどうかも試してみたかったのだが、加護で防げるならそれで構わないだろう。

また、『揺れ』を常に己と剣に纏わせているとも思わなかったので、こちらの行動を読ませることで敵の『震動付与』ともいうべき能力を剣に誘導した。

実際読み通りだったようで、奴の指は問題なく切り落とせたわけだ。

「……なんという、適応力か」

しゅるしゅると、やつの欠けた指を補うように蔦《つた》が生えてきた。

こいつはこいつで、能力の応用力が高い。

「もうすぐ死なせてやるからな」

「戯言《たわごと》を」

ずずずと大地を割って大樹の幹の如き蔦が複数生えてきた。『黄金庭園』によるものだ。

「まぁ、いいけどよ」

俺は短剣を消してから、自分の首の裏に手を当てる。すると首の皮を突き破って柄頭が出現。これを引き抜くと、それに合わせて『骨剣錬成』が刃を形成。

抜き放たれたのは、紫色を帯びた大剣――『竜灼骨《りゅうしゃっこつ》』だ。

――力を使うぜ、守護竜《エクトル》。

俺の腹に風穴を開けるつもりなのか、それとも絞め殺すつもりなのか。

蔦の群れが襲いかかってくるが、どのような目論見《もくろみ》も叶わない。

大剣の一振りで紫炎が唸りを上げ、周囲のものを灼き尽くしたからだ。

「植物と炎じゃあ、相性が悪いだろうが」

植物は燃える。たとえ規格外の十二形骸の能力だとしても、それはこちらも同じなのだ。

「剣の腕は敵《かな》わず、獲得した能力は読み切られ、元々の能力は通じぬ、か」

墓守が自嘲するように笑う。

――こいつ、まさか……。

いや、今考えることではない。

俺は墓守の植物攻撃を灼き払い、灼熱の刃で首を断とうと迫る。

周囲を巻き込むような広範囲の能力使用をすれば、まだ戦いは続いただろう。

だがこの男は、正常から外れてこそいるが、忠義を尽くすことに懸けている。

ネモフィラに危害が及ぶ手は選ばないし、仮にも彼女の同胞であるお姫さんを人質にとるようなこともしない。

生身の肉体を得た二体の形骸種《キュリオン》が、小規模な能力発動と剣技で殺し合いをしただけ。ならば、俺が負けるわけがない。

あと一秒とかからず決着がつく。

その瞬間——俺たちは同時に互いから離れた。

そして互いの聖女の元へ駆けつける。

「アルベール!?」

「……何を」

お姫さんとネモフィラの顔に動揺が浮かぶ。

彼女たちには、この殺気がまだ届いていないのか。

俺はお姫さんを庇《かば》うように滑り込み、『竜灼骨』を振るった。

橙色の、、、、六本の帯の内、三本がお姫さんを切り裂かんと迫っていたのだ。

紙一重でこれらを弾く。

仮にも『天聖剣』だ。いくらお姫さんの防護でも、貫通していたかもしれない。

「なっ……こ、これはリコリス様の。何故——」

背中から聞こえるお姫さんの声。

「……『天聖剣』は他人でも使えるってことを、奴は見て学習したんだよ」

グレンの『天聖剣・赫灼』を、『黄褐』のセルラータちゃんが使用したように。

上半身だけとなった『片腕の巨人兵』が、落ちている『天聖剣・大狐の剃刀』を発見し、摑《つか》み、俺と墓守の戦いの隙を狙って発動したのだ。

奴の位置から俺たちの詳細な位置を知ることは――『索敵領域』か。

あれは敵の位置を探るだけの能力ではないのだ。

敵がいる限り、その位置や動きを常に把握出来る能力。

つまり、条件つきではあるが感覚の拡張も兼ねるのだ。

「あ、アルベール」

「大丈夫だ。使えるってだけなら問題ない。すぐに巨人兵に止《とど》めを刺して――」

「そ、そうではありません」

そっと俺の背中に触れる彼女の手は、震えていた。

そして俺は彼女の視線を追い、敵が狙ったもう一方の聖者を視界に捉える。

「……何をやっているのですか、貴方は」

ネモフィラが尻もちをつきながら、愕然《がくぜん》と呟く。

彼女の目の前には、三つの刃に身体を貫かれた墓守の姿があった。

戦いでの負傷の所為か聖女の立ち位置の所為か、防ぐのは間に合わなかったのだろう。

だから、身を挺《てい》して庇った。聖女を突き飛ばし、代わりに敵の攻撃を引き受けた。

最悪なのは――やつの首が半ば裂けていることだった。

――このままだと、巨人兵に二つの能力が移行する。

第十章◆黄金郷の墓守

俺と墓守の戦いに決着がつくかと思われた、その時。

巨人兵が『天聖剣《てんせいけん》・大狐《おおきつね》の剃刀《かみそり》』を使用し、両者の聖女を襲った。

互いに己の聖女を庇《かば》うことには成功したが、墓守の方は瀕死《ひんし》の重傷を負う。

この重傷というのは人としてだけではなく、形骸種《キュリオン》としてもだ。

首を断たれることで二度目の死を迎える俺たちにとって、首の半分が斬《き》られているのはまずい。

このまま墓守が死ねば、奴の保有する二つの特殊能力が巨人兵に渡ってしまう。

——ならば、やることは一つ。

そうなる前に、俺が墓守を殺すしかない。

俺はお姫さんを横抱きにして、墓守とネモフィラの許《もと》へ駆けつける。

墓守はなんとか首を押さえているが、既に膨大な血が流れ出していた。

その血で聖女の制服を染めつつあるネモフィラは、俺たちが来ても墓守から目を離さなかった。

こちらの存在に気づいてさえいないかもしれない。

「……なんて、なんて愚かな形骸種《キュリオン》なの」

嘲るような言葉だが、その声は震えている。

「……も、申し訳ございません」

「身を挺《てい》して私を守れば、あ、あの人を殺したことが、許されるとでも？」

『黄金郷《おうごんきょう》の墓守《はかもり》』はネモフィラの最初の聖騎士を殺した張本人。

彼女は何よりも、己に忠誠を誓う十二形骸《じゅうにけいがい》をこそ殺したいと願っていた。

己の屋敷に俺やお姫さんたちを招き、墓守を始末するよう頼んできたほどだ。

「いいえ、姫。私は、ただ……」

「知らなかったようですから、教えて差し上げます。私は、アルベール様たちに貴方の討伐を依頼していたのですよ。貴方のことなど、捨て駒程度にしか考えていなかった。そのような女を護《まも》って死ぬなんて、馬鹿げている。なんて、救いようのない男なの」

少女は、どうにかして墓守に自分を恨ませようとしているようだった。嫌われ、自分を守ったことは間違いだったと思わせたいようだった。

墓守は、綻ぶように笑う。

「……存じております」

その笑顔に、ネモフィラの動揺が強まる。

「――な、にを……。しっ、知っていたのなら、何故こんな……」

「私は、かつて一度、姫を裏切りました。ですから、次の機会が与えられたその時には、最期までその御心に従うと決めていたのです」

「私は貴方の姫じゃない！」

ネモフィラが叫ぶ。

「それに、貴方も私の聖騎士じゃない！　分かっているでしょう⁉　私の聖騎士は、貴方が殺したのだから！　私を護ろうとしたあの人を、貴方が殺した！」

「……はい」

「私だって敵として殺すつもりだったのでしょう！　そうすればよかったのに！　貴方が私を殺さなかった所為で！　私に仕えるなんて言い出した所為で！　私はあの人の仇《かたき》と一緒に戦うことになってしまった！」

この状況に至ったことで、ようやく、ネモフィラは感情を表に出せるようになったのだ。

大事な相棒を殺した形骸種《キュリオン》と組めと本家に言われ、立場からそれを断ることも出来なかったネモフィラは、感情を殺すことでしかここまで生きられなかったのだ。

今、そんな相棒の仇に命を救われたことで、彼女の心は再び掻《か》き乱されてしまった。

「申し訳、ございません……」

堰《せ》き止めていた感情が決壊するように、彼女の瞳から涙が溢《あふ》れる。

「何故、醜く息絶えてくれないの。あのまま、アルベール様に討伐されればよかったのに！」

「――はい、そのつもりです」

そして彼女はようやく、俺とお姫さんが近くに立っていることに気づく。

「ネモフィラちゃん。そいつが死ぬまで、まだ少しある。だから、間に合うんだ」

「アルベール、様……」

俺は墓守へと視線を移す。

「なぁ、さっきの、俺の勝ちでいいよな」

墓守が真っ青な顔で、それでもふっと笑う。

「……あぁ」

ならば、死にかけの者から能力を奪うのではない。

俺は、勝ち取るのだ。

こいつとしても、巨人兵に力を奪われるよりは、ずっといいだろう。

「アルベール……」

お姫さんが俺の袖をそっと引く。

彼女も墓守を殺さねばならないことは理解している筈《はず》だ。

だが、人の姿をし、己の聖女を護った者の首を刎《は》ねるというのは、確かに精神的な負担が大きいだろう。それをやるのが、己の聖騎士ならばなおさら。

「見ていなくてもいいんだ」

お姫さんは一瞬だけ表情を歪《ゆが》め、首を横に振る。

「……いいえ、共に背負います」

「そうか」

剣を振り上げ、墓守を見る。

「……姫を頼む」

こいつは、そもそもが幾人もの聖者を敵として殺してきた十二形骸であり。

とっくに正常を失ってしまった男で。

今を生きる少女を、かつての主と同一視して仕えようとする、いつ暴走してもおかしくない危険因子だったが。

己の主《あるじ》を救った事実だけは、聖騎士として評価してやるべきだろう。

「おう」

承諾し、刃を振り下ろす。

「感謝する、『骨骸の剣聖』」

そして、三百年の時を越えて人の身を取り戻した墓守は、俺に首を断たれて死んだ。

直後、俺の視界が切り替わる。

「――――」

守護竜エクトルの時にもあったが、今回もそうなるのか。

つまり、殺した十二形骸の記憶を、覗《のぞ》き見ることになるのだろう。

◇

『セオ！　もうっ、聞いているの？』

目の前に、ネモフィラが座っている。

いや、違う。そんな筈はない。これは、三百年前の記憶なのだから。

それに、ネモフィラと比べると、感情表現がやや大きい。

加えて、この子はまだ十五にもなっていないだろう。

だから、そう。

この子は彼女の先祖であり、墓守が生前仕えていた少女であって、ネモフィラではない。

それにしても、あまりに似ている。

まさに生き写しだ。

俺……いや、『黄金郷の墓守』は、主《あるじ》のイクセリスと馬車に乗っていた。

記憶の追体験はまるで己の過去を思い出すような感覚で進むので、集中していないと自分を保つのが難しい。

『申し訳ございません、姫』

『何か考え事？』

『いえ……』

本当は、この時、騎士セオフィラスは落ち込んでいた。

主《あるじ》のイクセリスの婚約が決まったからだ。

主《あるじ》を密《ひそ》かに慕っていたセオフィラスにとって、それは辛《つら》い決定だった。

そして、奴の主《あるじ》にとっても同じであった。

『はぁあああ、結婚なんて嫌だわ』

彼女が大きな溜息《ためいき》と共に愚痴をこぼす。

『……良い縁談かと思いますが』

心の内では同じ思いだったが、立場上同調するわけにもいかず、セオフィラスは言う。

『親子ほどの年の差があるのよ⁉』

確かに、イクセリスの婚約相手は彼女の父と同年代の男で、それも彼女は側室として迎えられる予定だった。

だが、貴族の婚姻とは家同士の縁を強化する為のものという側面が強い。

こういうことは珍しくなかったし、騎士風情が異を唱えることなど許されない。

『はぁ……なんで好きでもない相手と結婚しないといけないのかしら』

『貴族のかたは、お家同士の結びつきを重要視されますから』

『分かってるわよ。それがお父様の、ひいてはこの領地の為になるとの判断なのよね。しっかりと分かってます。でも嫌なものは嫌なの』

ふてくされたように窓の外を眺めていたイクセリスが、ふとこちらを見上げる。

その瞳は水気を帯びており、その視線と表情には期待と不安が同量滲《にじ》んでいた。

『ね、ねぇ、セオ？』

『はい、姫』

『も、もし、ね。私が、その、結婚なんて、どうしても嫌で。その、貴方に、助けてって言ったら……一緒に逃げてくれる？』

それはほとんど、愛の告白だった。
耳まで真っ赤にして、上擦《うわず》る声で、貴方といたいのだと遠回しに言われたのだ。
セオフィラスは、この時の自分の判断を、その後三百年以上も悔やむことになる。
『……そのようなことを、申されてはなりません』
配下として、仕える家を裏切ることは出来ない。
それに、自分などと逃げることが彼女の幸福に繋《つな》がるとも到底思えなかった。
セオフィラスの判断は、部下としては最善のものだったのだろう。
だが男としては、間違いなく最低で。
イクセリスの心を深く傷つけてしまったのは、言うまでもなかった。
『……そう。そう、よね。ご、ごめんなさい。変なこと言って』
彼女は込み上げる涙をセオフィラスには見せぬようにと、再び窓の外へ視線を向ける。
敬愛する主《あるじ》が洟《はな》を啜《すす》る音に、セオフィラスは何も言うことが出来ず。
この出来事をきっかけに、イクセリスの心に闇が広がっていくことになる。

◇

主《あるじ》イクセリスの婚約が決まってから、しばらくが経った。

表面上、少女は以前と変わらぬ明るさを取り戻したように見えていたが、変化もあった。

『飴《あめ》菓子様！』

ある一人の貴族令嬢と、よく逢《あ》うようになったのだ。

『ごきげんよう、イクセリス様』

白く、長い髪をした、十代後半ほどの少女だった。

――この女……。

騎士セオフィラスの記憶では、飴菓子様と呼ばれる女は主《あるじ》の私室で二人きりで話すばかりで、奴自身は部屋の中に入れてもらえなかったらしい。

それどころか、ろくに挨拶をする機会も得られなかったようだ。

だが、たまたま彼女と言葉を交わした記憶があり、その姿を俺も拝むことが出来た。

そしてその女は――アストランティアやオルレアに、よく似ていた。

直感的に理解する。

――こいつが、魔女か……ッ！

透き通るような肌、豊満な胸、美しい顔の造形。そのどれもがお姫さんと類似しているのに、見間違えることは絶対にないと断言出来る。

俺が最期を共にすると誓った少女は、決して人を弄《もてあそ》ぶことを喜びとする妖婦のような表情を浮かべないし、人の心に入る為の笑みなど浮かべないし、なによりも――あのように淀《よど》んだ目はしていない。

イクセリスは私室に彼女を招き入れ、セオフィラスは部屋の外で待つように言われる。

扉が閉まる寸前、魔女がこちらを見た。

『あら、乙女の会話が気になるのかしら、騎士さん』

『……そのようなことは、決して』

『ふふ、冗談よ。それに聞いたところで――未来は変わらないのだし』

その瞳は間違いなく、騎士セオフィラスを捉えているというのに。

俺は、魔女に直接話しかけられたような錯覚を覚えた。

『飴菓子様と二人でお話があるから、セオは待っていてね』

『承知、いたしました』

白い髪の少女はこの街に滞在することになり、領主もそれを歓迎した。

イクセリスはまるで旧来の友人のように少女に心を許し、また日ごとに元気になっていった。

それは喜ばしいことの筈なのに、セオフィラスの胸中には器に水を垂らすがごとく、不安が滲み、広がっていく。

ある日のことだ。

イクセリスと共に、本邸の庭を訪れた日のこと。

『私、この花が好きなの。太陽のように、綺麗《きれい》なんだもの』

その黄色い花を、イクセリスはよく好んでいた。

『ねぇセオ、知っている？　昔、この花が一面に咲き誇る場所を詩人が黄金に例えたのだけど、その話が広まっていく内に本当の黄金だと信じる人が出てきたんですって』

『存じております。発掘人がやってきただけではなく、噂《うわさ》を信じた盗賊団を、時の騎士団が討伐したのだとか』

『どうして詩人は、こんな美しい花を、黄金なんかに例えてしまったのかしら』

『詩人の考えることは、私にはなんとも……』

『そうよね。あぁ、でも、黄金なら枯れないのにね』

先程までの笑みが嘘《うそ》のように、彼女の瞳が虚《うつ》ろになる。

『花は枯れますが、また咲きます』

なんとかその目を変えさせたくて、セオフィラスはそう口にした。

イクセリスは花からセオフィラスへと視線を移し、何かを期待するように見上げる。

『次もその次も、一緒にこの花の咲くところを見てくれる？』

『……はい』

『本当？』

『私は、イクセリス様の騎士ですから』

『ふふ、じゃあ約束よ』

彼女は微笑んでくれたが、瞳は空っぽのままだった。

◇

そして、悲劇が起こる。

ある朝の食事時。

セオフィラスは主《あるじ》たち一家が食事をとる部屋の前で待機していたのだが、突如として扉の向こうから騒音と苦鳴が聞こえてきたことで、咄嗟《とっさ》に部屋に足を踏み入れた。

当主とその妻、長男と長女イクセリスと次女の五人。

その内、イクセリスを除く四人の様子がおかしかった。

顔は青白く、目は虚ろで、テーブルの上の食事を床にぶちまけたり、何もないところで転んだり、「あーうー」と言葉にならない声を発していたりする。

そして、扉を開いてセオフィラスたち従者が入ってきた途端、一斉に彼ら彼女らの瞳がこちらに向いた。そして、両腕を揺らしながらこちらに近づいてきたのだ。

『こ、これは……ッ？』

『あぁ、セオ。ここは大丈夫だから、行きましょう？』

イクセリスは妖艶にも見える微笑を浮かべると、セオフィラスの手をとって食堂を出ていく。

あまりの異様さに、セオフィラスは抗《あらが》うことが出来なかった。

後ろからは、同僚たちの動揺と悲鳴が伝わってくる。

困惑の極みに達しているセオフィラスと違い、イクセリスは鼻歌交じりに廊下を進んでいた。

『い、イクセリス様』

『なぁに、セオ？』

『あれは、先程のは、一体』

『どうしたの？　ふふ、変な喋《しゃべ》り方。でも、そういう貴方も好きよ』

おかしい。明らかに、まともな反応ではない。

彼女は自然体だが、この状況で自然体でいられるのは、正常とは言えない。

イクセリスはくすくすと笑いながら、己の私室へとやってきて、セオフィラスを中に迎え入れた。

『あのね！』

そして、突如として語りだす。

『私、考えたの！　あの日からよ！　貴方と一緒にいられなくなる日が来るって分かったら、とっても悲しくなってしまって！　分かるでしょう⁉』

彼女の瞳は煌々《こうこう》と輝いている。だがそれは真っ暗闇の中で持つ松明《たいまつ》のようで、その光への頼もしさよりも、広がる闇への恐ろしさの方が強く感じられるような。そんな、危うい輝きだった。

それでも彼女が婚約の決まった帰り道のことを言っているのは、セオフィラスにも理解出来た。

『好きでもない人の子供を産むだけでも耐えられないのにね？　向こうは、セオを置いていけって言うの！　私と貴方の仲が疎ましかったのね！　ひどい人！　私、そんなことになるなら死んでしまおうかとも思ったのよ？　でも！　飴菓子様が、救いの道を示してくださったの！』

——魔女に、何かを吹き込まれたのか。

セオフィラスの困惑に呑《の》み込まれそうになりながらも、俺は魔女こそが彼女を悪い方向に変質させたのだと理解した。

イクセリスは懐から何かを取り出す。黒い液体の入った小瓶だ。

『これはね、「祝福の雫《しずく》」と言うの。すごいのよ！　これを飲んだ人は永遠の命を手にすることが出来るんですって！』

『……えい、えん』

『そう！　私も考えたのよ？　いっぱい考えたの。そもそもどうして結婚しないといけないのかしら、って。貴族にとって、子を残すというのは大事なこととされているわよね？　けれど何故大事なの？　それは御家を存続させたいからよね？　つまり！　子を残さずとも家が続くのなら――結婚なんて必要なくなるでしょう？』

『姫』

『お父様も私の婚約者も、子供なんか作らないで自分たちが永遠に領地を経営すればそれで解決よね!?　私、そうなったら自由でいられるわよね！』

『姫！』

『自由になったら、貴方とずっと一緒にいられるわよね？』

『――――』

そしてセオフィラスは、あの日自分が彼女を拒絶したことが、彼女にこんな行動をさせるに至ったのだと気づく。

『ひ、姫。何をしたのです。その液体を呑《の》むと、どうなってしまうのです』

さすがのセオフィラスも、彼女が家族の食事に小瓶の液体を盛ったことは察しが付いた。

『貴方も興味を持ってくれたのね！　嬉《うれ》しいわ！　あのね、これを呑むと不死者へと転化することが出来るんですって！　そして、不死者が普通の人に口づけすることで、その人のことも不死者にすることが出来ると聞いたわ！　素敵よね！』

『そ、そんな……』

それは、呪いだ。

呪われた者は『動く死者』となり、魔獣指定を受けてしまう。

聖騎士の討伐対象であり、救う方法はない。

『あ、今疑ったでしょう？　安心して、これはね、「動く死者」の呪いとは似て非なるものなのよ。あれは死者の身体だけを動かす呪いだけれど、この祝福は身体に魂を留《とど》めておくことが出来るんだから！　私たちは私たちのまま、永遠を共に過ごすことが出来るのよ！』

なんとか、しなければ。

このような呪いが拡散すれば、その被害は計り知れない。

だがそれをするには、自分の仕える家の者たちを手に掛け、既に呪いに感染したであろう同僚たちを斬らねばならない。

そもそも、だ。

動く死者は生者を求めて動く。

だが、自分が食堂に入った時、イクセリスが襲われている気配はなかった。

彼女はまだ生きているように見えるのに、襲われていないとなると、つまり。

まだ死んでいないだけで、呪いには掛かっている。

『飲んだのですか……姫』

『当たり前でしょう?』

イクセリスは心から幸せそうな顔をしながら、セオフィラスの胸に飛び込んでくる。

セオフィラスは、彼女が、自分と結ばれる為に家族を呪い殺し、この都市や世界中の人間をも巻き込もうとしているのだと知りながら、振り払うことが出来なかった。

そもそも彼女は、呪いという認識さえないようだが。

そのことが一層、彼女の致命的なズレを突きつけてくるようで。

こちらを見上げ、唇を寄せてくる彼女のことが、セオフィラスは恐ろしかった。

それでも、セオフィラスはそれを避けることが出来ず。

生涯結ばれることはないと諦めていた主《あるじ》との口づけによって、永遠の呪いを感染《うつ》される。

『この口づけで、私たちの愛は永遠になるの。女神の前で誓う戯言《たわ》とは違って、この永遠は本物よ。病める時などない、とこしえに健やかなる時を、命ある限り、支え合って生きていきましょうね?

私の騎士、セオ』

『姫……』

『ふ、ふふっ』

イクセリスは照れたように頬を染めながら、己の唇を手で覆い隠す。

『ずっとしたかったのよ、セオ』

呪いの件がなければ、セオフィラスも喜んだかもしれない。罪悪感を伴いつつも、最愛の人と心を通わせられたことを嬉しく思ったかもしれない。

『ですが……姫』

『なぁに？　さっきから暗い顔をして』

少女は自分のやったことなど気にしていないように、ぷくりと片頬を膨らませている。

ただの、乙女のように。

『そ、その、祝福について、ですが』

冷静に、解決策を探らねば。

彼女の犯した罪を、少しでも軽く出来るように。

最早、セオフィラスに出来るのはそれくらいだった。

『あぁ、気になるのね！　そうよね！　いいのよ、なんでも訊《き》いて』

勘違いしたイクセリスは、自信満々に胸を張る。

気分は家庭教師といった面持ちだ。

『魂を留めるとのことでしたが、先程のご家族の様子は……』

とても正気とは思えない動きをしていた。

『あぁ、適応には時間が掛かるようなの』

『時間……』

『えぇ。貴方なら、きっとすぐね。だって器用だもの。他には？』

『……動く死者の呪いに近いというのなら、その……我々の身体は、やがて腐り落ちるのではないでしょうか』

『その通りね』

なんてことのないように、イクセリスは頷《うなず》いた。

『ひ、姫は、それでもよろしいのですか？』

『ねぇ、セオ。考えたことはある？　「好き」とは一体なんなのかって。私はあの黄色い花が好きだけれど、たとえば同じ形で色が青だったら嫌いになるのかしら？　あるいは同じ色で花弁の形が変わったら？　咲く季節が違ったら？　どこが変わったら「別物」と認識してしまうのかしら？』

彼女が何の話をしているのか、セオフィラスには分からなかった。

『考えた末にね、私、気づいてしまったの。そのようなことを考えるのは無意味だって。その花が黄色かったことを覚えている限り、どのように変わってしまっても、私の中にある「好き」という感情は色褪《いろあ》せないのだから』

『姫が、何を仰《おっしゃ》っているのか、私には……』

『もう、鈍感なんだから。だからね、確かに私は、貴方の青い髪も、青い瞳も、ぶすっとした顔も、たまに見せてくれる笑顔も、マメだらけの手も、たくましい身体も、男の人にしては白い肌も、全部、好きだけれど。それが全て溶けてしまっても、貴方への愛は変わらないわ』

『――――』

『貴方も同じ気持ちだって信じてる。そうでしょう？』

少女は美しい。だが彼女から美しさが損なわれた時に、恋慕の情が消えるとは思わない。愛する者を構成する一要素は、それがどれだけ魅力的でも、一要素に過ぎないのだ。失われてしまっても、在りし日の姿は己が覚えている。

だから、彼女の言わんとしていることは、理解出来た。

『それとね、セオ。賢い貴方なら、聖騎士を不安に思うかもしれないけれど』

その通りだ。

転化を促す液体が、少女の家族の朝食に盛られたとして。

摂取から転化までが早すぎる。

この呪いは、凄まじい速度で拡散していくということ。

そうなれば、街一つの秘密ではすまない。

王都の聖騎士団本部から、十二騎士を含む軍団がやってきて、掃討作戦が組まれることだろう。

そうなっては、永遠など夢物語だ。

『それもまったく問題ないのよ。だって飴菓子様の計画ですもの。私のような協力者は国中のいたる所にいて、今日という日に合わせて一斉に、祝福を振り撒《ま》くことになっているのだから』

『で、では、国中でこのようなことが？』

『そうなの！　素敵よね！　飴菓子様は誰も死なない世界が作りたいのですって。素晴らしいお人よね。私、そのお話を伺った時は感動してしまって！』

セオフィラスは直感的に、それが嘘であると悟っていた。

主《あるじ》が飴菓子様と呼び慕うあの令嬢は、そのような慈愛の心を持ち合わせているようには見えなかったのだ。

二人がそのように会話している間に、邸内の騒がしさは増しており。

この街の破滅が進んでいることを、知らせているようだった。

『だからね、セオ。何のしがらみもなく、ずーっと二人一緒に……――ァ』

『……姫？』

暗い輝きさえも失われた、生気のない瞳がセオフィラスを見ていた。

透き通るような肌は、死体のような青白い肌になっており。

感情豊かな可憐《かれん》な顔は、涎《よだれ》を垂らす無表情で固定されている。

『うー、あー』

イクセリスは呻《うめ》き声を上げ、セオフィラスから目を逸《そ》らし、部屋の外へと向かう。

既に呪いを受けたセオフィラスではなく、まだ見ぬ生者を呪うべく動き出したのだ。

『姫……』

そしてじきに、自分もそうなる。

適応とやらがすむまで、街を彷徨《さまよ》い人を嚙《か》み続けるのだ。

話を聞いた結果、事態の収拾を図るのに必要なことは分かった。

隔離と討伐だ。

国中でこのような騒動が起こっているとなれば、実現は困難を極めるだろう。

そもそも、隔離はともかく、自分に討伐は出来ない。
この家の人たちも、そしてイクセリスも、手にかけることなど出来ないのだから。
ならば、彼に残されたものは、忠義を貫くことのみ。
『必ず貴女を探し出し、お守りいたします』
セオフィラスに出来るのは、もうそれだけだった。
そして、セオフィラスは意識を失い。
脳内に響き渡る声のおかげで、祝福の素晴らしさを知り。
邸内を不死者で満たしてから、街へと出る。

◇

それから、どれだけの時が経っただろうか。
『セオ……セオ』
まるで、水中から脱したように。
身体中を包んでいた膜のようなものが、破れたかのように。
突如として、セオフィラスの意識は鮮明になった。
そして目の前には、骸骨が立っており。
こちらの頬を、撫《な》でていた。

『……姫？』

かつての面影など、あろう筈もないというのに。

セオフィラスにはその骸骨が、己の主《あるじ》だという確信があった。

『えぇ、そうよ。ふふ、よかった。探すのに苦労したんだから』

どうやら、適応は彼女の方が早かったようだ。

『申し訳ございません……私の方から、お探しに行くべきところを』

『いいのよ。それよりも、見て？』

街はまだ荒廃しているというほどではなかったが、手入れする者が消えたからか、寂寥感《せきりょうかん》を漂わせていた。

まばらに、同胞たちが歩いている。骨の身体で、コツコツと音を鳴らしながら。

『まだかつてと同じ生活を送れるほどの人は少ないのだけど、この街に関しては転化が完了してしばらくが経つわ』

イクセリスに手を引かれながら歩く。どうやら彼女の家へ向かっているようだ。

『この街の、外は？』

『それがね、ひどいのよ！　大規模な結界術で街を閉ざしているようなの！』

『それほどの結界術ともなれば、門外不出の秘術なのではありませんか？』

『そうね。飴菓子様の生家が、そういうのを得意としていると聞いたことがあるけれど、あの御方が私たちを裏切る筈がないし、きっと予定外のことが起こってしまったのね！』

裏切る以前にあの令嬢は味方だったことはない、とセオフィラスは確信していたが、口にはしなかった。

『では、我々は閉じ込められた形になるのですね』

『えぇ』

これは元凶にとって想定外だったのか、想定内だったが黙っていたのか。

『姫の、ご家族は？』

『まだ見つかっていないわ。お父様に領地経営を再開してもらおうにも、適応している人が少なすぎる現状、難しいでしょうし。気長に待とうと思うの』

本当に、生前と変わらぬ様子に見える。むしろ、幾分か落ち着いたようにさえ思えた。

魂を留める転化の呪いは、本物だったのだ。

『あぁ、そうだ。貴方、約束は覚えている？』

『……どの約束でしょうか』

『私、そんな沢山の約束をさせたかしら？　させたかも。ヒントは花よ！』

『あぁ、今は黄色い花の季節なのですか？』

『そう！　一緒に見ましょう』

『承知いたしました』

そして、屋敷に戻り。

庭園で彼女と花を見た。

視覚も嗅覚も、人間時代のものではなくなっていたが。
花の美しさも香りも、理解出来た。
『これから先、ずっと貴方とこの花を見られるのね』
『はい』
『なぁに、つまらない返事』
『申し訳ございません。どこかに剣を落としたらしく……』
騎士としては、護るべき人がいるのに剣がないというのは不安だった。
『あぁ、適応前のことだものね。屋敷のどこかに予備があった筈だから――』
突然のことだった。

彼女が、砂のように溶けてしまったのだ。

『――姫？』
呆《ほう》けている間もなく、セオフィラスに殺意が近づいてくる。
反射で飛び退《しさ》ると、剣がセオフィラスの左腕を断ち切った。
『ほう！　今ので殺しきれないとは、生前はさぞ優秀な戦士だったのだろうな！』
男女一組の、侵入者だった。
男の方の服は聖騎士の制服に酷似しているが、女の方は見たこともない服を着ている。

一番近いのは、教会の聖女が着ている服だが、色も形状もセオフィラスの知っているものとは随分と違う。

いや、そんなことよりも。

『……姫をどこへやった』

『はぁ？　今、貴様の前で天に召されただろうよ』

男の言葉を呑み込むのに掛かった実際の時間は、数秒にも満たなかっただろう。

だが、それこそ永遠に感じられる苦しみが、セオフィラスの中を駆け巡った。

『──殺したのだな』

『貴様らはとっくに死んでいる。その魂を解放してやろうというのだ、感謝してほしいくらいだよ』

男が鼻で笑う。

この者たちは街の人間ではない。

外から来た人間だ。そして外の人間にとっては、そういう認識らしかった。

これが、セオフィラスにとっての分岐点となる悲劇。

祝福を振り撒く存在である通常の形骸種《キュリオン》から。

祝福に幸福を見いだせなくなった特異個体への変質。

気づけばセオフィラスは、その男女を殺していた。

同胞にしようなどとは思えなかった。

呪いが強制する祝福の拡散よりも、復讐心《ふくしゅうしん》が勝《まさ》ったのだ。

セオフィラスは、主《あるじ》の残骸である砂を、必死にかき集めた。
抱きしめようにもすり抜けていくばかりの砂山に、必死に声をかける。
『そ、そうだ。来年も再来年も、花を見ましょう。や、やっ、約束、しましたから』
主《あるじ》を失ったことで正気を失った男は。
ほとんど無意識に、墓を掘り、主《あるじ》の残骸をそこに埋めた。
そして、彼女の眠る街を、せめて彼女の好きな花で彩ろうと考え。
覚醒した『植物を生み出す』能力によって、常に黄色い花を咲かせ続けた。
外の人々は花の色と、花畑を護るような彼の行動を指して『黄金郷の墓守』と呼称し。
そしてある日、ネモフィラとその聖騎士が、彼の領域へと足を踏み入れる。
墓を荒らし、姫を殺した者と同じ服を着ていた侵入者を、セオフィラスは殺した。
だが聖騎士を殺し、次は聖女を始末しようとしたところで、奴は気づく。
その聖女が、己の主《あるじ》と同じ顔をしていることに。
セオフィラスは、心が震えるのを強く感じた。
『姫……！』
ひと目見た時から、違うと気づいていたにもかかわらず。
セオフィラスは、その少女に救いを求めてしまった。
主《あるじ》を救えなかったという後悔を、やり直す為に。

◇

「アルベール！」

少女の声で現実に引き戻される。

目の前には、青髪野郎……いや、騎士セオフィラスの胴体。

その頭部はいかなる偶然か、聖女ネモフィラの腕に収まっていた。

飛んでいったのか、彼女が意図して手にとったのか。

妙なのは、彼女がぼうっとしていることだ。

「アルベール！　聞こえていますか！　もう保《も》ちません！」

十二騎士を殺すとその記憶を垣間見る。

その時間が数秒か数分か知らないが、とにかく隙になってしまうのは確か。

お姫さんはそれを守護竜戦で知っていたので、俺を守ってくれていたのだ。

淡い光によって包まれた俺たち三人を断続的に襲うのは、巨人兵の操る『天聖剣・大狐の剃刀』による帯状の刃。

「分かってる、もう起きたよ」

俺はお姫さんに返事しながら、ネモフィラに近づく。

彼女を立たせて、三人で移動しなければ。

「ネモフィラちゃん」

彼女の腕を掴《つか》むと、セオフィラスの首が彼女の手から落ちて、地面を転がった。

あとで埋葬にするにしても、今は遺体に気を遣っている暇はない。

「――あ」

「移動するぞ」

記憶を覗いていた俺が言うことではないが、戦場で無防備な姿を晒《さら》す余裕はないのだ。

「あ、アルベール様？」

焦点の合っていなかった彼女の目が、たった今目覚めたかのように彷徨い、俺を見た。

「他の誰に見えるんだ」

「いえ、あの、ここは……だって、さっきまで、姫と」

「はぁ？　……いや待て」

彼女の反応と、姫というフレーズを聞いて、ピンとくるものがあった。

「――ネモフィラ、まさか君も、記憶を見たのか」

「記憶……？　あ、あぁ、そう、ですね。あれは記憶、私ではなく……墓守の……」

己をしっかりと保っていないと、記憶の主と自分を混同してしまう。

主観視点のあの記憶は、それだけ強烈だった。

どうやらネモフィラも俺と同じ過去を観《み》たようだが、一体何故……。

――セオフィラスの頭部……遺体の一部に触れていたからか？

「ふ、ふふ……歪みの発端は、墓守ではなく、私のご先祖様の方だったのですね。この血の源が、忠義の騎士を歪めた原因。なのに私は、己の聖騎士を殺されたからと彼を恨みました。そもそも我が一族が！　このような時代を作った大罪人の共犯者だったというのに！」

ネモフィラの家が、かつて魔女と繋がりがあったことは既に分かっていたことだ。

だがそれは、魔女が大罪を犯す前の研究仲間のような立ち位置であって、今回判明したような共犯者だとは思ってもみなかったのだろう。

ましてや、墓守の主《あるじ》が、己の家族も領内の人間も巻き込んで、呪いを振り撒いた張本人だとは誰も知らなかったことだ。

墓守と魔女以外の誰も。

だが、それは今考えるべきことではない。

「頼むから、そういうのはあとにしてくれないか」

「私はこれから、誰を恨めばよいのでしょうか？」

「あ、アルベール……！」

俺は内心で舌を打ち、作戦を変更する。

墓守戦で使用した大剣を持ったままお姫さんの前に立ち、六本の帯による攻撃を弾いた。

「ありがとうございます……！　す、すぐに魔力を練り直しますので！」

息を切らしたような主《あるじ》の声。

随分と頑張ってくれたようだ。

「大丈夫だから、落ち着いて息を整えてくれ」

今すぐ巨人兵に止《とど》めを刺したいところだが、魔力切れに陥ったお姫さんと不安定なネモフィラを置いて突撃することは出来ない。

それに、心配ごとがまだ残っていた。

そもそも一旦ここから離れたかったのは、十二形骸討伐後にも問題が残っているからだ。

守護竜エクトルがそうであったように、殺したあとで亡骸《なきがら》が動き出すかもしれない。

だが、セオフィラスの遺体が動き出す様子はない。

これはどういうことだろう。

生身を取り戻した上で死んだから？　それとも——本懐を遂げたから？

エクトルは孤児院を兼ねた教会跡地を守ろうと、三百年も活動していた。

だが俺との戦いに破れ、『教会を守る』という約束を果たせなくなった。

その後悔とも言える念に反応して、骨だけで動くようになったのだとしたら。

『姫を守れなかった』という後悔を抱えていたセオフィラスは、今回は守れたと感じたことで後悔を残すことなく死ねたので、死後動く必要がなかった？

実際のところは分からないが、死体が動かないのはありがたい。

同じ相手を二度殺すのは気が滅入るし、巨人兵と墓守を同時に相手取るのは面倒だ。

「……アルベール様、アストランティア様。私のことは放っておいてください」

ネモフィラが無感情に言う。

復讐相手を失い、そいつの抱えていた過去を覗いてしまい、その真相によって自分の先祖がそもそも原因だったと知ってしまった。

彼女の胸中がぐちゃぐちゃに掻き乱されてしまったのは、想像に難くない。

しかし、感傷に浸ることを許してくれるような戦況ではない。

「だぁくそ……！　キリがねぇな……！」

少し離れた地点で、『黄褐』の聖騎士セルラータちゃんが叫ぶのが聞こえた。

「言葉が汚いですよ、セルラータ」

彼女の相棒であり戦う聖女でもあるユリオプスちゃんが窘《たしな》めるが、そちらも表情は険しい。

「ぐっ……。アルベール殿！　申し訳ございません！」

『深黒』の聖騎士マイラが悔しげな声と共に謝罪を口にした。

その理由は、すぐに判明。

街中から集まった形骸種《キュリオン》を食い止めていた仲間たちだが、その一部が隙間を掻い潜るようにして防衛線を突破してきたのだ。

「……急いでください。私を切り捨てれば、巨人兵を討伐した上で撤退することが叶《かな》う筈です」

確かにその通りだ。お姫さん一人なら、守りながらでも巨人兵と戦えるだろう。

だが、そんなことをするつもりはなかった。

そもそもそんな必要はない。

「ネモフィラ。君なぁ――面倒くさいぞ！」

「……はい？」

さすがのネモフィラも、この状況でそんなことを言われるとは思わなかったのか、素っ頓狂な声を上げる。

「君の聖騎士は、二人とも命懸けで君を守った！　それだけの価値があると信じていたからだ。なのに、君はそれを要らないと投げ捨てるのか！　じゃあ、君の聖騎士は揃《そろ》って無価値なものの為に死んだ大馬鹿野郎だな！　それでいいんだろ？　はっ！　アホ二人は無駄死にだな！」

「な――あの人を愚弄するつもりですか！」

「あぁ、ついでにセオフィラスもな！」

「あ、貴方に我が聖騎士の価値を否定される謂《いわ》れはありません！」

本当に空っぽになった人間には、どのような言葉も響かない。

誰かの為に憤る気持ちが湧いてくる時点で、虚無に呑まれてなどいないのだ。

「否定してるのは、君自身だろうが！」

「ち、ちがっ。私は――」

「そうか違うのか！　なら、ごちゃごちゃ言わずに生きるんだよ！　それ以外に、死者に報いる方法はないんだ！」

自分を貧民窟から拾い上げてくれた義父を手にかけた男は、義父に教えてもらった聖騎士という生き方を貫く以外に、出来ることがないと知っている。

「む、報いる？　今更、私に出来ることがあるとでも？」

誰にも覚えてもらえず忘れ去られる命がある一方で。

数百年後の未来で英雄と讃《たた》えられる者もいる。

死後も、その者の活躍を語り継ぐ者たちがいたからそうなるのだ。

「君の為に死んだ奴の価値は、君が決めろ」

「私、が……」

「さぁどうする⁉　ここで無駄死にして、自分の聖騎士の命を無価値にするか！　それとも、生き残って『偉大な聖女の為に命を懸けた英雄』にしてやるのか！　今決めろ！」

防衛線を突破した形骸種《キュリオン》たちは俺たちに向かってくることなく、どういうわけか巨人兵に群がっていた。

そして、彼らは巨人兵の欠損部分に触れると――溶ける。

溶けて、巨人兵の骨に染み込み、欠損部分を埋めていく。

――そんなことも出来るのかよ。

巨人兵の能力？　それとも――形骸種《キュリオン》に備わった能力なのか。

骨の損傷は放っておけば修復されるとはいえ、その速度は一定だ。

形骸種《キュリオン》の再生能力を上回るダメージは、他の形骸種《キュリオン》から骨を貰《もら》うことによって賄うことが出来る、のか。

ともかく、巨人の右手首が再生し、断ち切られた腰椎が伸び、地面に深く刺さる。

治った右腕を支えに上半身を起こした巨人兵は、俺に向き直った。

その拍子に『天聖剣・大狐の剃刀』を手放したことが、唯一の朗報か。

仲間たちが今も群れの大半を抑えてくれているからこそ、この程度の再生ですんでいるとも言える。

「お姫さん、強化だ！」

「は、はいっ……！」

彼女から発せられた光が俺を包むが、その光の量は明らかに平常時よりも少なかった。

お姫さんも精一杯やっているのだろうが、まだ消耗しているのだから仕方がない。

巨人兵が肩を捻《ひね》り、勢いをつけた右拳を——振るった。

ゴウッと唸《うな》りながら迫る巨大な骨の拳。

石造りの堅牢《けんろう》な建造物さえも、ぺしゃんこにするだろう威力。

だが避けるという選択肢はない。

「来《き》な」

大剣を大きく振り上げ、拳を迎え撃つように——振り下ろす。

刹那、俺の身体を包む光の粒子がグッと増えた。

「……彼らの救った私が、貴方の扶《たす》けとなれば、それも彼らの価値に繋がりますか」

ネモフィラの、加護だった。

「当たり前だろうが。俺は、十二形骸を全滅させ、魔女の望みを奪う聖騎士になるんだからな」

自分で自分は殺せないとか、祈禱師《きとうし》を殺したのは墓守だとか、野暮なことを言うのは禁止だ。

とにかく、二人の聖女の『身体強化』を得た俺の全身が躍動し、大剣『竜灼骨《りゅうしゃっこつ》』が轟音《ごうおん》と共に巨人兵の拳と激突。

一瞬にも満たぬ拮抗《きっこう》を経たのち。

これを叩《たた》き割り、引き裂きながらその付け根、果ては橈骨《とうこつ》まで到達。

人波が割れるように、奴の拳から橈骨の半ばまでが割れ、俺たちの横を通り過ぎていった。

「――――ッ⁉」

再生直後の腕を割かれた巨人兵が、嘆きの声を上げる。

俺は大剣の切っ先を巨人兵に向けた。

「放っておいて悪かったな。お前もちゃんと殺してやるから、安心しろ」

第十一章◆片腕の巨人兵

素早く現状を確認。

聖者側。聖騎士二人が生死不明、一人が命を落とすも、敗走することなく奮戦中。

俺、お姫さん、『吹雪』の聖女ネモフィラの三人が、『片腕《かたうで》の巨人兵《きょじんへい》』と戦闘中。

残る六人は、街の中央から迫る形骸種《キュリオン》の軍勢を押し留《とど》めている。

そして今、二人分の聖女の加護を載せた俺の斬撃が、巨人兵の右腕を裂いたところだった。

「さて、どうするか」

今回の作戦の参加メンバーたちがどれだけ優秀でも、人間なのだから体力の限界というものがある。

想像してみてほしい。

都市一つ分の人間が、全員動く死者になったとして、だ。

それが一斉に突っ込んでくるのを、六人で止められるだろうか？

考えるまでもなく不可能だと分かるが、仲間たちはその不可能事に挑んでいる。

もちろん、聖女の魔法や聖騎士の卓越した戦闘技術があってこそだが、だからって何時間もやれるようなことではない。

つまり、ここからの長期戦など許されないのだ。

大きく疲弊しているとはいえ、十二形骸《じゅうにけいがい》を短期決戦で仕留める必要があるということ。

そして制約はまだある。

形骸種《キュリオン》固有の能力を派手に使うわけにもいかないのだ。

『黄金郷《おうごんきょう》の墓守《はかもり》』こと騎士セオフィラスとの戦いでは、それが対人戦レベルであった為に誤魔化しが利いたが、巨人兵に効くレベルの火炎や骨剣を生み出せば、さすがにバレる。

俺の正体を知っている者は限られており、その数はこれ以上増やすべきではない。

今回の俺は、生身のまま戦っており、それを最後まで貫く必要があるのだ。

まだまだ大剣を使っていたいところだったが、いつもの直剣へと変える。

俺が大剣を一振りすると、鱗《うろこ》が剝《は》がれ落ちるようにして骨がパラパラと落ちていき、剣がスリム化した。

「巨人の首を落とすには、ちぃとばかし物足りないが、まぁなんとかなるだろ」

俺に手を半ばまで断たれた巨人兵はしばし悲痛な叫びを上げていたが、そこでめげることはなかった。

裂けた腕を二又《ふたまた》の鞭《むち》に見立て、こちらに向かって振るわんとしたのだ。

死者ならではの、後先考えぬ身体の使い方と言えるだろう。

剣で弾《はじ》くか、斬《き》るか。

超高速で迫る二又の鞭の被害が後ろの聖女に行かぬよう気をつけながら対処出来るか。

「アルベール様、どうかご存分に」

背中に掛かるネモフィラの声。

意図を察した俺は、即座に胸中で念じる。

――『黄金庭園《おうごんていえん》』。

瞬間。

地面から複雑に絡み合った茨の壁が突き出し、巨人兵の一撃を見事防ぐことに成功。

ずしんっと大地にまで衝撃が伝わってくるが、俺たちに直接の被害はなし。

そして、茨は攻撃を防いだだけではなかった。

巨人兵の攻撃を防ぐと同時、奴の腕に絡みついたのだ。

これまでの件を学習し、深く根を張った茨だ。簡単には引き抜けまい。

そしてちらりと後ろを確認すると、やはりというべきか――ネモフィラがセオフィラスの天聖剣《てんせいけん》を握っていた。

十二聖者就任の証として、王国より貸し与えられた剣。

その中に能力は入っていないが、建前上は植物操作の能力が入っていることになっていたものだ。

つまり、『黄金庭園』に限れば、『ネモフィラが相棒の天聖剣の能力を使用した』という言い訳が通るわけだ。

選択肢が一つ増えたのはありがたい。

そして、好転の兆しはこれだけではなかった。

「アルベールくん、ここは任せても？」

巨人兵の足許《あしもと》を、一つの人影が通り過ぎていくのが見えた。

俺はその人物に気づき、微笑む。

「あぁ、先輩を頼むぜ」

その人物は、先程巨人兵が落としたあるものを拾い上げ、形骸種《キュリオン》の軍勢を食い止める仲間たちへと合流。

「『天聖剣・大狐《おおきつね》の剃刀《かみそり》』」

彼女が呟《つぶや》くと同時。剣身がぶわりと解《ほど》け、六本の帯となる。それらは遣い手の望むままに伸び、複数の形骸種《キュリオン》を引き裂いた。

「……リコリス後輩！」

『霧雨《きりさめ》』の聖女イリスレヴィちゃんが、喜びに満ちた声を上げる。

「はい、先輩の可愛い後輩、リコリスですよ～」

制服はひどくボロボロになっていたが、『霧雨』の聖騎士リコリスちゃんは無事だった。

「生きていると、信じていたぞ！」

「先輩、涙の再会は私も望むところですけど、あとにしましょうね？」

「だ、誰が涙など！」

確かに、イリスレヴィちゃんとリコリスの微笑ましいトークに和んでいる場合ではない。

「――私の天聖剣は……ッ！」

欠けていた、もう一人の聖騎士の声が。

仲間たちの頭上、廃墟《はいきょ》の屋上付近から響いてきた。

「あー、あたしが使ってる！」

『黄褐《おうかつ》』の聖騎士セルラータちゃんが、その声に応える。

「こちらへ！」

「ほらよ！」

セルラータちゃんは迷わず天聖剣を投げ、己のもう一振りの剣を抜いて戦闘を続行。

空中で『天聖剣・赫灼《かくしゃく》』を握った男――『炎天《えんてん》』の聖騎士グレンは、着地と同時に、刃を横薙《な》ぎに振るった。

「多人数相手ならば、赫灼はこう使う」

剣閃に沿って豪炎が噴き出し、形骸種《キュリオン》の軍団に向かって駆け抜けた。

その一撃で、視界上の形骸種《キュリオン》の半数が焼失した。

凄まじい火力だ。

多対一において、非常に有能な能力を秘めていたらしい。

巨人兵の首を斬ろうとしていた時のものが熱の圧縮だとすれば、今のは拡散だろうか。

なるほど、これが十二聖者。

形骸種《キュリオン》の討伐において、真価を発揮するとこうなるわけだ。

「グレン！　もう！　遅いよ！」

聖女の声に、グレンは申し訳なさそうな表情を浮かべる。
「すまないカンプシス。心配を掛けた」
これだけの戦力が揃《そろ》えば、向こうは大丈夫だろう。
おかげで、俺は目の前の敵だけに集中出来る。
俺が仲間に形骸種《キュリオン》の軍勢を任せたように。
仲間たちは、俺に巨人兵討伐を任せたのだ。
沢山の美女美少女からの信頼。
応えねば男ではないだろう。
グレンとかいう男が混ざっている気もするが、考えないこととする。
「行くぞ」
いまだ茨を引き抜くのに手こずっている巨人兵。
その右腕を通路とし、一気に駆け上がる。
こいつには散々苦しめられた。
今日この日まで誰も討伐出来なかったのも納得の、脅威だった。
実際、現役の十二聖者の聖騎士が、二人も吹っ飛ばされた。
だが、それもここで終わりだ。
俺は奴の肘あたりで跳躍。ぶわりと中空へと躍り出る。
巨人兵の頭蓋骨正面にて、剣を上段に構えた。

グレンは先程、こいつに嚙《か》まれて放り捨てられたが、同じ轍《てつ》は踏まない。
大きく開かれるのは、鯨さえも嚙み千切れるだろう、巨人の顎門《あぎと》。
そこに迷わず剣を振り下ろし、刃が上顎に接触。
やつの上顎は、そのまま――脆く崩れ去る。
『――――ッ⁉』
やつの動揺が伝わってくるようだった。
種明かしではないが、口にする。
「――『震撼伝達《しんかんでんたつ》』」
元々は『天庭の祈禱師《てんていきとうし》』が保有していた能力。
騎士セオフィラスとの戦闘で、俺の骨の剣を欠けさせ、砂と変えた能力。
それを今度は、俺が巨人兵の骨に対して使用したわけだ。
骸《むくろ》を破壊するのに必要な『揺れ』については、腕を斬った際に摑《つか》んだ。
ぼろぼろと崩れていく巨人兵の頭蓋骨。
その向こう、やつの頸椎《けいつい》が俺の視界に入ってきた。
俺はそのまま、空を滑るようにしてやつの首に向かって落ちていき。
『……母さん』
「……じゃあな」
抵抗する最後の術を失った巨人の頸《くび》を――断つ。

――『片腕の巨人兵』、討伐だ。

◇

その巨人の赤子は、捨て子だった。
いつ誰が産んだかも、いつ捨てたかも定かではない。
ただ、森に、まるで最初から置いてあったかのように、捨てられていた。
それを、森で静かに暮らしていた、魔法使いの女性が発見し。
我が子として育てることにした。
赤子の時点で、人間である女性よりもよっぽど大きかったが。
最初から片腕を持たずして生まれたと思しき、その巨人の子を。
女性は受け入れたのだ。
『フィリム』
女性が自分につけた名は、物心《ごころ》つく頃には馴染《なじ》み。
己から見て小人であるその女性を、フィリムは母だと認識していた。
母はフィリムに、人間社会で生きる術を教えてくれた。
勝手に人里に降りてはいけない。
フィリムの大きな身体を、人々は怖がってしまうものだから。

人や、人の作ったものに触れる時には、許可を得た上で細心の注意を払わねばならない。

フィリムの力では、触れただけでそれらを傷つけてしまうかもしれないから。

駄々をこねる子供時代のフィリムに、母は根気よく付き合ってくれた。

遊び相手になってくれたし、ご飯を作ってくれたし、眠れない夜は話をしてくれた。

母がいなければ、フィリムは野垂れ死んでいたか、生き抜いたとしても獣のように暮らし、やがて聖騎士に魔獣として討伐されていただろう。

ある時、森で遊んでいると。

母以外の人間の声が聞こえた。

どうやら、人間の子供たちが、人間の集団に連れ去られようとしているようだった。

フィリムは焦り、迷ったが、母を見ると『どうしたいですか?』と問われる。

『た、たすけたい』

『何故?』

『か、母さんなら、そうすると思うから』

『まぁ』

フィリムの答えに、母は照れたように笑う。

『では、助けましょう。ですがフィリム、あまり期待しすぎないように』

『期待?』

『誰かを助けたからといって、感謝してくれるとは限りませんから』

『う、うん』

フィリムは母の教えを守り、細心の注意を払って人攫《ひとさら》いたちをつまみ上げ、大怪我《けが》しない程度にポイッと放る。

木の陰に逃げようとした者たちは、母が魔法でやっつけてくれた。

悪者たちが悲鳴のように『化け物！』と口にしたのは傷ついたが、子供たちは助けることが出来た。

そして、無事救出した子供たちは、フィリムを見て——目を輝かせた。

『おっきー！』『助けてくれたの？』『かっこよかった！』

フィリムの不安に反し、子供たちは巨人を受け入れてくれた。

生まれて始めて友達が出来た日。

喜ぶフィリムだったが、自分を見守る母の笑顔に翳《かげ》が差している理由には、気づけなかった。

最初はよかったのだ。

子供たちはフィリムの家の近くまでやってきて、一緒に遊んでくれるようになった。

けれど、それも長くは続かなかった。

子供たちの親が『危ないからダメだ』と言ったらしく、友達は来なくなってしまった。

親に言われたことを伝えに来てくれた友人が、申し訳なさそうに去ったあと。

フィリムは膝を抱えて、涙を流した。

『なんで……俺、友達を傷つけたりなんか、しない』

魔法で浮いた母が、そっと頭を撫《な》でてくれる。

『人間はね、己と違うものに恐怖を感じ、排斥しようとするものなのです。その傾向は、大人になっていくほどに強くなっていく。子供の頃は自由だった心は、成長と引き換えに臆病になっていくのですよ』

『人間は、大人になると、みんな俺を怖がるってこと？』

『そうですね。己とあまりに「違う」ものを、人は理解出来ません。己より優れているもの、己より美しい者、己より強い者、己より賢い者、己より大きい者。それらは、ある程度ならば尊敬の対象となりますが、行きすぎると恐怖の対象に変わります』

『なんで？』

『生存の為の機能なのでしょうね。鋭い牙を持つ獰猛《どうもう》な獣を前にして、恐怖を感じられなければどうなるか。普通の人間ならば、死にます。恐怖を感じる機能を有したことで、逃走であったり、対策を講じた上での戦闘であったり、そもそも獣の生息域に近づかないといった対応が可能となります』

『俺、獣と同じってこと？』

『まさか。貴方の本質は、優しい子ですよ。けれど人に見えるのは表面的なものです』

自分より美しい者は、自分を醜いと見下して罵るかもしれない。
自分より賢い者は、自分を愚かだと見下して騙《だま》すかもしれない。
自分より強い者は、自分を弱者だと見下して殴るかもしれない。
それらは、実行に移されるまでは被害妄想だが、現実に起こり得ることでもある。

『貴方の巨大な身体で自分や大切な人、大切なものが破壊されてしまうかもしれない。この恐怖に、ほとんどの者は抗《あらが》えないのです。人と違うというのは、そういう恐怖の視線の中を生きるということなのですよ』

母の声が寂しげだったので、フィリムは顔を上げて彼女の顔を確認する。

『……だから、母さんも一人で暮らしてたの？』

森の中、一人で。

『ふふ。えぇ、そうですよ。貴方の母はこの通り、美しく賢く勤勉な上にお料理も出来て、おまけに魔法使いとしての才能が群を抜いていますからね。それはもう凡俗から嫉妬されて大変でした』

『……じゃあ、母さんも、今の俺みたいに、悲しかった？』

『……そんな日も、あったかもしれませんね。でももう気にしてません。だって一人でいたから、可愛い坊やに逢《あ》えたんですもの』

そう言って、母はフィリムの額に唇を寄せた。

『母は強いので一人でも平気でしたが、フィリムが人と関わりたいのなら――諦めないことです』

『……諦めない？』

『はい。人は誰しも、最初は表面的な情報で他者を判断します。それは仕方がない。なので、自分の中身は怖くないですよと、貴方が証明すれば、もしかすると、最初の判断を覆せるかもしれません』

『また、友達と遊べるかもしれないってこと？』

『えぇ。それほどの価値が、人にあるならばですが』

『お、俺、他のみんなと、仲良くしたい』

『あら、母一人では不満ですか？』

『う』

『ふふふ、冗談ですよ。巨人の貴方にとっても、きっと世界はとても広い。我が子が羽ばたきたがっているのに、それを邪魔する親にはなりたくありませんからね』

それから母とフィリムは、人々に受け入れてもらえるよう努力した。

近隣の村には挨拶に行き、しっかりと意思疎通や力の加減が出来ることを説明。

魔獣被害があれば討伐し、悪人が現れれば退治し、村の開墾を手伝い、川が決壊しそうならば大岩を運んで堰《せ》き止め、土砂崩れで道が塞がればこれを除去した。

そして気づけば、フィリムに恐怖の視線を向ける者はいなくなっていた。

それどころか、フィリムの元へ王国軍がやってきて、国の為に働いてくれないかと頼みに来たほどだった。

母は難色を示したが、フィリムは人間が大好きで、自分の国の人々を守れる仕事につけるのなら、それは素晴らしいことだと思った。

やがてフィリムは、母と暮らしていた森に最も近い街から名をとって、『トリスリミガンテの巨人兵』として国中に名を轟《とどろ》かせるまでに至った。

人とどれだけ違っても。中身を受け入れてもらえるまで諦めなければ、仲良くなることが出来る。

母の言っていたことは正しかったのだ。

フィリムは幸せだった。

彼が配置された砦《とりで》の防衛線では、侵攻する敵兵を殺《あや》めねばならない場面もあったが。

街に戻った時、民や友人や母の笑顔を見れば、報われた気持ちになった。

街には、小さい頃からの友人も、森から移り住んできた母も、軍の仲間もいる。

彼ら彼女らを守る為、今後も頑張って生きていこう。

どんな敵が、襲って来たとしても。

まさか、愛する街の住人たちこそが、その敵になる日が来るなんて、思いもしなかった。

ある日のこと。

なんてことはない、休みの日だと思っていたのに。

気づけば悲鳴と呻《うめ》き声が、あちこちから響いてきた。

『「動く死者」⁉　で、ですがこの感染速度は異常です！　このまま行けば、街中が死者で満ちるのにそう時間はかからないでしょう……！』

母が叫んでいる。

それはつまり、放っておけば、街中の人が死んでしまうということで。

『フィリム！　街から脱出しますよ！』

フィリムは母を肩に載せ、休日ということで逢っていた何人かの友人を手に抱え、街の外へと向かう。

門を飛び越え、しばらく行ったところで、みんなを下ろす。

『フィリム？　何をやっているのですか？』

『お、俺、戻らないと』

『……いけません。通常の魔獣や敵兵とは違います。転化の呪いは、貴方を死者に変えてしまう。そんなこと、許しませんからね』

『俺の大きな身体なら、沢山の人を街の外に逃がすことが出来ると思う』

『ダメです！』

『でも、母さん。俺、みんなを助けたい』

『……。な、ならば母も共に――』

『ううん。母さんは、俺の大事な友達を守ってほしいんだ』

空を飛べる母と違って、街に戻れば、自分は噛まれて転化してしまう。

ただでさえ親不孝なことをしようとしているのに、親の前で死ぬなんてことは出来ない。

『……いい子に、育てすぎてしまったかもしれませんね』

一度俯《うつむ》いた母は、顔を上げて微笑む。その瞳は潤んでいた。

『ごめん』

『謝ることなどありませんよ。立派な息子を持てて、母は誇らしいです。ですが、一つ約束してください』

『約束？』

『はい。必ず、無事に帰ってくるのですよ』

きっと、無理だ。

『……うん』

だが頷《うなず》かないことには、送り出してもらえないことも分かっていた。

『よろしい。では、行ってらっしゃい。私の坊や』

友人たちを見る。

『フィリム！　絶対にまた逢おうね』『お、俺の父さんと母さんがまだ街の中にいるんだ！』『他の奴らも、お前がいれば大丈夫だよな？』『フィリムも一緒に逃げよう？』

『大丈夫。また逢えるし、他のみんなも助けるよ。約束だ』

その後《ご》、フィリムは街に戻り、多くの市民を外へと逃がした。

だが、その間に彼の足には無数の噛み跡が刻まれ、確実に呪いは注ぎ込まれていた。

祝福に呑《の》まれ、幸福で思考が満たされたフィリムは、ある気づきを得た。

なんだ、自分は死んだのではない。死ななくなったのだ。

これなら、母さんともみんなとも再会出来る！

最早、街の中に形骸種《キュリオン》以外いなくなったあと。

フィリムは不思議でならなかった。

もう街は平和になったのだから、みんなが戻ってきてもよいのではないか？

迎えに行こうにも、不可視の壁のようなものが出来ていて、外に出られない。

何故？

なんで、母さんも、みんなも、こんな平和な街に、帰ってきてくれないのだろう。

そして、フィリムは気づく。

街の中に、侵入者の姿があった。それは泥棒であったり、聖騎士の服を来た人間であったり、聖女の魔法を使う人間であったりした。

特に聖騎士と聖女はひどい人たちで、街の人間を殺して回る極悪人だった。

なんてひどいことをするのだろう。みんな、自分を受け入れてくれた善良な人々なのに、折角永遠を手に入れたのに、殺してしまうなんて。

フィリムは思った。

そうか！　こんな悪い人たちがいるから、母さんたちは戻ってこれないんだ。

——平和にしなければ！

フィリムは悪者を見つけ出し、退治し、見つけ出し、退治し、見つけ出し、退治した。

どれだけやってもキリがなく、うんざりしそうになったが、愛する者たちとの再会の約束の為、頑張って退治し続けた。

いつしか、悪者を探す手間を省くかのように、敵の位置が分かるようになった。

そうしてフィリムは、悪者たちを倒し続けた。

街の平和を取り戻し、約束を果たす為に。

あぁ、なのに。自分が、倒されてしまうなんて。

これでは、もう、友達にも、母にも、逢えない……。

◇

揺れている。

馬車よりも軽やかで、どこか温かい。

これは、人の背中だろうか。

「……ん」

「アルベール殿！　お目覚めですか？」

視界に映る金の髪と、鼓膜に響く女性の声。

「マイラ……？」

「はい！」

どうやら俺は、マイラに背負われているようだった。

しかも、彼女は疾走中。

巨人フィリムの記憶を見ていて無防備だった俺を、彼女が背負ってくれたのだろうか。

「ありがとう、マイラ。もう下ろしてくれて大丈夫だ」

「いえ！　お気遣いなさらず！　このまま走り抜けた方が早いので！　どうかこのマイラにお任せください！」

「そ、そうか……」

マイラがやる気に満ち満ちているので、強引に下りるのも躊躇《ためら》われた。

「それにしても、さすがはアルベール殿です！　巨人兵さえも討伐なさるとは！」

「……ありがとう。みんなが、形骸種《キュリオン》の群れを抑えてくれたおかげだ」

「ぐっ、次は一体も通しませんので！」

彼女が悔しげな声を出す。

そういえば、防衛線を抜けてきた形骸種《キュリオン》が巨人兵と融合したんだったか。

「あぁ、期待してるよ」

「はい！」

「……ところで、巨人兵の骨はどうなった？　首をなくしても動いたんじゃないか？」

「ご安心を。事前に情報を共有していましたので、動き出した骨を聖女のみなさまの魔法によって祓《はら》いました」

「そうか」

俺は安心し、それから軽く周囲を見て、他のメンバーがいることも確認。

『片腕の巨人兵』は無事に討伐出来たので、全員で街の外へと脱出している最中のようだ。

さすがにあの場で都市の形骸種《キュリオン》を皆殺しにするには、体力も気力も魔力も足りないから、逃げるように走っているのだろう。

「アルベール、体調はどうですか？」

俺の目覚めに気づいたお姫さんが、マイラと並走するように近づいてきた。

一日に二体の十二形骸を殺すのは初なので、心配してくれたようだ。

「あぁ、大丈夫だよ。お姫さんも無事か？」

「ええ、我が聖騎士が守ってくれましたから」

「ほう。そんな殊勝な聖騎士がいたのか、お目にかかってみたいね」

俺の言葉に、お姫さんが呆《あき》れるように笑う。

「貴方のことですよ、ご存知でしょう」

「あはは」

ちなみに、足の遅い者も『身体強化』の加護を脚部に集中させることで、みんなに遅れることなく走ることが出来ている。

「……今回も見事な働きでしたね、聖騎士アルベール」

お姫さんの姉であるオルレアちゃんが、抑揚の少ない声で言う。

「うむ。それに、私も命を救われた。感謝するぞアルベール後輩」

「私がいない間、先輩のお世話をありがとうございました、アルベールくん」

『霧雨』のイリスレヴィちゃんとリコリスちゃんも続く。

「さすがだな、アルベール。今回の一番の勲功は間違いなく『雪白』ペアのもんだ。あーあ、邪魔が入らなきゃ、うちの姫さんが止《しど》め刺してたかもしれねぇのによー」

「……過ぎたことを言っても仕方ありません。それに、巨人兵が『天聖剣』を利用するとは私にも読みきれませんでした」

『黄褐』のセルラータちゃんとユリオプスちゃんは、一度は巨人兵討伐に近づいたペアでもある。

セオフィラスの邪魔が入ったことで、それは叶《かな》わなかったのだ。

「ほんとすごいよアルくん！　巨人兵を還送しちゃうなんて！」

「あぁ。素晴らしい功績だ、アルベール」

『炎天』のカンプシスちゃんとグレンも口々に言う。

……グレンの背中には、首のない遺体が背負われていた。

セオフィラスのものだろう。

こいつは最終的に、どういう扱いになったのだろうか。

功績を優先して、『黄褐』ペアに攻撃を加えたところまでは仲間にも知られている。

その後《ご》、迫る形骸種《キュリオン》の軍勢に対応する為、俺とお姫さんとネモフィラ以外は別行動となった。

戦いの末、セオフィラスは俺に殺されたわけだが……。

そのあたりは、巨人兵が使用した『天聖剣・大狐の剃刀』による被害としたのかもしれない。

事実、あれで致命傷を負ったのだ、無理な筋書きでもない。

「なぁ、カンプシスちゃん」

「ん、どうしたの？」

「君の地元では、この街から逃げ延びた人の話が残ってるんだよな」

封印都市への突入前、そのような話を聞いた。

「うん、そうだね」

目を丸くしつつも、彼女は頷く。

「巨人が逃がした中に、そいつの……家族とかがいたって話は、残ってないかい」

「家族……？　んー……あぁ！　『善き魔女ウルリーカ』のこと？　人間なのに、自分のことを巨人フィリムの母だって言ってたんだって」

それは、虚言ではない。

「……その人は、どうなったんだ」

「自分を受け入れてくれた村で暮らすようになって、一緒に逃げてきた人と村人たちを最期まで守ったって話が残ってるけど……？」

「そう、か。ははっ、なるほどな」

フィリムの母は、息子との約束を守ったのだ。

別れ際に、友人を頼まれたから。

彼女ほどの力があれば、封印都市で活動することも出来ただろうに。

息子の友を守りながら、ずっと帰りを待つことを選んだ。

「善き魔女が、どうかしたの？」

「いいや……。巨人は、誰かに逢いたがっているみたいだったから、もしかしてと思っただけだ」

記憶を見たとは、説明出来ない。

「しかし、あれだけの脅威を前に、仲間の被害がほとんど出なかったのは幸いだったな」

子供にしか見えない先輩こと、イリスレヴィちゃんが言う。

「先輩、私が死んだと思ったんじゃないですか～？」

「君は殺しても死なないだろうと信じていたとも」

「私が生きてると知って、嬉《うれ》し泣きしてくれていたのに？」

「しつこいぞっ！　泣いてなどいない！」

イリスレヴィちゃんの言う通り、被害がこれだけですんだのは幸運だった。

女神の魔法による加護がなければ、グレンやリコリスちゃんが死んでいてもおかしくなかった。

「……ネモちー、大丈夫かな」

カンプシスちゃんが、ネモフィラに気遣わしげな視線を送っている。

「短期間に二度聖騎士を失ったのだ、心の傷は計り知れない」

イリスレヴィちゃんが応える。

二人共、今回危うく聖騎士を失いかけた聖女同士。思うところがあるのだろう。

話題に上がったネモフィラはというと、黙って走っている。

その腕には、布で包まれた何かが抱えられていた。ちょうど、人の頭くらいはありそうだ。

セオフィラスの頭部だろう。

彼女にも、あとで話したいことがあった。

俺と同じようにセオフィラスの記憶を覗《のぞ》いた彼女ならば、言わなくても分かっているかもしれないが。

ふと、形骸種《キュリオン》の動向が気になって振り返るが、誰も追ってきていないことに気づく。

加護で強化された脚力のおかげかもしれないが、少し不自然でもある。

「……形骸種《キュリオン》の群れは、我々を追ってきてはいませんよ」

俺の視線に気づいたオルレアちゃんが、教えてくれる。

巨人兵の首が断たれて、俺が意識を失ったあと。

動き出したフィリムを聖女たちが女神の魔法で祓ってから、即座に撤退を選択した。

そうして退避する仲間たちを、形骸種《キュリオン》は追わなかった。

では何をしていたかというと――塵《ちり》と消える巨人兵の許で、まるで泣き崩れるように膝をついていたそうだ。

「……あの巨人は、街の奴らに受け入れられていたようだからな」

過去の記憶を見た俺は、フィリムがどれだけ努力し、街のみんなの信用を勝ち取ったかを知っている。

三百年も侵入者を排除してくれたことで、信頼は積み重なり続けた。

だから、街中の形骸種《キュリオン》が、フィリムの危機に駆けつけたのだ。

己の命を捧《ささ》げて、フィリムの骨を修復する者さえいた。

祝福を振り撒《ま》くよりも、フィリムの死を悼むことを優先するほどの絆《きずな》を築いていた。

種族の違いを、フィリムは死後も越えたのだ。

そんな巨人を、俺が殺した。

それが、聖騎士というものだからだ。

二度目の死を迎えた十二形骸は、これで四体。
『毒炎の守護竜』『天庭の祈禱師』『黄金郷の墓守』『片腕の巨人兵』は死んだ。
残るは、俺を含めて八体。

終章◆片腕の巨人兵は約束を果たし、黄金郷の墓守は花と散る

『片腕《かたうで》の巨人兵《きょじんへい》』討伐の報は、瞬く間に王国中を駆け巡った。

今回の件で話題に上がるのは、主に三組だ。

『毒炎《どくえん》の守護竜《しゅごりゅう》』討伐に続き、今回の作戦でも活躍した『色彩』——『深黒《しんこく》』の聖者オルレア・マイラペア。

『天庭《てんてい》の祈禱師《きとうし》』討伐を果たし、今回の作戦にて聖騎士が戦死した十二聖者——『吹雪』の聖者ネモフィラ・セオフィラスペア。

そして、『毒炎の守護竜』討伐補助に加え、今回の作戦では自ら十二形骸を討伐してみせた『色彩』——『雪白《せっぱく》』の聖者アストランティア・アルベールペア。

『魔女の末裔《まつえい》』であるオルレアとアストランティア、『英雄の子孫』であるマイラ、『立て続けに聖騎士を失った悲劇の聖女』ネモフィラと、注目を集める理由も理解出来る。

ぽっと出の聖騎士である俺が、巨人を討ったという情報も、それなりに衝撃だったようだが。

そう。前回、守護竜エクトル討伐の功績はオルレアちゃんに丸投げすることが出来たのだが。

今回はそういかなかった。

目撃者が多かったので、誤魔化しようがなかったというのもある。

それに、なんやかんやと今回は集団戦による勝利だった。

止《とど》めを刺したのは俺の剣だが、だからって強制的に十二聖者任命とはならないようだ。

というか、お姫さんの成長を待ちたいという俺の考えを、作戦に参加したみんなが汲《く》んでくれた、という方が正しい。

国に報告を上げる際に、『「雪白」ペアの功績は素晴らしいが、かといって十二聖者に任命するのは時期尚早』的な感じで、上手いことまとめてくれたようなのだ。

とはいえ、さすがに学院内で褒められるだけで終わり……なんてことは許されず。

俺たちは王都に招集され、短期間で三体の十二形骸が還送されたことを祝う式典に参加することとなった。

実際は墓守も死んだのだが、これはしばらく伏せることに。

『骨骸《こつがい》の剣聖《けんせい》』である俺もそうだが、自分の街から抜け出していたなんて説明するわけにもいかないからだ。

墓守に関しては、折を見て討伐されたことにするのだろう。

ネモフィラが言うには、数年は誤魔化せるそうだ。

黄金郷を担当しているのは彼女の実家なので、そのあたりは調整出来るとのこと。

お姫さんが充分に成長したあとなら、俺たちの功績ってことにされても問題はない。

成長した俺とお姫さんが、黄金郷に踏み入り、墓守を討伐したというシナリオが王国に提供されるわけだ。

まぁ、これはいつかの未来の話。

取り敢《あ》えず、世間的には三体もの十二形骸がこの世を離れたという扱い。

三百年間止まっていた時代の針が、突如動き出したのだ。

国中の注目を集める事態となっており、式典にはごちゃごちゃと着飾ったお貴族サマたちが沢山参加していた。

宝石や華美なドレスを纏《まと》う美女たちは目に心地よかったが、身分差からあまり親しくなってはいけないというのが生殺しであった。

料理が美味かったのは、よかったことに数えていいだろう。

あとは、それなりの報奨金が出た他、卒業後の地位が保証された。

聖者にも階級……というより等級がある。

どの程度の形骸種《キュリオン》ならば還送出来るか、という基準だ。

特級、上級、一級、二級の順。特級の更に上に十二聖者がある。

学院最優秀の『色彩』は、卒業後すぐに最低でも一級資格を与えられる。

今回、作戦に参加した学生組は全員、卒業後すぐに特級資格が与えられることになった。

これは異例の事態だそうだ。

あとは、名前の覚えられない仰々しい勲章も貰《もら》ったが、それくらいだ。

王への謁見《えっけん》の際、お姫さんが異様に緊張していたのは、微笑ましかった。

俺が普段通りすぎて「本当に不敬には気をつけてください」と真剣な顔で言われた時は、さすがに茶化せなかったが。

まぁ、王都観光の話はいいのだ。

重要なのは、そのあとの話。

◇

まずは、『片腕の巨人兵』フィリムの件。

「アルくーん、こっちだよ」

『炎天』の聖女カンプシスちゃんが手招きしている。

彼女は黄色を帯びた赤い髪を、己から見て右側でサイドテールに結んでいる美女だ。

化粧や鮮やかな飾りのついた爪、短いスカート丈など、他の聖女とは少し趣きの違う格好を好むようで、言うなれば派手な子だ。

年齢は二十歳くらいで、ばっちり俺の好みに入っている。

普通ならば、そんな女性との逢瀬《おうせ》は楽しくてならないのだが。

今日の俺は、そのような気分にはなれなかった。

「あぁ、今行くよ」

俺は、彼女の地元を訪れていた。

ちょうど、お姫さんも実家に呼び出しを食らったようなので、別行動することに。

向こうはオルレアちゃんとマイラもついているので、問題なかろう。

カンプシスちゃんの方も、地元に巨人兵討伐の件を伝えたかったようなので、便乗させてもらったのだ。

「それにしても、アルくんって不思議な子だねー」

「そうかい？」

小さな町だった。

ギリギリ、町民同士が全員の顔を記憶出来るくらいの規模だ。

そんな具合なので、町の人間がカンプシスちゃんを見る度に群がってきて、目的地に到着するまでが大変だった。

俺を彼女の恋人と勘違いして突っかかってくる男の多いこと。

彼女も笑うだけで否定しないので、突破するのが面倒だった。

「うちはさ、巨人兵に救われた人の話とか残ってるし、なんならその子孫とかも町にいるから、気にするのも分かるけど。君は違うじゃん？」

あの日、フィリムが救った者たちは壁の外へと逃げ延び、バラバラになった。

その内、あいつの母と友人たちは、この町へ辿《たど》り着いたようなのだ。

「まぁ、巨人兵を殺したのは俺だからな、挨拶くらいはしておこうかと」

「貴女の息子さんの魂は、解放しましたよって？　アルくん、君、いい人すぎ」

俺たちは村外れの広々とした土地へ到着。

そこは、村の墓地だった。

「いや、貴女の息子さんを殺したのは、俺ですって言うつもりだったんだが」

「それだと、一気に悪い人みたいだね」

「不死者殺しが善行か悪行か、俺には判断がつかないよ」

「善行だと信じないと、心が苦しいよ」

「かもな」

善悪ではなく、俺は聖騎士だから不死者を殺しているのだ。

苦しさは関係がない。

それをわざわざ言う必要もないので、適当な相槌《あいづち》を打つ。

「……よし、到着。ここが『善き魔女』ウルリーカさんの墓です」

古びた墓標だ。手入れはされているようだが、刻まれた字が掠《かす》れかけている。

俺はそこに屈《かが》み込み、しばらく墓標を眺めた。

——お前の母親は、ここでちゃんと、お前の帰りを待ってた。

俺の中にあるのはフィリムの『索敵領域《さくてきりょういき》』であって、魂ではない。

だが、奴の記憶を見た以上、これくらいの区切りはつけてやってもよいと、そう思ったのだ。

「きっとまだ待ってる。今度は、お前が約束を果たしてやれ」

天の国があるのなら、フィリムの母はそこで息子を待っていることだろう。

魔女の呪いから解放されたのだから、もう再会出来る筈《はず》だ。

そこで、こっぴどく叱られるといい。

ウルリーカには、息子を叱る権利がある筈だ。

己を受け入れてくれた街の為に命を捧《ささ》げた、誇り高き親不孝者めと。

「よし。気がすんだよ」

立ち上がる。

もう此処《ここ》に用はない。

「もういいの？」

「あぁ。よかったら、オススメの飯屋を紹介してくれ。腹が減ってきたよ」

俺がわざとらしく腹をさすってアピールすると、彼女がからからと笑った。

「あはは、うん、いいところあるよ。うちのママの手料理とかどう？」

「親御さんへの挨拶は、段階を飛ばしすぎていないか？」

「ひどい、真剣なお付き合いじゃなかったのっ？」

俺の冗談に即座に乗ってくれるとは、中々にノリのいい子だ。

これがお姫さんなら、何かを想像して顔を真っ赤にしているところだろう。

それはそれで愛らしいのだが。

その日、巨人兵還送の報を聞いたトリスリミガンテ生還者の子孫たちが、俺とカンプシスちゃんに涙ながらに礼を言いに来た。

親から子へ当時の話が語り継がれ、それが数世代も続いていたという。

まるで我が事のように、巨人兵の解放を喜ぶ様《さま》は、とても不思議だったが。

何故だか悪い気はしなかった。

ちなみに、カンプシスちゃんの母君の料理は非常に美味だった。

◇

巨人兵フィリムの件はすんだ。

残るは、墓守セオフィラスだ。

一旦、学院のある都市へと戻った俺は、同じように実家から戻ってきたお姫さんたちと合流。

そして、ネモフィラの許《もと》を訪ねた。

その数日後。

俺は、『深黒《しんこく》』ペア、お姫さん、そしてネモフィラを伴って、ある封印都市へと赴いていた。

ネモフィラの実家が管理している、黄金郷だ。

俺のいた街と違ってまだまだ形骸種《キュリオン》が残っているので、目的地に到着するまでに数回の戦闘は避けられないだろう。

「アルベール殿、交代いたしましょうか？」

マイラが気遣わしげな視線を俺に向けながら提案する。

「大丈夫だよ、ありがとうな」

今、俺は台車を引いていた。

載せているのは、セオフィラスの遺体が収まった棺《ひつぎ》だ。

「い、いえ。何かありましたら、いつでも仰《おっしゃ》ってください！」

俺は、黙って歩いているネモフィラへと視線を向ける。

今回の任務のあと。

ネモフィラは、十二聖者から除名されることとなった。

表向きは、引退だ。

聖騎士を連続して失ってしまったので、世間からは同情的な意見が集まっている。

三人目を迎えることなく引退することを、責める者は少ないだろう。

功績の為に『黄褐』ペアの巨人兵討伐を邪魔した――という建前で巨人兵の能力を奪おうとした――行動については、祝いの場に水を差したくないという国家の思惑からか、明確な罰は与えられなかった。

実質的に、十二聖者から降ろされることがそれに相当するのだろう。

『天聖剣』は王家へ返還されたが、セオフィラスが使っていた剣には元々なんの能力も入っていなかった。

しかし『黄金庭園』を剣に収めた力だと偽っていたので、それが露見するのではとも思ったが。

『天聖剣』の『能力が長く定着しない』という性質を逆手にとり、返還前に消失したことにしたのだという。

本来は短くとも十年は保《も》つらしいので、だいぶ強引な嘘《うそ》だが、絶対にないとも言い切れない以上、咎《とが》めようもない。

とにかく、特にその点が問題になることもなかったようだ。

これからの彼女は、一人の聖女として、生きた人間たちを癒やす為に活動するつもりなのだという。

そして、元十二聖者、黄金郷に関わる貴族の娘として、俺とお姫さんの協力者になってくれるとも約束した。

彼女の心を蝕《むしば》んでいた喪失感が薄れたわけではないだろうが、今回の任務は、彼女に前を向かせることが出来た、ということか。

形骸種《キュリオン》の討伐に執着していた彼女は、もういない。

そんなわけで、俺は早速彼女のコネを頼り、この都市へとやってきたわけだ。

セオフィラスの遺体を引き取るのには一悶着《もんちゃく》あったようだが、なんとか埋葬の許可を得ることが出来た。

十二形骸の遺体ともなれば、研究したがる輩《やから》は大勢いるだろう。

だが同時に、セオフィラスの件は世間に知られるわけにはいかない秘密。

既にオルレアちゃんとお姫さんの実家にも事情がバレている中、ネモフィラを黙らせればすむ問題ではない。

引き渡しを拒否することによるデメリットを考えて、手放すことを選んだのか。

まぁ、そういう裏事情はどうでもいい。

朽ちた都市の中を、時折形骸種《キュリオン》たちと遭遇しながらも、進んでいく。

この戦力ならば散発的な戦闘など苦にもならない。

辿り着いたのは、ネモフィラのご先祖様の邸宅、その庭園跡だ。

そこには、石の積まれた簡素な墓がある。

セオフィラスの主《あるじ》、イクセリスの墓だ。

彼女は聖騎士に討伐され砂と散ってしまったが、その砂をセオフィラスが掻《か》き集め、土の中に埋めたのである。

俺とネモフィラは、奴の記憶を追体験したことで、その情報を知っていた。

俺とマイラで、その墓の隣に穴を掘り、セオフィラスの亡骸《なきがら》を埋める。

棺を埋めるほどの穴を掘るのは本来ならば重労働だが、互いに聖女の加護を纏《まと》っているので作業はすぐにすんだ。

「皆様、本日はご協力いただきありがとうございます」

セオフィラスを埋めたあと。

ネモフィラが、俺たちに頭を下げた。

「いいえ、構いませんよ。我が騎士の願いでもありますから」

お姫さんが、優しく応じる。

オルレアちゃんは普段通りの冷たい表情のまま、無言。

彼女としては、あくまで妹についてきただけ、なのかもしれない。

「女の子を、一人でこんな危険な場所に行かせるわけにはいかないからな」

「ふふ」

ネモフィラが、以前とは違う、慈しみを感じさせる微笑みを浮かべる。

「どうしたんだい？」

「アルベール様が、セオフィラスの為にこの場へ足を運んでくださったこと、私は承知しております」

何を言うかと思えば。

「おいおいネモフィラちゃん、俺が男の為に重労働なんかするわけがないだろ。君の好感度を稼ぐ為にやってるんだ」

「あ、アルベールっ！」

お姫さんが咎めるように俺を見上げる。

「そのようなことをされずとも、アルベール様には好感を抱いておりますよ」

「ね、ネモフィラ様までっ」

なんだか慌てた様子のお姫さん。

「そりゃ光栄だ」

「ですが、アルベール様は、アストランティア様の聖騎士でしょう？」

「……だな」

ネモフィラは寂しげに微笑んだあと、セオフィラスの墓を見下ろす。

「私の聖騎士を殺《あや》め、私を守って死んだ聖騎士。彼にどのような感情を抱《いだ》くのが正解か、私にはどれだけ考えても分からないのです」

「相棒の仇《かたき》だから許せない。だが守ってもらった分の感謝はする。それは、両立出来ないかい？」

悪感情と好感情を同居させるのは難しいが、不可能ではない。

「非常に、難しいでしょうね。でも、そう思えるように、いつかなりたいと思います」

主《あるじ》の隣で眠らせてやろうと配慮している時点で、充分立派だと思うが。

彼女自身が納得出来るまでは、まだ時間が掛かるのだろう。

「なぁ、ネモフィラちゃん」

「はい」

「一つ、頼みたいことがあるんだが」

「どうぞ、どのようなことでもお申し付けください」

彼女は自身の胸に手をあて、俺の言葉を待つ。

だが、俺はすぐには口を開けなかった。

数秒言い淀《よど》んだ末、頭を掻きながら、それを口にする。

「あー……その。いつか、この都市が解放された時、さ。この庭園は、残してやってくれないか」

断じて、セオフィラスの為などではない。

これは、そう。イクセリスちゃんの為だ。

遠い昔に亡くなった少女だろうと、女には違いない。

優しさを向けるのは、当然のことと言えるだろう。

つまり、実に俺らしい、いつも通りの発言なのだ。

だからお姫さん、「立派ですよ」とでも言いたげな笑顔で俺を見るのはやめてくれ。

マイラも、尊敬の眼差しは控えめで頼む。

「ええ、それくらいならば、私にもどうにか出来ると思います」

土地の直接の持ち主は彼女の父親だが、いつか都市を解放した暁《あかつき》に、庭園一つ分くらいの自由は確保出来る、ということだろう。

「頼むよ」

「はい」

話はまとまった。

封印都市は長居するような場所ではないので、俺たちはそろそろ帰ることに。

だがその前に、一つだけやることが残っていた。

俺は地面に片膝をつき、片手を土につける。

セオフィラスの墓と、視線が合う。

「セオフィラス、俺はお前が気に食わないし、男のことなんてどうでもいい。だが……自分の聖女を守りきったのは、褒めてやるよ」

愛する者を守る。

かつて、貧民窟で俺の面倒を見てくれたジイさんや、拾い育ててくれた義父が言っていた、男の幸せ。

おそらく、セオフィラスはそれを果たしたのだ。

そのことは、認めてやらねば。

――『黄金庭園』、発動。

「――これは」

ネモフィラの驚くような声。

かつて彼女の先祖、イクセリスが好んでいた、黄色い花が。

庭園を埋め尽くしていた。

セオフィラスから奪い取った、植物を生み出し操る能力。

それを使用し、かつての庭園を再現したのだ。

「黄金郷……」

お姫さんが感嘆の息を漏らす。

その呼び名を、イクセリスは気に入らなかったようだが。

呼び方で、花の美しさは変わらない。

「さ、帰るか」

立ち上がると、ネモフィラが俯《うつむ》いていた。

小さく肩が震えている。

「……素晴らしき手向《たむ》けです、アルベール様」

「君のご先祖、イクセリスちゃんへのな」

「ふふ」

黄金の花びらが舞う中を、俺たちは結界の外へ向け進む。

これで、今回の件の心残りは全て片付いた。

十二形骸との接触が連続しているが、これは異例の事態。

本来は、学生生活を通してお姫さんが成長するのを待つ予定だったのだ。

これで、見習い聖女としての訓練の日々に戻ればいいのだが。

果たして、どうなるか。

三百年生きても、未来のことは分からない。

あとがき◇

本書をお手にとっていただきありがとうございます。

御鷹穂積です。

二巻では、十二形骸が大勢出演することとなりました。

前回は『毒炎の守護竜』を倒したアルベールですが、仮に一冊に一体倒していくと、アルベール本人分を除いて十一冊かかってしまう計算になります。

さすがに、始めからそんな遠大な物語は組めないなというのと、今回のエピソードを思いついた時に自分で『書きたい』と思えたので、こういった展開となりました。

『片腕の巨人兵』と『黄金郷の墓守』の終わりに、みなさまもお付き合い頂ければ幸いです。

謝辞に移ります。

担当の石田様には、今回も大変お世話になりました。

自分はキャラクターイメージの言語化が苦手なのですが、担当さんが巧みにイメージのすり合わせをしてくださったので、非常に助かりました。

また、今回は原稿提出をギリギリのギリギリまでお待たせすることとなり、申し訳ございませんでした。

イラストのｆａｍｅ様。

今回も素敵なイラストをありがとうございます！

一巻表紙の、『隣に並んでいる二人なのに、立っている場所がそれぞれ違う』といったイラストでは、タッグ感と共に二人の差異も表されており大変素晴らしかったですが、今回の主役二人からは距離感が縮まっているのが感じられて、そちらも素晴らしかったです。

また、セオフィラスが手に持つ花びらや背景の花畑など、本編を読んで改めて表紙を見ると、描かれたものの意味が分かるようになっていて……。

ネモフィラは中々本当の感情を見せないキャラクターなので難しかったかと思いますが、彼女も魅力的に描いてくださりありがとうございます。

カンプシスのギャル感と制服の着こなしも最高でした！

そしてグレンがめちゃくちゃ格好よかったです。もう少し活躍させてあげればよかった……と悔やむくらいに格好良かったです。

新キャラたちだけでなく、口絵でのクフェアも非常に可愛かったです。

このあとがきを書いている時点では、まだ挿絵を確認出来ていませんが、今回も素敵なイラストの数々をありがとうございました！

最後に、ＷＥＢ版の読者の方々、本書の制作と販売に関わった全ての方々に感謝を捧げます。

一巻に引き続き、二巻をお手にとってくださったみなさまも、本当にありがとうございます。

次なる戦いも書籍でお届けしたいところですが、こればかりは作者にも読めません。

よろしければ、いずれ始まるコミック版と合わせて、本作を応援いただければ幸いです。

またお逢いする機会に恵まれることを祈りつつ、今日のところは筆を措こうと思います。

御鷹穂積

DRE NOVELS

骨骸の剣聖が死を遂げる 2

～呪われ聖者の学院無双～

2024年3月10日　初版第一刷発行

著者　御鷹穂積

発行者　宮崎誠司

発行所　株式会社ドリコム
〒141-6019　東京都品川区大崎2-1-1
TEL　050-3101-9968

発売元　株式会社星雲社（共同出版社・流通責任出版社）
〒112-0005　東京都文京区水道1-3-30
TEL　03-3868-3275

担当編集　石田泰武

装丁　AFTERGLOW

印刷所　図書印刷株式会社

本書の内容の無断複製（コピー、スキャン、デジタル化等）、無断複製物の譲渡および配信等の行為はかたくお断りいたします。

定価はカバーに表示してあります。

落丁乱丁本の場合は株式会社ドリコムまでご連絡ください。送料は小社負担でお取り替えします。

© Hozumi Mitaka,fame 2024
Printed in Japan
ISBN978-4-434-33531-0

ファンレター、作品のご感想をお待ちしております。

右の二次元コードから専用フォームにアクセスし、作品と宛先を入力の上、コメントをお寄せ下さい。
※アクセスの際に発生する通信費等はご負担ください。

いつでも誰かの
“期待を超える”

DRECOM MEDIA

始まる。

DRE NOVELS　DRE COMICS　DRE STUDIOS　DRE PICTURES

株式会社ドリコムは、世界を舞台とする
総合エンターテインメント企業を目指すために、
出版・映像ブランド「ドリコムメディア」を
立ち上げました。

「ドリコムメディア」は、4つのレーベル
「DRE《ドリ》ノベルス」（ライトノベル）・「DRE《ドリ》コミックス」（コミック）
「DRE《ドリ》 STUDIOS《スタジオ》」（webtoon）・「DRE《ドリ》 PICTURES《ピクチャーズ》」（メディアミックス）による、
オリジナル作品の創出と全方位でのメディアミックスを展開し、
「作品価値の最大化」をプロデュースします。